I0573509

IL RISCATTO DI FELICITY

Ace Security, Libro 4

SUSAN STOKER

Questo libro è un'opera di fantasia. Nomi, personaggi, luoghi ed eventi sono il prodotto dell'immaginazione dell'autrice o sono rappresentati in modo immaginario. Qualunque riferimento a eventi, luoghi o persone reali (presenti o passate) è puramente casuale.

Quest'opera non può essere sfruttata, riprodotta o trasmessa, in tutto o in parte, senza il permesso scritto dell'editore, con l'eccezione di brevi estratti a scopo di recensione, secondo quanto permesso dalla legge.

Questo libro è concesso in licenza per uso esclusivamente personale, non può essere rivenduto o ceduto a terzi. Per condividere questo libro con altri, si prega di acquistare una copia per ciascun ricevente. Se stai leggendo questo libro e non lo hai comprato, oppure questa copia non è stata acquistata per il tuo utilizzo, dovresti acquistare la tua copia personale.

Grazie per aver rispettato il duro lavoro di questa autrice.

Salvare Kassie
Salvare Bryn
Salvare Casey
Salvare Sadie
Salvare Wendy
Salvare Mary
Salvare Macie
Salvare Annie (Feb 2022)

Armi e Amori

Proteggere Caroline
Proteggere Alabama
Proteggere Fiona
Il Matrimonio di Caroline
Proteggere Summer
Proteggere Cheyenne
Proteggere Jessyka
Proteggere Julie
Proteggere Melody
Proteggere il Futuro
Proteggere Kiera
Proteggere i figli di Alabama
Proteggere Dakota

PROLOGO

PROLOGO

DIECI ANNI PRIMA, **Northwestern University, Chicago, Illinois**

Megan Parkins si mise il cuscino sulla testa per cercare di soffocare le voci che provenivano dall'altro lato del muro... ma non servì a niente. Riusciva a sentire la sua coinquilina, Colleen Murphy, e il suo fidanzato, Joseph, come se fossero in piedi accanto a lei.

"Sei una vergogna, Colleen. Un completo e totale imbarazzo. Cosa ti ho detto prima di partire?"

"Di... di restare al tuo fianco."

"E cosa hai fatto?"

"Sono andata in bagno."

"Ti ho detto che potevi andare in bagno?"

"No, ma Joseph, dovevo proprio andare."

Megan sussultò nel sentire colpita Colleen. Strinse gli occhi e strinse i denti. Odiava Joseph con ogni fibra del suo essere. Aveva detto più e più volte alla sua amica che lui era uno stronzo e che avrebbe dovuto lasciarlo. Ma Colleen non le aveva mai dato ascolto. Difendeva Joseph dicendo che suo padre era stato molto severo con lui e che di conseguenza aveva imparato quel tipo di disciplina. La stava solo insegnando anche a lei. Inoltre Colleen sosteneva che lui non pensava davvero quello che le diceva quando le urlava contro... o quando la picchiava.

"Non me ne frega un cazzo," continuò Joseph. "Se devi pisciarti addosso, fallo. L'unica cosa che ti ho chiesto è di stare al mio fianco, e non sei riuscita a fare nemmeno una cosa così semplice."

"Mi dispiace. Non succederà più."

"Dannazione, non succederà più," le disse Joseph.

Megan lo sentì di nuovo colpire Colleen. E poi di nuovo. E una terza volta. Prima di pensare a quello che stava facendo, Megan si stava muovendo. Non poteva stare seduta lì e lasciare che Joe picchiasse di nuovo Colleen. Non dopo la commozione cerebrale che le aveva procurato l'ultima volta. Se Colleen non voleva aiutare se stessa, ci avrebbe pensato Megan.

Prese il telefono e chiamò velocemente il 911, il numero delle emergenze. Bisbigliando, Megan disse al centralinista cosa stava succedendo e dove si trovavano.

I dieci minuti di attesa per l'arrivo dei poliziotti furono strazianti. Joe continuava a rimproverare Colleen, alternando le parole ai pugni. Megan voleva urlare a Colleen di difendersi o di andarsene, ma rimase in silenzio. Quando Megan sentì le sirene, uscì tranquillamente dalla sua camera da letto e passò in punta di piedi davanti alla stanza della sua coinquilina, in fondo al corridoio, arrivando alla porta d'ingresso. Attese la coppia di poliziotti, poi li fece entrare e indicò la porta di Colleen.

Dopo pochi istanti, Joe veniva interrogato da uno dei poliziotti, mentre l'altro cercava di parlare con Colleen.

Ignorando lo sguardo intenso di Joseph, Megan si avvicinò alla sua compagna di stanza.

"Può dirmi cosa sta succedendo?" chiese l'agente di polizia.

"N-Niente. Stavamo solo discutendo," disse docilmente Colleen.

"Come si è fatta quel segno sul viso?"

"Sono caduta l'altra mattina in bagno. Ho battuto la testa sul bancone."

"Sai che non è vero," intervenne Megan. "La settimana scorsa Joseph l'ha colpita perché era arrivata in ritardo di dieci minuti al suo appartamento, a causa del traffico."

Colleen scosse la testa prima che Megan avesse finito di parlare. "No, sono caduta."

L'agente spostò lo sguardo da Megan alla donna maltrattata e spaventata davanti a lui. "Il suo ragazzo l'ha picchiata, stasera?"

"No."

Megan digrignò i denti e scosse la testa. "Colleen, devi allontanarti da lui. Uno di questi giorni finirà per ucciderti."

L'altra donna scosse la testa in modo ostinato. "Mi ama. Stiamo bene. Devi tenere il naso fuori dagli affari nostri." Alzò lo sguardo su Megan per la prima volta da quando era entrata nella stanza. "Tu non capisci. Lui mi ama. E io amo lui. Stavamo discutendo, stasera. Tutto qui. Tutte le coppie lo fanno."

Megan scosse la testa e guardò la sua amica. A parte il piccolo segno vicino alla tempia della settimana prima, Colleen non aveva altri segni evidenti che dimostrassero che era stata colpita dal suo ragazzo. C'era qualche nuovo segno, comunque: non appoggiava il peso su una gamba e teneva un braccio vicino alla pancia. Ovviamente Joseph aveva imparato a non colpire la sua ragazza su luoghi visibili.

"Non farlo," la supplicò Megan con tono morbido, in modo che Joseph non potesse sentirla. "L'ho sentito colpirti, Colleen. Per favore. Denuncialo. Fallo uscire dalla tua vita."

Colleen la ignorò apertamente. "Agente, non sta succedendo niente. La mia compagna di stanza ha sentito male. Stavamo semplicemente discutendo. Tutto qui."

Il poliziotto sospirò. "Vuole sporgere denuncia, signorina Murphy?"

Colleen scosse la testa.

"Posso sporgere denuncia io?" chiese Megan. "Per violazione di domicilio, o aggressione, o qualcosa del genere?"

"Esiste un ordine restrittivo contro di lui?"

Megan sospirò. "No."

"Purtroppo, se non ha colpito lei, se non è lei la vittima, allora no. Resti qui, devo parlare un attimo con il mio collega."

Megan annuì e appena il poliziotto si allontanò, guardò Colleen. "Perché lo stai proteggendo? Ti tratta come una merda."

"Mi ama," insisté Colleen.

"Invece no. Questo non è amore. Non di tipo normale e sano, almeno."

"Cosa ne sai tu dell'amore?"

"Beh, non sono un'esperta. Ma se un uomo mi dicesse di farmi la pipì addosso per non lasciarlo da solo un attimo, gli spaccherei il culo. Perché non riesci a vedere quanto è orribile? Siamo amiche da due anni. Non ti ho mai vista comportarti così."

Colleen guardò negli occhi la sua coinquilina. "Ammetto che ci sono momenti in cui non è il massimo, ma mi sta sempre vicino. È l'uomo più romantico che abbia mai conosciuto. È super protettivo nei miei confronti. Una volta eravamo al campus e un ragazzo mi ha fischiato, lui gli ha messo una mano intorno alla gola e gli ha detto che se mi avesse mancato di nuovo di rispetto, l'avrebbe ucciso."

Megan spalancò gli occhi. "Non è romantico, è un pazzo," disse alla sua amica.

Colleen scosse di nuovo la testa. "No, è solo che non te l'ho spiegato bene."

"Penso che tu lo abbia spiegato benissimo, invece," sbottò Megan.

"La sua famiglia è straordinaria. Sua madre è morta quando era piccolo, ci sono solo lui, suo padre e i suoi zii. Suo padre è severo, ma sono tutti piuttosto divertenti. Una grande famiglia italiana. Si guardano le spalle a vicenda, proprio come Joseph fa con me. È solo stressato per la scuola. Non vuole farmi del male. È sempre molto dispiaciuto, quando succede qualcosa."

"Oh, tesoro, tutti i maltrattatori fanno così. Promettono che non succederà mai più, ma succede sempre. Le cose non fanno che peggiorare. Ma per favore. Denuncialo. Ti meriti di meglio."

Megan capì che la sua amica avrebbe rifiutato dal luccichio ostinato nel suo sguardo. "No. Io lo amo, e lui ama me. Ci sposeremo e avremo almeno tre figli. Non lascerò che tu rovini tutto. Volevo aspettare la fine del semestre per andarmene, ma è ovvio che le cose tra noi due non vanno bene. Se non posso avere una discussione con il mio ragazzo senza che tu chiami la polizia... non sei mia amica."

"Colleen, no, aspetta..."

"Hai sentito cosa ha detto," disse Joseph mentre si metteva accanto a Colleen. Le fece scivolare un braccio intorno alla vita e la tirò a sé.

Megan notò il modo in cui la sua amica sussultò al movimento, ma non protestò.

"Ho chiesto a Colleen di trasferirsi da me. Ha accettato," disse Joseph, con un barlume di trionfo e di qualcos'altro negli occhi, che Megan non riuscì a decifrare.

Megan si rivolse agli agenti di polizia. "Quindi gliela farete passare liscia?"

Uno di loro si scusò. "Se la signorina non sporgerà denuncia e non ci saranno nuove ferite, avremo le mani legate."

"Potete almeno assicurarvi che questo incidente venga registrato? Così, se la trovate morta, ci sarà qualche prova della mia denuncia contro di lui?"

"Ci sarà una registrazione della chiamata," disse l'altro poliziotto, che poi si rivolse a Joseph e Colleen. "Ora, perché non vi levate di torno? Senta, lei ha detto di avere un appartamento in un altro edificio. Non vogliamo essere richiamati qui, stasera."

"Grazie, agente. Io e la mia ragazza ce ne andiamo subito. Posso denunciarla per aver sporto una falsa denuncia?"

Megan scosse la testa, per poi fissare Joseph nell'incredulità più totale. "Cosa?"

Il poliziotto annuì: "Questa è una sua scelta."

"Ci penserò," disse Joseph con calma. "Grazie per il vostro aiuto stasera. Non vogliamo causare altri problemi. Se la mia ragazza ha bisogno di qualcuno per ritirare le sue cose in un secondo momento, possiamo chiamare la centrale?"

Gli agenti di polizia sembravano a disagio, ma uno annuì. "Sì, se lo ritiene necessario."

"Sì, è necessario," disse Joseph, che poi rivolse lo sguardo a Megan. "La coinquilina della mia ragazza è delirante e non le piace che la sua amica abbia un fidanzato affettuoso che si prende cura di lei. È pazza, non mi fido di lei, temo che le riempia la testa di stronzate su di me e sulla mia famiglia."

"Non sono stronzate!" esclamò Megan.

"Basta. Porti la sua ragazza a casa sua. Signorina? Può venire con me, per favore, mentre la signora Murphy prepara una borsa?" L'agente fece un gesto con un braccio verso l'ingresso.

Megan guardò la sua amica, sperando con tutte le sue forze che tornasse in sé, o almeno che la difendesse. Ma no. Si fissava i piedi senza entrare in contatto visivo con nessuno.

"Colleen?" Attese, ma la sua amica non alzò lo sguardo.

"Signorina?"

Sapendo che i poliziotti avrebbero aspettato solo fino a un certo punto, Megan disse in fretta: "Se mai avessi bisogno di qualcosa, sono qui per te. Nessun rancore."

"Agente?" disse Joseph, con un tono arrabbiato.

"Venga, signorina Parkins." Megan si fece condurre fuori dalla stanza. Quando furono in cucina, Megan si rivolse all'agente. "La ucciderà. Non c'è niente che lei possa fare?"

Questi scosse la testa. "Se la sua inquilina non vuole sporgere denuncia, non c'è molto che possiamo fare."

"E allora cosa... deve aspettare fino a quando non troverà il suo cadavere?"

Il poliziotto più anziano sembrò sentirsi a disagio, ma non rispose. Si limitò a fissarla.

Megan sospirò e si appoggiò al bancone. Incrociò le braccia al petto e guardò il corridoio. Nel giro di dieci minuti, Colleen ne uscì, con Joseph che la teneva ancora per la vita e l'altro agente che li seguiva da vicino.

Megan si allontanò dal bancone per affrontare la sua amica, ma non disse una parola.

Joseph condusse Colleen alla porta d'ingresso dell'appartamento e, poco prima di andarsene, si girò e fissò Megan. "Ti ho sottovalutata. Non succederà più. Ci vediamo in giro." Detto ciò, scomparve con una Colleen silenziosa al fianco.

Appena gli agenti se ne andarono, Megan chiuse la porta a chiave e si precipitò nella sua stanza, chiudendo a chiave anche quella porta. Poi si mise in un angolo, dietro il letto, e sprofondò a terra. Lo sguardo negli occhi di Joseph la spaventava a morte. Megan in genere non aveva paura di nulla, ma era terrorizzata da Joseph Waters.

Si era fatta un nemico, quella sera.

CAPITOLO UNO

Il presente

"Dicci di nuovo come ci hai trovato," chiese Logan Anderson.

Ryder "Ace" Sinclair cercava di sembrare rilassato, seduto di fronte ai suoi tre fratellastri. Si era presentato la sera prima, ma dopo aver rivelato la sua esistenza, lui e i suoi fratelli stavano avendo una conversazione più approfondita. Stavano scoprendo di più sulle loro storie.

"Mia madre mi ha raccontato di come ha conosciuto vostro padre quando era in viaggio d'affari a Colorado Springs. Sapeva che era sposato, ma non sembrava importare a nessuno dei due. Quando trovi la persona destinata ad essere tua, non puoi farci niente."

Ryder ignorò il brontolio di disapprovazione di Blake e continuò. "Sono stati insieme un paio di volte. Mia madre ha detto che non era mai stata così felice. Ma è successo qualcosa qui a Castle Rock, Ace le ha detto che non poteva più vederla, che era per il suo bene. Ha spezzato il cuore di mia madre. Due mesi dopo, ha scoperto di essere incinta di me."

"Ha provato a contattare nostro padre? A chiedergli dei soldi?" chiese Blake.

Ryder strinse i denti e cercò di non saltare in testa al nuovo fratello per la sua insinuazione. "Mia madre non voleva niente da Ace Anderson, se non il suo amore. Lo adorava. Avrebbe fatto qualsiasi cosa per lui... compreso lasciarlo in pace, come le aveva chiesto."

"Quindi sapeva di noi?" chiese Nathan. Era il più giovane dei tre gemelli e non aveva ancora fatto troppe domande.

Ryder annuì. "Ha detto che Ace ha ammesso, durante una delle ultime volte che sono stati insieme, di aver avuto tre gemelli, che vi amava più di ogni altra cosa. Ha detto a mia madre che lasciarla era la cosa più difficile che avesse mai fatto... anche se non voleva altro che stare con lei per il resto della sua vita."

Calò il silenzio intorno al tavolo, mentre gli uomini assorbivano le parole di Ryder.

Lui proseguì. "Sul letto di morte, ha voluto farmi sapere che avevo tre fratellastri. Mi ha detto dove eravate. Onestamente, credo che si sentisse in colpa."

"Di cosa?" chiese Logan.

"Mia madre ha scritto una lettera a vostro padre, dicendogli di me. Che ero suo figlio."

"Quando?" chiese Nathan.

Ryder fece un respiro profondo. Pensava che i suoi fratelli lo sapessero. Non voleva essere lui a dirlo, ma sembrava non avere scelta. "Poco prima che fosse ucciso."

"Cazzo!" imprecò Logan.

Nathan spalancò gli occhi.

Blake spinse indietro la sedia e si alzò così velocemente

che la sedia cadde a terra. Iniziò a camminare avanti e indietro. "Non ci credo, cazzo."

"Non voleva..." iniziò Ryder, ma Blake lo interruppe.

"Ma l'ha fatto... non è vero? L'ha fatto ammazzare."

"Vacci piano, fratello," disse Logan.

"Mia madre non ha ucciso vostro padre," disse Ryder.

"Non dovresti dire 'nostro' padre?" sbottò Blake.

"Bene. Sì. Mia madre non ha ucciso 'nostro' padre. È stata vostra madre a farlo. Non so cosa sia successo. Forse ha trovato la lettera che aveva scritto mia madre. Forse Ace l'ha affrontata o le ha detto che voleva il divorzio. Non lo so. Ma quello che so è che mia madre è morta struggendosi per l'unico uomo che l'abbia mai amata. Non ha mai dimenticato Ace Anderson. Lo amava con tutto il cuore. Ha tenuto la sua foto sul nostro muro. Mi raccontava storie su quanto fosse un grande uomo. Non mi ha mai nascosto chi fosse. Anche quando non avevamo abbastanza da mangiare, non lo rimproverava mai di averla lasciata. Quando per poco non veniva aggredita mentre tornava a casa, perché faceva due lavori e non tornava a casa prima che facesse buio, non lo biasimava per essersene andato. Quando mi lamentavo di non avere nessuno che venisse con me nelle serate padre-figlio dei Boy Scout, lei non parlava male di lui. Quindi vaffanculo anche solo per aver insinuato che mia madre abbia qualcosa a che fare con la sua morte." Ryder stava praticamente ansimando di rabbia, dopo aver finito di parlare. Pensava di aver finito, ma si rese conto che aveva ancora molto da dire.

"Ho deciso di venire qui e di incontrare voi tre quando ho letto sul giornale tutto quello che avete passato con la banda degli Inca Boyz, e dopo aver fatto alcune ricerche. Ero curioso di sapere chi fossero i miei fratelli, ma volevo sapere che tipo di uomini eravate, prima di venire quassù e presentarmi a voi. Volevo odiarvi. Volevo risentirmi con voi per la vita che ho dovuto fare crescendo. Io e mia madre eravamo poveri. Da piccolo non ho mai avuto vestiti nuovi... facevamo la spesa al discount. Ci sono state molte notti in cui sono andato a letto affamato. Volevo che tutti voi sapeste quanto siete stati bene con nostro padre. Ma poi ho letto quel cazzo di articolo e ho capito che probabilmente ho avuto un'infanzia fantastica rispetto alla vostra. Sì, avevo fame ed eravamo poveri, ma l'amore compensava tutto. Mia madre non ha mai lasciato passare un giorno senza dirmi quanto mi volesse bene. Non mi picchiava. Non mi ha mai minacciato. Ho capito che non ce l'ho affatto con lei per aver lasciato andare mio padre, quando avrei fatto qualsiasi cosa per averlo almeno conosciuto. Ma se pensate che me ne starò qui seduto e vi lascerò parlare male di mia madre, siete pazzi."

Ryder si alzò in piedi e fissò Blake, in piedi dall'altra parte del tavolo.

"Non avevamo idea del perché la mamma avesse ucciso papà," disse Nathan a voce bassa, senza un accenno all'emozione sul viso. "Pensavamo solo che una sera si fosse spinta troppo oltre. Blake, hai già controllato tutti i documenti di papà? Forse la lettera è lì dentro?"

Blake scrollò le spalle. "Non era la mia priorità, con tutte le altre stronzate che ci sono in giro."

Logan guardò Ryder negli occhi. "Sono contento che tu sia venuto. A differenza tua, però, non sapevamo un cazzo di te o di tua madre prima di ieri sera. Non voglio pensare che diventeremo grandi amici, ma capisco quanto possa essere stato difficile per te venire qui e incontrarci. Ho fatto delle indagini preliminari su chi sei, ieri sera, proprio come tu hai fatto con noi," disse Logan.

Ryder non si offese minimamente. "Lo immaginavo. Sei soddisfatto di quello che hai trovato?"

Logan lo fissò per un attimo, prima di continuare. "Sì e no. Hai un passato impressionante, ma c'erano un sacco di buchi e cose che non quadravano."

Ryder non poté fare a meno di sorridere. Un modo come un altro per descrivere la sua vita. Rimase in silenzio, senza offrire alcuna spiegazione per ciò che Logan poteva o non poteva dedurre dalle sue ricerche.

Alla fine, Logan scosse la testa e disse con tono grave: "Dovrei essere più preoccupato per la mancanza di dettagli nel tuo passato, ma per qualche ragione, non lo sono." Si alzò e porse la mano a Ryder. "È un piacere conoscerti."

Ryder prese la mano di Logan e la strinse. "Grazie. Anche per me."

"Rimarrai nei paraggi per un po'?"

Ryder fece spallucce. "Non avevo davvero intenzione di farlo. Non ero sicuro di che tipo di accoglienza avrei ricevuto. Mi sto prendendo un congedo dal lavoro, quindi ho un po' di tempo, ma non avevo nessun piano."

"Hai un lavoro da cui puoi prenderti una pausa non specificata?" chiese Blake, ovviamente sospettoso.

"Come probabilmente ti ha già detto Logan, lavoro con una squadra a Colorado Springs. Siamo assunti per lavorare nella sicurezza." Non era esattamente una descrizione accurata di cosa facesse, ma per il momento andava bene.

"Sembra... intrigante," disse Logan.

Ryder annuì. "Ho passato un po' di tempo nell'esercito. Ho deciso di usare le competenze acquisite e me ne sono andato."

Logan annuì. "Capisco."

Ryder lo sapeva. Aveva letto che Logan e Blake avevano lavorato nell'esercito. Sembrava che, anche se erano solo fratellastri, avessero molto in comune. "Avete avuto altri problemi con gli Inca Boyz? Potrei essere in grado di aiutarvi," si offrì Ryder.

Logan scosse la testa. "Dopo che Nathan si è occupato del loro presidente, la banda si è praticamente sciolta. Troppa pressione da parte della polizia, nessuno voleva farsi avanti e prendere le redini."

"Bene. Oh, e Nathan, bel lavoro, ti sei liberato di quel figlio di puttana senza sparargli nel culo."

Nathan sorrise. "Ho ricevuto un sacco di aiuto da Bailey, il suo fratellino, Logan e Blake."

Ryder annuì e guardò i suoi fratellastri. Era orgoglioso di loro. Da quello che aveva scoperto su di loro, avevano tutti avuto esperienze piuttosto strazianti con la banda, ma sembravano fortunati con le donne. Avevano anche fatto un ottimo lavoro per far prosperare la loro attività, la Ace Security, nel breve periodo in cui era stata in funzione.

"Se hai tempo, non mi dispiacerebbe vederti ancora un po'. Vorrei farti conoscere mia moglie e i miei figli. Sono i tuoi nipoti, dopo tutto," disse Logan, in tono sincero.

Ryder sussultò. Merda. Non aveva mai pensato di avere dei nipoti. Cazzo, che bella sensazione. "Credo che..."

Fu interrotto dall'aprirsi della porta. Una bella donna, che Ryder sapeva essere la moglie di Logan, irruppe nella stanza. L'aveva vista prima, ma se n'era andata, dicendo che aveva delle cose da fare.

"Cole ha appena chiamato. Ha detto che dobbiamo tutti andare subito in palestra."

Logan si mosse verso la moglie ancora prima che lei avesse finito di parlare. "Perché? Cosa sta succedendo?"

"Non lo so," esclamò lei, senza fiato. "Ha detto solo che stava succedendo qualcosa con Felicity, e che aveva bisogno di noi subito."

"Sono sicuro che non è niente. Ma andiamo. Ryder, vuoi aspettare qui?" chiese Logan.

"Vengo con voi," disse con fermezza. Non sapeva perché. Non sapeva chi fossero Cole o Felicity. Ma per qualche ragione aveva bisogno di unirsi a loro. Ebbe una sorta di sesto senso, o di premonizione. Ma quando sentiva quello strano presentimento, aveva imparato ad ascoltarlo. Dopo aver scampato al suo periodo nelle forze speciali e aver affrontato pericolose missioni con la sua squadra, non avrebbe certo ignorato il suo istinto in quel momento.

Facendo spallucce come se non gli importasse, Logan disse: "Ok, ho la sensazione che il nostro discorso qui non sia finito, ma possiamo tornare a parlarne più tardi. Blake, va bene?"

L'altro uomo annuì e si diresse verso l'ingresso. Nathan lo seguì.

Ryder seguì i suoi fratelli fuori dagli uffici della Ace Security, verso una palestra che aveva notato in uno dei suoi viaggi a Castle Rock. La Rock Hard Gym. Si trovava in centro, nella stessa piazza dell'azienda dei suoi fratelli, insieme a un caffè, alcuni uffici legali e altri negozi.

Ryder fece un respiro profondo quando raggiunsero la porta della palestra. Aveva pensato che i suoi fratellastri avrebbero deliberatamente ignorato la sua esistenza. Non credeva che loro non sapessero nulla di lui, o di sua madre.

Passarono davanti alla reception, oltrepassarono una grande stanza piena di pesi e altre macchine cardio, e si diressero verso un corridoio che ospitava degli uffici.

Grace Anderson aprì una porta ed entrarono tutti.

Ryder vide la donna all'interno della stanza e gli si bloccò il respiro in gola.

CAPITOLO DUE

FELICITY JONES GUARDÒ di traverso il suo socio in affari, uno dei suoi più cari amici. Lei e Cole avevano fatto un accordo quando avevano aperto la Rock Hard Gym. Lui avrebbe posseduto legalmente la palestra sulla carta, ma lei era un socio alla pari, dato che aveva messo una buona parte del denaro per far funzionare la palestra. Aveva pensato che ci fosse un accordo implicito che se lei avesse voluto andarsene, lui le avrebbe restituito i soldi che aveva investito. Ma in quel momento si stava rifiutando. Non solo, ma le chiedeva anche maggiori informazioni.

Perché voleva i soldi?

Perché voleva lasciare Castle Rock?

Cosa non gli stava dicendo?

Tutte domande molto perspicaci, su cose di cui non era pronta a parlare. Non con lui. O con nessun altro. Né in quel momento, né mai. Era per il loro bene.

Ma poi Cole chiamò Grace. Felicity sapeva senza dubbio che avrebbe portato dei rinforzi, cioè suo marito e i suoi fratelli.

Non era giusto.

Ma cosa, nella sua vita, era giusto?

Quando la porta dell'ufficio si aprì, Felicity non fu sorpresa di vedere Grace e suo marito entrare, seguiti da Blake e Nathan. Non aveva idea di chi fosse l'altro uomo, ma lo guardò a malapena. Si voltò per lamentarsi con Cole.

"Fantastico. Ora siamo cinque contro uno. Pensi che l'intimidazione funzionerà? Dovresti conoscermi meglio di così."

Lo sconosciuto si fece strada per mettersi di fianco a lei. "Cinque contro due."

Felicity si allontanò subito. "Chi cazzo sei?"

Lui allungò la mano, come se fossero nel bel mezzo di un incontro formale. "Ryder Sinclair. E tu?"

La mano di Felicity si mosse ancora prima che potesse pensarci. Le buone maniere che sua madre le aveva instillato in tenera età erano difficili da superare. "Felicity Jones."

Nel momento in cui Ryder le prese la mano, Felicity capì di essere nei guai. La mano di quell'uomo era calda, ma non sudata. Non le strinse troppo forte la mano, ma usò la giusta pressione. Ma nel momento in cui la toccò, a Felicity scoppiò la pelle d'oca lungo le braccia. Ebbe la sensazione che, se si fosse buttata tra le sue braccia, lui l'avrebbe tenuta al sicuro. Non riusciva a distogliere lo sguardo da quegli intensi occhi color nocciola. Aveva un aspetto familiare. Si irrigidì. Merda, l'aveva già incontrato prima? "Ci siamo già incontrati?" squittì, mentre cercava di ritrarre la mano.

Invece di apparire offeso o contrariato dalla sua domanda, Ryder si limitò a scuotere la testa e si rifiutò di lasciarla andare. "No, non ci siamo mai incontrati... con mio grande disappunto. Ma ora ci conosciamo."

Felicity sentiva un forte desiderio di affondare nel suo

petto e lasciare che lui si prendesse cura di lei. Era più alto di lei di qualche centimetro, l'altezza perfetta per potergli appoggiare comodamente la testa sulla spalla ampia, ma lei si raddrizzò e usò la mano libera per liberare l'altra mano, anziché gettarsi tra le sue braccia. Era sola come un'isola. Non poteva contare su nessuno. Soprattutto se voleva tenere tutti al sicuro.

"Come vuoi, Casanova." Poi si rivolse alla migliore amica che avesse mai avuto e alzò le sopracciglia come per dire: "Ma che cazzo!"

Grace le sorrise e incrociò le braccia sul petto. Poi si voltò verso Cole. "Che cosa ha fatto ora Felicity? Perché siamo qui?"

Felicity aprì la bocca per bloccare qualsiasi cosa Cole potesse dire, ma lui la bruciò sul tempo.

"Vuole la sua metà dell'azienda in contanti e se gliela do scapperà."

Calò il silenzio nel piccolo ufficio, prima che Grace iniziasse ad agitarsi. "Cosa? Leese, non puoi andare. Ho bisogno di te. Sei la madrina di Ace e Nate."

"Non ho detto che me ne andavo," protestò debolmente Felicity.

"Ma non hai detto che saresti rimasta," dedusse Logan in modo acuto.

Felicity imprecò, non avendo idea di cosa dire. Tutti la guardavano con disapprovazione, ferendola profondamente. Ma lei non poteva restare. Era rimasta troppo a lungo. L'orribile sensazione che aveva dentro di sé era il motivo per cui non aveva mai cercato di farsi degli amici. Il motivo per cui si era trasferita così tante volte. Sapeva che le avrebbe fatto male lasciare Castle Rock, ma non sapeva quanto.

"Non so perché Cole ne stia facendo un dramma. Non è che non abbia i soldi."

"Giurami subito che se ti do i soldi, non te ne andrai," le ordinò Cole.

Cole era il più alto di tutti i presenti, Felicity non si era mai lasciata intimidire da lui, ma non riusciva a guardarlo negli occhi e a mentire.

"Non me ne andrò."

Le sue parole sembravano riecheggiare nella stanza.

Felicity guardò la scrivania di fronte a lei. Ricordò il giorno in cui l'aveva vista per la prima volta. Stava guidando a Castle Rock e l'aveva vista sul marciapiede, con un cartello "Gratis" accanto. Aveva immediatamente chiamato Cole e lo aveva fatto venire. Aveva passato ore a levigarla e a sistemarla. Sembrava adattarsi a quel posto. Era spaccata e malconcia, ma aveva solo bisogno di un po' di olio di gomito per tornare a splendere.

Alzò lo sguardo quando Cole si avvicinò a lei. Le prese il mento tra le dita e le alzò la testa verso di lui. Non le fece del male, ma la tenne ferma. "Guardami negli occhi e dimmelo, così ti credo."

Felicity deglutì e aprì la bocca, ma l'uomo al suo fianco si mosse prima di lei.

"Toglile le mani di dosso." La sua voce era bassa e letale.

La mano di Cole cadde immediatamente, Felicity si voltò a guardare Ryder. Era incazzato, non aveva idea del perché. Fece un piccolo passo per allontanarsi da lui, non voleva stargli vicino se scoppiava una rissa, ma lui non glielo permise. Ryder allungò un braccio, la prese per la vita con una presa d'acciaio e la trascinò a sé, facendola finire proprio al suo fianco.

Felicity aprì la bocca per protestare contro la sua prepotenza, ma nel momento in cui gli fu accanto, lasciò cadere la mano. Era come se la volesse accanto a sé per proteggerla, non perché fosse uno stronzo. Non aveva senso, ma quella era l'impressione che aveva avuto Felicity. Per quanto fosse irritata dalla sua presunzione, si sentiva incapace di reagire.

"Non le stavo facendo del male," disse Cole.

"Non mi interessa. Nessuno le fa fare niente che non voglia fare," replicò Ryder.

Gli occhi di Felicity continuavano a sfrecciare da un uomo all'altro.

"Felicity non fa nulla che non voglia," disse Cole dopo un secondo.

"Dannatamente vero."

"Senti, tu potrai anche essere imparentato con gli Anderson, ma questo non ti riguarda," gli disse Cole.

"Col cazzo," sbottò Ryder.

Gli occhi di Cole si restrinsero, i due uomini si fissarono l'un l'altro.

"Ehm... ha ragione... Ryder? Giusto?" Finalmente Felicity stava mettendo insieme i pezzi sull'uomo che le stava accanto come un cane da guardia incazzato. Ryder Sinclair. Non c'era da stupirsi che avesse un aspetto familiare. Era il fratellastro dei tre gemelli Anderson. Il fratellastro che non sapevano esistesse. Si era presentato la sera prima e Grace l'aveva chiamata per raccontarle tutto.

Grace avrebbe voluto parlare di più la sera prima, ma Felicity aveva visto la busta che aveva ritirato dall'ufficio postale, mandata da lui, aveva detto alla sua amica che non poteva più parlare. Le parole sul biglietto le si erano impresse nella mente.

Ehi, tesoro. Pensavi di potermi sfuggire?

Ti ho detto che ero un esperto a nascondino, ma non impari mai.
Ci vediamo presto.

Onestamente, si aspettava che lui la trovasse prima. Era a Castle Rock da cinque anni, ormai. Ma il biglietto l'aveva scossa, il suo primo istinto era stato quello di scappare il più lontano possibile. Ma Cole non stava collaborando. Tutti i suoi soldi erano bloccati in palestra. Non sarebbe andata molto lontano con i duemila dollari che aveva sul suo conto in quel momento. Non avrebbe nemmeno coperto il costo di una nuova identità. No, le servivano i cinquantamila che aveva messo nella palestra.

Prima di trasferirsi a Castle Rock, era stata estremamente frugale, risparmiando ogni centesimo. Aveva incontrato Cole un giorno in cui si erano letteralmente rimbalzati addosso mentre correvano nel parco. Felicity aveva girato intorno a una curva del sentiero e non era riuscita a fermarsi prima di andare a sbattere contro di lui. Avevano riso entrambi, e da quel giorno erano diventati amici.

Avevano instaurato un legame immediato, non romantico, ma più simile a quello tra fratello e sorella. Dato che Felicity non aveva mai avuto un fratello o una sorella, era stata una bella sensazione. Davvero bella. Abbastanza bella da farle decidere di rischiare e di stabilirsi a Castle Rock. Mettere radici; piccole, ma comunque radici.

Una sera, non molto tempo dopo il loro incontro, erano seduti nel suo appartamento, ubriachi come due spugne, e Cole le aveva raccontato i suoi sogni di possedere una palestra tutta sua. Lo aveva descritto in modo così vivido che Felicity se lo poteva facilmente immaginare. Lentamente, nei mesi successivi, Felicity si era fatta prendere dall'eccitazione di Cole.

Felicity aveva pensato ai soldi che aveva risparmiato. Era stata in viaggio per così tanto tempo che aveva dimenticato quanto fosse bello avere degli amici. Avere dei sogni. In più, era stanca di scappare. Così aveva offerto a Cole i risparmi di una vita per poter realizzare il suo sogno. Era stata una bella sensazione. Amava lavorare fianco a fianco con lui. Amava rendere la palestra un luogo comunitario sicuro, dove tutti, non importa quanto fossero in forma o fuori forma, potevano andare ad allenarsi. Ma in quel momento aveva un disperato bisogno di riavere quei soldi.

"Sì, sono Ryder," disse l'uomo accanto a lei, rispondendo alla sua prima domanda.

Felicity scosse la testa e cercò di concentrarsi sulla conversazione. Aveva bisogno di metterlo in riga. Mostrargli la Felicity che il mondo si aspettava di vedere. "Giusto, Ryder. Apprezzo che tu voglia assicurarti che io stia bene, ma non ho bisogno che tu o chiunque altro combatta le mie battaglie per me. Nel caso non l'avessi notato, so badare a me stessa."

Invece di tirarsi indietro per quelle parole, Ryder fece un passo avanti. Il suo sguardo era penetrante, lei si sentiva come se lui potesse leggerle la mente. Come se potesse vedere quanto fosse spaventata, anche se tentava di nasconderlo a tutti.

"Sia come sia, non devi più farlo. E come ho detto a Cole, nessuno ti tocca senza il tuo permesso."

"È mio amico," disse Felicity. "Può farlo."

Ryder scosse la testa.

Lei aprì la bocca per rispondergli in modo colorito, ma ancora una volta Cole la anticipò.

"Ha ragione. Mi dispiace, Felicity. Ma ti conosco.

Quando mi parli e non mi guardi, so che menti. Guardami negli occhi e dimmi che se ti do i cinquantamila, non sparirai."

Felicity si voltò verso l'amico e lo guardò. Lui era in piedi vicino a lei, con le braccia tatuate incrociate sul petto. Era accigliato, ma aveva le sopracciglia sollevate, come se la stesse sfidando.

Lei aprì la bocca per rispondergli, ma le parole le morirono in gola. Non ci riuscì. Non poteva mentirgli.

Pronunciò parole leggere... e tormentate. "È ora che me ne vada."

"Non puoi andare!" esclamò Grace.

Felicity fece crollare le spalle. Andarsene le avrebbe spezzato il cuore, ma non voleva mettere in pericolo Grace o i suoi figli, non quando la sua amica aveva appena iniziato a vivere libera per la prima volta in vita sua.

Le pareti cominciarono a chiudersi su Felicity. Sempre più vicine. Diventava sempre più difficile respirare, cominciò ad ansimare. Aria. Aveva bisogno di aria.

Come se potesse leggerle la mente, Ryder le mise di nuovo il braccio intorno alla vita e la fece spostare, con delicatezza. La portò su un piccolo divano in un angolo dell'ufficio e si sedette con lei. Le mise una mano dietro la nuca e la costrinse a chinarsi, e a farle metterle la testa tra le ginocchia.

"Respira, amore. Respira."

Felicity poté sentire gli altri esprimere la loro preoccupazione, ma solo marginalmente. Si concentrava sulla sensazione della grande mano ruvida di Ryder sulla sua nuca. Allungò una mano per afferrarsi i jeans al polpaccio, mentre cercava di respirare l'ossigeno.

Sentì il rimescolamento dei piedi e Cole che avvertiva,

come se fosse a mille miglia di distanza: "Non farle del male."

La risposta di Ryder fu enfatica: "Mai."

Poi si chiuse la porta, Felicity poteva sentire solo il proprio respiro affannoso.

"Rilassati." Sentì la mano di Ryder muoversi dal collo alla schiena, mentre lui la accarezzava. "Dentro e fuori. Rallenta i respiri. Puoi farcela...ecco fatto...bene. Brava..."

Era sciocco, ma quelle parole la aiutarono molto. Sentiva i polmoni espandersi con il prezioso ossigeno, l'uomo che aveva appena incontrato per la prima volta quel giorno continuava a mormorarle sciocchezze rassicuranti all'orecchio, così riuscì a riprendere il controllo di se stessa.

Tornando seduta, Felicity si passò una mano tra i capelli corti. Odiava i suoi capelli, ma tagliarli era quello che doveva fare per nasconderli... almeno così pensava. Ma supponeva che visto che ormai l'aveva trovata, avrebbe dovuto scegliere un colore diverso e farli ricrescere. Si era abituata ai suoi capelli neri, ma non aveva più importanza. Neri, rossi, viola... poteva trovarla comunque, a prescindere dal colore dei capelli.

"Stai bene adesso?"

Felicity fece un cenno in automatico. No, non stava meglio. Non sarebbe mai stata meglio. "Sì, sto meglio," mentì.

Ryder ridacchiò di fianco a lei. "La tua bocca dice una cosa, ma i tuoi occhi dicono qualcos'altro."

Si voltò verso l'uomo accanto a lei per la prima volta da quando era iniziato il suo attacco di panico. "Li hai convinti tutti ad andarsene... puoi farmi dare i miei soldi da Cole?"

"No." La risposta di Ryder fu immediata e definitiva.

Felicity chiuse gli occhi dalla disperazione. Non sapeva perché pensava che quell'uomo l'avrebbe aiutata. Ma sentì diffondersi una gran delusione nel petto.

"Guardami," ordinò lui.

Felicity scosse la testa.

"Per favore. Guardami," ripeté Ryder. "Come ho detto a Cole, non ti farò del male, ma vorrei guardare i tuoi bellissimi occhi blu quando ti dico quello che devo dire."

Felicity sentì di nuovo la pelle d'oca sulle braccia, per quelle parole. Facendo un respiro profondo, portò gli occhi verso di lui e si preparò a qualsiasi cosa dovesse sentire.

"Grazie, amore. Ti aiuterò. Voglio sapere chi ti ha spaventato così tanto da farmi vedere la paura che traspare dai tuoi occhi. Vedo oltre l'immagine che proietti al mondo. Per gli altri sei una tipa tosta che non si fa problemi, dai tatuaggi sulle braccia all'atteggiamento impertinente che sfoggi. Ma io vedo una donna che è spaventata a morte, che ha bisogno di qualcuno che la abbracci e le dica che tutto andrà bene. Combatterò quei demoni per te, amore. E non solo li combatterò, ma li annienterò."

"Ecco perché non dirò a Cole di darti i soldi che ti servono per fuggire. Scappare non risolverà i tuoi problemi. Ma io lo farò. Farò in modo che tu sia libera. Libera di essere chi vuoi, non chi pensi di dover essere."

Felicity non poté fare altro che fissarlo. Le sue parole erano presuntuose, ma pronunciate con una convinzione tale da farle venir voglia di credergli disperatamente. Per qualche ragione, lei gli credeva. Se lo avesse lasciato fare, lui probabilmente avrebbe potuto abbattere il mostro che la perseguitava, una volta per tutte.

Ma era un grosso "se".

CAPITOLO TRE

RYDER SI SEDETTE a un tavolo della caffetteria di fronte alla Rock Hard Gym e sorseggiò il suo caffè nero. Niente stronzate frou-frou per lui. I suoi occhi erano incollati alla porta dall'altra parte della strada, mentre ascoltava Logan.

Aveva soggiornato in un hotel locale per l'ultima settimana, ma non ci sarebbe rimasto a lungo. Non tanto per una questione di soldi, ma per quel presentimento incombente. Felicity era nei guai. Lo sentiva nelle ossa. Ma non poteva aiutarla, se lei non gli parlava.

Da quando le aveva detto che si sarebbe occupato dei suoi problemi, lei lo aveva evitato. Non lo aveva più guardato negli occhi e gli era sfuggita non appena aveva potuto. Ma lui non si fece scoraggiare. No, le cose migliori della vita arrivano a chi sa aspettare.

Lui l'avrebbe aspettata, per tutto il tempo necessario.

Felicity Jones era sua. Ne era certo. Era così e basta.

Ryder aveva visto molte cose brutte, in vita sua. Aveva fatto cose che lo avrebbero fatto additare come un mostro. Ma Felicity era la sua ricompensa. La sua ricompensa per tutta la merda mandata giù nella sua vita.

Appena l'aveva guardata negli occhi, aveva visto attraverso tutte le sue bugie.

La spavalderia.

La durezza.

Stava soffrendo parecchio. Ryder moriva dalla voglia di sapere il perché. Moriva dalla voglia di aiutarla, per far sparire il dolore che vedeva chiaramente in quegli occhi blu.

Ma era più che ovvio che Felicity non voleva esporre nessuna delle sue vulnerabilità. Ryder voleva risposte al milione di domande che aveva, ma sapeva che ciò l'avrebbe resa più diffidente di quanto non fosse già.

"Non ci hai mai detto quello che fai a Colorado Springs," buttò lì Logan.

Ryder staccò gli occhi dalle porte della palestra e incontrò quelli di suo fratello. "Sono un investigatore privato."

"Ma davvero?"

"Davvero."

Logan non disse nulla per un momento, poi chiese: "Tutto qui?"

Ryder voleva sorridere, ma si trattenne. Suo fratello non era scemo. Neanche un po'. "No."

"Immaginavo. Ma non chiederò altro, perché è ovvio che non risponderai."

Ryder grugnì, poi bevve un altro sorso del suo caffè e incollò di nuovo gli occhi alla porta della palestra.

"Nathan ha controllato. Dice che sei stato nell'esercito solo per un paio d'anni prima di lasciare."

Ryder annuì. "Sono entrato subito dopo il liceo. Volevo fare un po' di soldi da mandare a mia madre, per renderle la vita più facile. Sono stato dentro per due anni prima che si presentasse un'altra opportunità."

"Interessante," disse Logan, cercando di sembrare un po' troppo disinteressato. "Di solito il contratto base è di quattro anni."

Ryder non rispose, ma fissò il fratello per un attimo, prima di voltarsi a guardare fuori dalla finestra, verso la porta della Rock Hard Gym, ancora una volta.

"Non so cosa stia succedendo a Felicity, o a te, se è per questo, ma non farle del male. È la ragazza più tosta che conosco. E se non fosse stato per lei, io e Grace non saremmo dove siamo. Non avrei i miei figli," disse Logan dopo un minuto.

Ryder voltò lo sguardo verso Logan. "Pensi che Felicity sia una dura?"

Logan sollevò le sopracciglia. "Tu no?"

"È spaventata a morte, ed è a tanto così dal fuggire," rispose Ryder, tenendo il pollice e l'indice alzati, quasi a toccarsi.

"Può essere spaventata, ma questo non significa che non sia una dura. Quando mi hanno portato via Grace, Felicity è rimasta al mio fianco e poi ha fatto quello che poteva per aiutarla. Se avesse avuto due minuti da sola con Margaret Mason, la madre di Grace, ho paura di quello che le avrebbe fatto. Ha una forza incredibile."

Ryder scosse la testa. "È tutta una facciata. Devi capirla. Sono qui da una settimana, ed è chiaro come il giorno per me. Basta guardarla negli occhi e si vede che soffre."

Logan scosse la testa. "A me non sembra. Dimmi cosa mi sono perso."

Ryder posò il caffè e sospirò. "Non ho controllato il suo passato. Ma non ho bisogno di indagare troppo per sapere che è una donna in fuga. Con quella colorazione, è ovvio che i suoi capelli neri come l'inchiostro sono tinti, il che mi fa pensare che stia cercando di mascherare il suo aspetto. I suoi occhi non smettono mai di muoversi, scruta costantemente l'ambiente circostante, come se cercasse un pericolo. Vive sopra la palestra che possiede, quindi presumo che non paghi l'affitto e non abbia dovuto compilare una domanda di iscrizione. Ho sentito per caso Grace lamentarsi, bonariamente, del fatto che Felicity paghi sempre in contanti ciò che riguarda la sua auto, non ha una carta di credito. Il suo cellulare è uno di quelli economici, quasi usa e getta. Ultimo dettaglio, ma non per questo meno importante, è una socia occulta in quella palestra. Cole ha detto che non ha firmato un solo foglio. E ora vuole cinquantamila dollari in contanti."

Logan strinse il suo tovagliolo in un pugno. "Allora, cosa possiamo fare?"

"Posso essere onesto?"

"Sempre."

"Lascia che me ne occupi io."

Logan scosse la testa ancora prima che Ryder avesse finito di parlare. "Non ti conosce nemmeno, bello. Non si fiderà di te."

"È per questo che si fiderà di me," replicò Ryder. "Pensaci. Grace è la sua migliore amica, la madrina dei tuoi figli. Felicity ama te e i tuoi fratelli come una vera famiglia. Vuole scappare per proteggere tutti voi. Non vi dirà un cazzo, per tenervi fuori da qualsiasi cosa la stia perseguitando. Io? Io sono un estraneo. A me dirà tutto."

"Sei incredibilmente sicuro di te stesso," osservò Logan.

"È perché ho ragione. Non ho intenzione di farle del male," disse Ryder a suo fratello, riportando la conversazione al punto di partenza. "L'ultima cosa che voglio è torcerle un capello."

"Non stavo parlando fisicamente," disse Logan. "Non sono così poco attento come credi. In tutto il tempo che sono tornato in città, non è mai uscita con qualcuno. Cole ha detto di non averla mai vista con un uomo, da quando la conosce. Cinque anni sono davvero tanti senza stare con qualcuno."

Ryder non disse nulla. *Era* un lungo periodo di tempo. Lo sapeva in prima persona. Non era stato con nessuna, da quando era uscito dall'esercito e aveva iniziato la sua nuova vita. Stare con qualcuna significava dare ai suoi nemici un modo per arrivare a lui. Non aveva mai voluto aprire quella porta, ma si era spalancata con il suo viaggio a Castle Rock. Sapeva che presentarsi ai suoi fratelli significava cambiare la sua vita, ma era pronto ad affrontarli. Aveva quasi trent'anni. Voleva quello che avevano i suoi fratelli. Una moglie. Dei figli. Una famiglia. Era stato da solo per gran parte della sua vita, e all'improvviso si ritrovava con tre fratelli, tre cognate e due nipoti.

E con Felicity.

I suoi nemici avevano una fottutissima moneta di scambio, lui non voleva dar loro la possibilità di usarla. Era fuori discussione. Aveva bisogno di parlare al più presto con il suo capo, per dirgli ufficialmente dei suoi piani da realizzare con i Mercenari di Montagna, anche se probabilmente il capo l'aveva già capito. Ma non prima che Felicity fosse al sicuro.

"Non le farò del male," ripeté Ryder con fermezza. "Né fisicamente, né mentalmente." Guardò suo fratello negli occhi. "Lei è mia, Logan. L'ho capito dalla prima volta che l'ho vista. Ucciderei per lei. Nessuno le metterà mai più le mani addosso senza il suo permesso. Nessuno."

"Hai già ucciso in passato." Non era una domanda.

Ryder non rispose, ma fissò il fratello negli occhi. Per la seconda volta.

Dopo una lunga pausa, Logan disse: "Voglio sapere tutto quello che scoprirai."

"Lascia fare a me," gli disse Ryder.

"Non ho dubbi, ma devo a Felicity più di quanto potrei mai ripagare. Ha fatto amicizia con Grace quando non aveva nessuno. L'ha portata via da casa dei suoi genitori, via da loro. Se quello che dici è vero, devo aiutarla."

"Giusto."

"Allora lascia che ti aiuti. Lascia che tutti noi ti aiutiamo. Potremmo non essere bravi come te, ma non siamo degli sprovveduti. Lascia che Alexis e Nathan vedano cosa riescono a trovare online. Lascia che io e Blake ti aiutiamo a tenerla d'occhio quando tu non puoi farlo. Cole può stare al suo fianco solo fino a un certo punto. Non escluderci. Lei è come una di famiglia."

"Diventerà una di famiglia sposandomi, se avrò qualcosa da dire in proposito," disse Ryder in modo definitivo.

"Felicity è già mia sorella in tutti i modi che contano," disse con fermezza Logan. "Faccio fatica ad essere arrabbiato con te per il tuo modo di fare, perché dal mio punto di vista Felicity ha bisogno di un uomo come te per restare qui. Ma lascia che ti aiutiamo, cazzo."

Ryder annuì. "Quando avrò altre informazioni, ti farò sapere. Ma dovresti sapere che ho anche i miei rinforzi."

"Ma non sono qui. Sono a Colorado Springs," indovinò Logan.

"Vero."

"Ma noi siamo qui. Noi ti aiuteremo," gli disse Logan.

"Sei proprio una spina nel fianco," brontolò Ryder.

"Anche Grace dice così. Allora è tutto sistemato? Ci terrai informati?"

"Sì. Appena scopro qualcosa, ti faccio sapere."

"Bene. Oh, Ryder?"

"Cosa?" chiese, esasperato. "Gesù, credo che mi manchi l'essere figlio unico se continui a tormentarmi."

Le labbra di Logan si arricciarono in un sorriso, ma poi inclinò la testa verso la finestra e disse: "Se vuoi scoprire qualcosa oggi, è meglio che ti dai una mossa."

Ryder voltò la testa di scatto, vide Felicity camminare velocemente sul marciapiede verso il parcheggio e la sua PT Cruiser. Si alzò e si mosse in un attimo. Sentì Logan ridacchiare dietro di lui, ma tutta la sua attenzione era concentrata sui fianchi di Felicity, che si allontanava da lui.

———

Felicity girò la chiave nella sua piccola PT Cruiser. Proprio mentre stava avviando il motore, si aprì la portiera del lato passeggero e un uomo salì a bordo, accanto a lei.

Lei urlò e si scagliò verso la maniglia della portiera, cercando disperatamente di uscire.

"Gesù, sono io, Ryder. Cazzo. Mi dispiace tanto, non volevo spaventarti."

Felicity si volse verso l'uomo accanto a lei e cercò di riprendere fiato. Chiuse gli occhi e si concentrò per rallentare il battito cardiaco. "Mi hai spaventato a morte."

"Lo so. Mi dispiace. Ma sai... Avrei potuto essere chiunque. Ovviamente lo pensavi anche tu. Dovresti essere più vigile."

Felicity fece un respiro profondo, aprì gli occhi e ordinò con la voce più dura che riuscì a tirare fuori: "Esci."

"No. Sto bene qui," disse Ryder, chiudendo la portiera e incrociando le braccia sul petto.

Lei quasi si mise a ridere, perché era evidente che lui

non era assolutamente a suo agio. Neanche un po'. Felicity non era molto più bassa di lui, ma per qualche motivo vederlo tutto incastrato nel sedile accanto a lei le faceva venire voglia di ridere.

Ma non riuscì a farlo. Aveva bisogno di sbarazzarsi di lui. Felicity non era una stolta. Sapeva che Ryder la stava seguendo da una settimana. Sapeva che lui voleva parlarle, farle dire da cosa stava scappando, ma non poteva farlo. Voleva solo essere lasciata in pace... giusto?

Non poteva negare che le parole di Ryder, la settimana prima, le erano piaciute. Le erano *molto* piaciute. Voleva essere libera. Odiava guardarsi sempre alle spalle. Ma non poteva rischiare la sua vita, o quella di Grace, o quella di chiunque altro. No, lasciare la città era la cosa migliore per tutti. Non aveva davvero bisogno dei soldi che Cole teneva congelati. Aveva lasciato Chicago molto tempo prima con meno soldi di quanti ne avesse in quel momento, e se l'era cavata. Stava temporeggiando solo perché per la prima volta non voleva andarsene. Le piaceva Castle Rock. Adorava i suoi amici. Le piaceva il suo lavoro in palestra, anche se non era quello che sognava di fare quando era al college.

"Seriamente, Ryder. Vattene. Sto solo andando a fare la spesa. Puoi continuare a perseguitarmi quando torno."

"Posso darti una mano," le disse con voce tranquilla.

"Dico sul serio. Non ti voglio qui."

Felicity abbassò la voce. "Sul serio."

"So badare a me stessa. Lo faccio da molto tempo," continuò lei.

"So che l'hai fatto, amore, ma ora non dovrai più farlo."

"Argh... Devi sempre ribattere?"

"Sì."

Felicity lo fissò per un istante, poi sospirò e si arrese.

Rifiutava di ammettere che si sentiva più sicura, con lui intorno. No, lui non l'avrebbe mai lasciata sola se lei lo avesse lasciato fare. Pensò all'evento successo la settimana precedente: era arrivato per posta un vecchio ritaglio di giornale sulla morte della sua compagna di stanza del college. Sapeva esattamente chi l'aveva spedito. Stava facendo i suoi soliti trucchetti... cercava di spaventarla, di farla sentire sempre meno al sicuro. Non aveva dubbi che nelle settimane successive lui avrebbe aumentato i suoi piccoli *doni*. Preferiva quasi che facesse la sua mossa e la smettesse, ma sapeva che lui voleva farla soffrire il più a lungo possibile.

Sospirando, Felicity ingranò la retromarcia per uscire dal parcheggio. Dopo aver guardato da ogni lato che la via fosse libera, si trovarono finalmente per strada.

"Quando ti sei trasferita a Castle Rock?" chiese Ryder.

Felicity si irrigidì. Sembrava che l'inquisizione stesse iniziando immediatamente. "Circa cinque anni fa. Mese più, mese meno." Quando lui non rispose o chiese altro, Felicity si permise di guardarlo. Ryder stava fissando la parte anteriore del veicolo, stava contraendo la mascella.

Per la prima volta in dieci anni, voleva vuotare il sacco con qualcuno. Ryder le aveva fatto venir voglia di abbassare gli scudi che aveva alzato da quando aveva messo piede fuori da casa di sua madre. Aprì la bocca per dire qualcosa, ma la chiuse un secondo dopo. No, non poteva rischiare. Non poteva assolutamente rischiare.

Era una cosa stupida. Non conosceva Ryder. Non le importava di lui. Dato che non gli era emotivamente legata, lui poteva aiutarla, se gli fosse successo qualcosa, non le sarebbe importato... giusto? Interiormente, sospirò. Ma santo cielo, a lei importava *eccome* di lui. Anche dopo così poco tempo, non poteva negare che la protezione offerta da Ryder fosse inebriante e lusinghiera. Per non parlare del fatto che era dannatamente bello.

Era muscoloso e corpulento, ovviamente si allenava. I suoi capelli castani erano costantemente disordinati, come se facesse scorrere spesso una mano tra le ciocche. Aveva una barba di circa tre giorni sulla mascella quadrata, il suo naso era abbastanza storto da farle pensare che glielo avessero rotto con un colpo ben assestato. Le sue mani erano grandi e callose. Lo aveva notato quando gli aveva stretto la mano la settimana prima, e anche quando lui le aveva toccato il collo. Aveva le spalle larghe, Felicity aveva la sensazione che lui potesse portare un bel peso... senza problemi.

Ma soprattutto era attratta dal modo in cui lui la faceva sentire. Non la trattava come se fosse Wonder Woman, ma non la faceva neanche sentire debole. Ryder Sinclair era più alfa di qualsiasi altro uomo che avesse mai incontrato, e ciò significava molto, considerando che era amica dei fratelli Anderson e di Cole. Ma invece di farla divagare e di farle venire voglia di abbassare la cresta, le fece venire voglia di tenerlo vicino per affrontare i pericoli della sua vita, per lei. Anche se sapeva che Joseph era là fuori da qualche parte, a guardarla, non si sentiva così spaventata come avrebbe dovuto. Grazie a Ryder.

Il negozio di alimentari dove Felicity amava andare a fare la spesa era a Denver. Là avevano cibo biologico e specialità che non poteva trovare a Castle Rock. Dovette riconoscerlo a Ryder: non le aveva chiesto dove andavano, mentre lei imboccava l'interstatale e si dirigeva a nord, era rimasto seduto accanto a lei in silenzio, lasciandole il suo spazio... per il momento.

Passarono un'ora a passeggiare insieme per il negozio. Lui la prendeva in giro per i suoi acquisti bio, lei lo prendeva in giro perché aveva comprato solo una dozzina di ciambelle, una scatola di barrette di granola e un sacchetto di mandorle.

"Tutto qui quello che mangi?"

Ryder fece spallucce. "Non c'è molto spazio nell'hotel. Comunque, ho mangiato molto al bar."

"Cosa? Perché proprio lì? Non hanno nemmeno del cibo vero. Solo muffin e roba del genere."

Lui la fissò intensamente e le disse: "Perché è dall'altra parte della strada rispetto alla palestra, e da lì posso tenerti d'occhio."

Felicity si fermò in mezzo a una corsia e iniziò a balbettare: "Ryder... Tu... perché?"

Si chinò verso di lei e le disse dolcemente: "Perché ti ho promesso che ti avrei liberata da qualsiasi cosa ti tormenti. L'unico modo in cui posso farlo è tenerti d'occhio."

Felicity si morse un labbro, faticando a trovare le parole giuste per esprimere ciò che pensava. A differenza della maggior parte delle persone, Ryder la lasciava pensare. Non riempiva il silenzio con parole vane. Alla fine lei lo guardò e gli disse: "Non puoi mettermi al sicuro. Nessuno può farlo."

Era più di quanto avesse ammesso della sua vita personale, da molto tempo.

Come comprendendo quanto fosse difficile per lei dire anche solo quella frase, Ryder alzò lentamente una mano e le accarezzò i corti capelli a spillo. La guardò negli occhi e le spostò la mano sul collo, in una stretta confortante. "Posso tenerti al sicuro." Sembrava che stesse facendo un voto.

"Non puoi."

"Posso," insistette lui. "Quando torniamo a Castle

Rock, invitami a casa tua. Parleremo. Ti darò il mio curriculum, il mio *vero* curriculum, quello che nessuno possiede, tranne il mio capo. Poi potrai decidere se fidarti di me per tenerti al sicuro o meno."

"Il tuo capo?"

Lui sollevò le sopracciglia, come per sfidarla.

Felicity si era quasi arresa. Voleva davvero rimanere a Castle Rock. Ma voleva di più proteggere i suoi amici. La sua partenza non avrebbe garantito la loro sicurezza, però; prese coscienza di quel fatto per la prima volta in quel momento. Lui poteva seguirli per arrivare a lei, dopo la sua partenza. Poteva fidarsi di Ryder? Non lo sapeva, ma si sentì abbastanza egoista da dargli una possibilità.

"Ok."

"Ok." Lui le strinse delicatamente il collo e lei si lasciò volentieri condurre in avanti. Proprio lì, nel bel mezzo del negozio pieno di hipster e genitori a caccia di cibo che ritenevano "sicuro" per i loro figli, Ryder le avvolse le braccia intorno alla vita e la strinse forte.

Felicity abbassò la testa e la posò su un'ampia spalla di lui. Gli avvolse le braccia intorno alla vita e si lasciò abbracciare da lui. Per la prima volta, da quando aveva vent'anni, si appoggiò a qualcun altro. Fu una bella sensazione. Troppo bella. Ma non riusciva a staccarsi.

"Te l'ho detto una volta e te lo ripeto. Sistemerò tutto questo per te, amore," disse Ryder a voce bassa.

"Non credo che tu possa farlo," borbottò lei.

"Posso, e lo farò."

Lo disse con una convinzione tale che lei quasi gli credette.

CAPITOLO QUATTRO

Ryder stava dietro a Felicity mentre lei, nervosamente, armeggiava tutta seria con la serratura della porta del suo appartamento. C'erano così tante cose da sistemare per la sicurezza, che impiegò del tempo. La sua porta non era molto robusta, perché era semplicemente un'altra porta all'interno della palestra. C'era una tromba delle scale nel corridoio posteriore della palestra, conduceva a un corridoio stretto al secondo piano dell'edificio, aveva bisogno di più illuminazione. Felicity spiegò a Ryder che le altre stanze venivano utilizzate come deposito, chiunque poteva facilmente nascondersi al loro interno. Gli aveva spiegato anche che era stato costruito un piccolo appartamento in quello spazio nel momento in cui avevano redatto le cianografie.

Era ovvio che Felicity non si sentiva a suo agio ad avere Ryder nel suo appartamento, ma avrebbe dovuto superare la cosa. Non lo sapeva, ma lasciarlo entrare nel suo spazio privato era come accettare di essere sua. Non era una donna che si fidava facilmente, Ryder sapeva che essere invitato nel suo appartamento era qualcosa di intimo. Non avrebbe dovuto sembrare così intimo entrare in casa sua, ma fu proprio così.

Ryder sentì il suo profumo più forte. Felicity aveva sempre un buon odore, soprattutto quando lui la teneva tra le braccia in mezzo al negozio di alimentari, ma lì in casa quel profumo era almeno dieci volte più forte. Lillà. Era solo un'altra delle tante cose di lei che non "combaciava" con il suo aspetto esteriore.

Come aveva fatto notare a Logan, Ryder aveva capito che Felicity non era affatto una dura. Era a pezzi. Ryder lo sapeva perché a un certo punto era stato proprio come lei. La prima volta che aveva ucciso un uomo, era caduto in un pozzo di disperazione così profondo da pensare di non rivedere mai più la luce. Per compensare, si era messo una maschera e aveva creato un nuovo personaggio, proprio come aveva fatto Felicity.

Ma aveva portato la sua maschera da duro solo per un anno, prima di toglierla con i suoi compagni di squadra e amici. Amici che capivano veramente quello che provava. Felicity indossava la sua maschera da così tanto tempo, che sotto c'erano solo stralci della tenera donna che era stata in passato. Ma Ryder li aveva visti molto chiaramente. Era *quella* la donna che voleva conoscere. Voleva essere suo. Aveva solo bisogno di rompere il suo duro guscio esterno, portatore di brutti ricordi.

Portarono le borse della spesa in cucina; lui le passava gli oggetti che poi lei metteva via. Lavorarono insieme in un piacevole silenzio. Dopo aver sistemato tutto, Felicity si girò e indicò il suo piccolo appartamento. "Non è molto."

In effetti no, non era molto.

Era sterile.

Deprimente.

Non c'era il minimo tocco personale in quel piccolo spazio.

Le pareti erano di un bianco noioso. Non c'erano foto. Non c'erano macchie di colore. Nessun cuscino da ragazzina sul divano nero, al centro della zona giorno. Forse c'erano dei DVD all'interno del mobile vicino al televisore, ma Ryder ne dubitava. Niente libri. Niente mucchi di posta in giro. Tanto valeva stare nella sua stanza d'albergo, per la personalità di quel posto. Era difficile credere che Felicity vivesse lì da così tanto tempo.

Ryder fece spallucce. "Va bene."

Felicity alzò gli occhi al cielo. "Vuoi qualcosa da bere?"

"Che cos'hai?"

Lei andò al frigorifero e lo aprì, come se non ne avesse idea e avesse bisogno di controllare. "Acqua, birra e succo V8."

Ryder alzò le sopracciglia guardando il distributore d'acqua di dimensioni industriali nell'angolo della cucina.

Felicity fece spallucce. "Bevo molto, Cole mi ha detto che avrei dovuto ordinare uno dei distributori che abbiamo qui in palestra per me. Quindi l'ho fatto. Quando finisco, prendo una delle bocce d'acqua dal piano di sotto. È più facile e più economico che comprare le bottigliette."

"L'acqua va bene," le disse Ryder, una volta finita la spiegazione.

Felicity annuì e prese un bicchiere, lo riempì dal distributore e glielo consegnò. Ne versò uno anche per sé e si appoggiò al bancone. "Allora... volevi parlare?"

Ryder bevve un sorso d'acqua, poi annuì. Allungò una mano senza dire una parola.

Felicity gli guardò la mano, poi lo guardò in faccia, poi di nuovo la mano.

Ryder rimase immobile ad aspettarla.

Proprio quando pensava che lei avrebbe ignorato il suo gesto, all'ultimo secondo lei alzò la mano e la mise nella sua.

Ryder sentì l'uccello gonfiarsi nei pantaloni, ma lo ignorò. Quella piccola dimostrazione di fiducia gli andò dritta al cuore. Felicity non si fidava facilmente, forse non si fidava proprio. Il fatto che lei gli avesse preso la mano non era come vincere la lotteria, ma era un inizio. Ryder poteva lavorarci.

Chiudendo le dita intorno alla mano di lei, la condusse nell'altra stanza. Poi fece un gesto verso il divano e lei si sedette. Anche Ryder si sedette accanto a lei. Le loro cosce si sfioravano. Lei si allontanò da lui, ma lui le strinse la mano. "Resta qui."

Felicity fece un respiro profondo, poi annuì.

Mettendo le loro mani intrecciate sul ginocchio, Ryder iniziò a raccontare.

"Quando avevo diciannove anni, ero un caporal maggiore dell'esercito. Ero di pattuglia in una città dell'Iraq. Il nostro compito era quello di andare in giro, conoscere la gente del posto, mostrare loro che non eravamo un pericolo, guadagnare la loro fiducia. A me non dispiaceva. Adoravo I bambini. Non riuscivamo a comunicare così bene tra di noi, perché loro non conoscevano l'inglese e io non parlavo la loro lingua, ma comunicavamo con i gesti delle mani e le espressioni del viso. Erano innocenti e si divertivano molto facilmente. I bambini qui negli Stati Uniti hanno ogni sorta di gadget elettronico. Sono intrattenuti dalla televisione e dai cartoni animati. Ricevono

Happy Meal e *fast food* ogni volta che i loro genitori cedono e glieli comprano. Ma quei bambini non avevano niente... Forse un pallone. Bastoncini e sassi. Ma erano felici come tutti i bambini del mondo. I loro volti si illuminavano quando ci vedevano. Ci seguivano per tutto il villaggio."

Ryder fece un respiro profondo. Non aveva mai raccontato quella storia a nessuno. Il suo capo, Rex, sapeva cosa era successo, probabilmente dalla lettura del rapporto ufficiale di quel giorno. Ne avevano parlato una volta di sfuggita, ma non aveva fatto domande e non ne avevano discusso affatto.

Felicity gli strinse la mano. Non disse una parola, ma quel piccolo movimento non verbale valse più di mille parole. Ryder aveva bisogno della sua compassione per continuare.

Non la guardò, ma continuò. "Un giorno stavamo pattugliando come al solito, e ho notato che una bambina che ci salutava sempre non c'era. Zariya aveva dieci anni. Aveva dei bellissimi capelli neri che le scendevano fino a metà schiena. Erano sempre incasinati, arruffati dal vento. Me li aveva lasciati intrecciare una volta, dopo che avevo camminato per tutto il villaggio e avevo ancora quindici minuti da far passare. Erano morbidi. Molto morbidi. Mi ricordavano i capelli di mia madre. Mi ha insegnato lei a fare le trecce, il tempo che passavamo insieme la mattina quando le facevo le trecce era qualcosa che mi mancava, da quando ero uscito di casa." Ryder fece un respiro profondo prima di continuare. "Ho chiesto a uno dei ragazzi dove fosse Zariya, e mi ha indicato un vicolo con molte porte. Siamo andati a controllare, ma non abbiamo visto o sentito nulla di insolito. Io e i miei amici siamo andati dove ci ha indicato il ragazzino, volendo salutare quella bambina allegra. Quando ci siamo avvicinati a una delle porte, abbiamo sentito piangere dall'interno. Senza esitare, abbiamo bussato, poi siamo entrati."

Ryder si fermò. Era più difficile di quanto pensasse. Non sapeva se sarebbe riuscito a continuare. Non sapeva se poteva mettere a nudo la sua anima a Felicity in *quel* modo. Voleva che lei si fidasse di lui, ma ebbe dei ripensamenti nel raccontarle quella storia. Improvvisamente pensò che non si sarebbe sentita al sicuro con lui, se avesse saputo cosa aveva fatto quel giorno.

"Brutta esperienza?" gli chiese lei dolcemente.

"Sì." La voce di Ryder sembrava incrinata.

"Vai avanti," lo esortò.

Ryder si schiarì la gola. Arrivato a quel punto, tanto valeva che finisse. "Siamo entrati e abbiamo visto che il posto era un disastro. Spazzatura ovunque, puzzava. Come il peggior odore di corpo che si possa immaginare. Ma la cosa che mi è rimasta impressa era un mucchio di capelli neri sul pavimento sporco davanti a noi. Non riuscivo a capire quello che vedevo, ma sapevo che non era positivo. Abbiamo sentito del piagnisteo lì vicino, siamo andati subito in quella direzione. Avevo due amici davanti a me, si sono fermati all'ingresso. Li ho superati e mi ci è voluto un attimo per realizzare cosa avevo di fronte."

"C'era Zariya. Il bastardo le aveva rasato la testa del tutto. Probabilmente per punirla per qualcosa che aveva fatto. Era a letto, sopra di lei. Lei piagnucolava e piangeva, ma a lui non importava nemmeno. Io e i miei amici ci siamo incazzati, uno mi ha preso per il braccio e ha cercato di tirarmi fuori dalla stanza. Ricordo di averlo fissato, come se fosse pazzo. Non potevamo lasciarla lì. Non in quel modo. Poi ha indicato il lato della stanza. Verso un vestito bianco. Un cazzo di abito da sposa. I genitori di Zariya le avevano permesso di essere sposata con un uomo che aveva almeno quattro volte la sua età. E lui la stava stuprando."

Ryder percepì il rantolo di Felicity, ma non si fermò. Non poteva farlo. "Ho perso il controllo. I miei amici hanno detto che era sposata e che non potevamo interferire con le abitudini locali. Avrebbero lasciato che quell'uomo continuasse a farle del male. Notte dopo notte. Non mi importava che fosse solo una bambina. Non me ne fregava un cazzo se quella era la loro cultura di merda. Non mi importava che potessi dare il via a un incidente internazionale e danneggiare le relazioni in quel villaggio. Mi avvicinai a quello stronzo e gli feci saltare il cervello. L'ho strappato via da Zariya e l'ho raggiunta. Volevo confortarla, dovevo dirle che tutto sarebbe andato bene, ma lei ha dato di matto. Urlava a squarciagola. Si agitava per allontanarsi da me. Si è raggomitolata in un angolo della stanza e si rifiutava di guardarmi."

"Prima di allora, mi aveva seguito per settimane, sorridendo, tenendosi stretta alla mia giacca mentre camminavamo per il villaggio. Neanche una volta aveva mai avuto paura di me. Nemmeno una volta, Felicity."

"Cosa le è successo?"

Ryder si girò verso Felicity. "Cosa?"

"Cos'è successo a Zariya?" chiese lei ancora una volta.

Ryder sospirò e le mise una mano tra i capelli. "Non lo so. Mi hanno trascinato alla base e messo in isolamento per un po'. Poi mi hanno spedito in Germania, e poi di nuovo negli Stati Uniti."

Felicity sembrava inorridita. "Cosa?"

Ryder scrollò le spalle. "Mi hanno tolto due gradi, riducendomi a soldato semplice, e mi è stato detto che se avessi tirato fuori di nuovo l'incidente, sarei stato congedato con disonore. Mi vergognavo di aver perso il controllo e non volevo dover dire a mia madre cosa era successo. Così non ho discusso."

"Stronzi!"

Ryder guardò Felicity, sorpreso.

"Voglio dire, davvero?" continuò lei. "Quel tipo si meritava proprio quello che ha avuto. E non posso credere che i tuoi amici non abbiano fatto niente. Voglio dire, avrebbero potuto inventarsi una storia su come il tizio ti avesse attaccato... o qualcosa del genere. Sapevano cosa stava facendo e hanno lasciato che ti prendessi la colpa. Questo non va bene. E poi non potevano tornare indietro ad aiutare la povera Zariya... e portarla via da lì, negli Stati Uniti? E non ti hanno detto cosa le è successo dopo che l'hai salvata? Cazzo. Forse possiamo chiedere ad Alexis se può trovarla. No, lo so, può chiedere a quel tizio che le ha insegnato ad hackerare se riesce a rintracciarla. Ha detto che ha ogni tipo di contatto militare. Quanti anni avrà ora? Ventuno? Ventidue? Sono sicura..."

Ryder mise la mano sulla bocca di Felicity e le sorrise. Lei lo fulminò, con scintille che le uscivano dagli occhi.

"Per quanto sia fottutamente felice di vedere un'emozione nei tuoi occhi oltre alla paura, amore, non voglio trovarla." Allontanò la mano dalla sua bocca, accarezzandole il labbro inferiore con un pollice. Lei aprì la bocca per protestare, ma lui si affrettò a spiegarsi. "L'Iraq è un altro mondo, rispetto a qui. Il fatto è che probabilmente i suoi genitori l'hanno cacciata via. Probabilmente l'hanno data in pegno a un altro uomo, vecchio quanto quello che ho ucciso, appena hanno potuto. Detesto questa merda. È troppo, cazzo, ma non c'è niente che io possa fare."

"Ma, Ryder..."

"No, amore. Il mio scopo nel raccontarti questa storia non era quello di farti angosciare."

"Allora qual era il punto?" chiese Felicity, chiaramente scontenta.

"Quello è stato il primo uomo che ho ucciso, ma non è stato l'ultimo."

Lei rimase in silenzio per un lungo momento prima di dire: "Se lo meritava."

"Indubbiamente."

"E scommetto che anche gli altri se lo meritavano."

Felicity fece un'affermazione, non una domanda. Lei non cercava una conferma, ma lui gliela diede comunque.

"Sì."

Il suo lavoro con i Mercenari di Montagna era stato una manna dal cielo. Proprio quello che gli serviva come sfogo per la sua amarezza e la sua rabbia. Rintracciare esseri umani terribili che andavano fatti fuori... era quello il suo compito. Non si vergognava di ciò che faceva per vivere, ma non ne andava nemmeno orgoglioso. Ma se voleva che Felicity gli confidasse i suoi segreti, lui doveva confidarle i propri.

Felicity si leccò le labbra, Ryder non voleva fare altro che assaggiarle. Ma non era il momento. Voleva sapere tutto da lei, prima di pensare di toccarla.

Negli occhi di Felicity tornò la paura, mentre diceva: "È potente."

Ryder sapeva di chi stava parlando. Era chiunque le stesse dando la caccia. "Me lo aspettavo."

"È ricco. È abituato ad ottenere ciò che vuole."

"Sì, di solito i bulli sono così. Lascia che ti aiuti a proteggerti. Rendimi partecipe."

"Ho paura."

Sentirla ammettere le proprie paure era tutto. Si era

nascosta a lungo dietro il suo duro aspetto esteriore, quindi la sua ammissione di essere spaventata era il primo passo verso la sua fiducia in lui. Si stava permettendo di essere vulnerabile intorno a lui. Le sue parole erano una piccola crepa nel guscio impenetrabile che aveva indossato per così tanto tempo per proteggersi.

"So che hai paura. E passerò il resto della mia vita a cercare di assicurarmi che tu non abbia mai più paura. Ma ho bisogno di un nome. Solo un nome per ora, amore."

Lei allontanò la mano da lui per la prima volta e Ryder, per quanto odiasse lasciarla andare, non oppose resistenza. Lei aveva bisogno del suo spazio, e lui glielo avrebbe lasciato... ma non troppo. Non si mosse dal suo fianco. Spostò la mano ora libera verso la coscia di lei e lasciò semplicemente che il calore del suo corpo penetrasse in quello di lei.

Se voleva che Felicity si aprisse con lui, era giusto che lui facesse lo stesso. Aveva aperto uno spiraglio nella porta della sua anima con la storia di Zariya, ma doveva spalancarla. Farle sapere esattamente chi era e perché poteva fidarsi di lui. Perché avrebbe dovuto fidarsi di lui.

"Mi hanno contattato quando sono tornato negli Stati Uniti, nella mia base militare. Stavo facendo un lavoro di merda come punizione, quando sono stato contattato da un uomo che ha detto di aver sentito parlare di quello che era successo e di aver indagato su di me. Mi ha detto che aveva bisogno di qualcuno come me, qualcuno che non avesse paura di fare ciò che doveva essere fatto, per unirsi a un gruppo speciale. All'inizio ero titubante, ma dopo essere andato a Colorado Springs e aver incontrato gli altri uomini che avrebbero fatto parte della squadra, ho accettato. Mi ha fatto congedare dall'esercito, senza dare troppe spiegazioni, e sono diventato un mercenario. Ho iniziato a far parte di un gruppo affiatato che andava dove ordinato. All'inizio volevo conoscere i dettagli di ogni lavoro che facevo. Perché l'uomo a cui davo la caccia era cattivo. Perché doveva morire. Ogni volta, un pezzo della mia anima moriva, quando scoprivo la storia dietro. Schiavisti del sesso, rapitori, terroristi, stalker, assassini... erano tutti uomini cattivi, amore. Tutti quanti, dal primo all'ultimo Non ho avuto problemi ad ucciderli. Dopo un po' ho smesso di chiedermi il perché. Mi fido molto del mio capo, Rex."

Felicity non lo stava guardando più. Aveva girato la testa, lui le vide le pulsazioni martellanti in gola. Si costrinse a continuare. Lei doveva accettare il suo passato. Per far sì che funzionasse, doveva farsene una ragione. Proprio come aveva fatto lui tanto tempo prima.

"Non mi scuserò per quello che ho fatto, o per quello che andava fatto. Alla fine non ho potuto salvare Zariya, ma ho potuto salvare altre come lei. Molte bambine sono state riunite con i loro genitori, molte mogli sono state restituite ai loro mariti e alle loro famiglie, molta gente è stata salvata dagli incubi e dai tormenti. Posso fare lo stesso per te, Felicity. Ho le risorse, gli amici che fanno quello che faccio io mi aiuteranno. Ma ecco la verità. Ho finito di fare il mercenario. Ho servito il mio Paese, in modi pubblici e privati, ma ora sono un peso."

Felicity si voltò a guardarlo. "Una responsabilità?"

"Sì. L'ultima cosa che voglio è che qualcuno usi la mia famiglia contro di me, penso che tu sappia esattamente di cosa sto parlando. Quando eravamo solo io e mia madre, potevo tenere quel rapporto in disparte, ma ora la mia cerchia è più ampia. Molto più grande. E quella cerchia ora include anche te. L'ultima cosa che voglio è metterti al sicuro solo per esporti a ulteriori pericoli a causa del mio lavoro."

"Puoi..." iniziò lei, ma le morirono le parole in gola.

"Cosa, amore? Sono un libro aperto per te. Ti ho detto cose che non ho mai rivelato a nessuno. Puoi chiedermi qualsiasi cosa."

"Puoi semplicemente... smettere? Voglio dire... non sembra che sia una cosa da cui si possa semplicemente decidere di andarsene."

"Posso. E lo farò. Questa non è la mafia, Felicity. Tutti nella squadra sanno che in qualsiasi momento posso andarmene. È uno dei motivi per cui siamo tutti d'accordo. Il punto è che una volta che ti ho liberato da chi ti terrorizza, ho chiuso con questo tipo di vita. So che per te è difficile. Sei stata da sola per molto tempo. Ti sei tenuta tutto dentro per troppo tempo. Tutto ciò di cui ho bisogno è il suo nome. Ci penso io. Dopodiché, qualsiasi cosa tu voglia dirmi, sentiti libera di condividere. Non ti farò mai pressioni per avere informazioni... a meno che non sia assolutamente necessario per proteggerti."

Felicity si mosse. Non lontano da lui, come si aspettava Ryder, ma *verso* di lui. Si girò verso di lui e gli cadde letteralmente addosso. Lui alzò le braccia e la afferrò subito. Lei appoggiò la testa sulla sua spalla e appoggiò il viso contro il collo di lui, incuneandosi lì, con le braccia ai suoi fianchi. Non lo abbracciò, non disse una parola.

Ryder la abbracciò. Sarebbe rimasto in quella posizione per giorni, se era quello di cui lei aveva bisogno.

Passò un'ora prima che uno dei due parlasse di nuovo. Ryder si era appoggiato ai cuscini del divano, in modo che entrambi potessero essere più comodi possibile. Pensò che Felicity si fosse addormentata, dato che i suoi respiri costanti e caldi contro la sua pelle erano stati lenti e regolari, negli ultimi trenta minuti.

Ma non stava dormendo.

Pronunciò solo due parole.

Due parole che avrebbero cambiato la vita di entrambi.

"Joseph Waters," sussurrò Felicity nella quiete della stanza.

CAPITOLO CINQUE

Il giorno dopo, Ryder fece una telefonata.

"Ehi, Gray, sono Ace."

"Ace! Dove sei finito? È da un po' che non ti vedo al The Pit. Black e Arrow non vedono l'ora di sfidarti a una partita a biliardo!"

Ryder sorrise. Era bello che avessero sentito la sua mancanza. Nel loro lavoro, avevano visto troppi casi di persone scomparse di cui si sentiva la mancanza mesi dopo. Ryder non era esattamente socievole, ma anche se era stato via solo per poco più di una settimana, Gray e gli altri se ne erano accorti. "Avevo della roba da fare su a Castle Rock. Ascolta, ho bisogno di un favore."

"Qualsiasi cosa." Fu la risposta di Gray, immediata e sentita.

Erano un gruppo di cazzoni, ma potevano fidarsi e contare l'uno sull'altro senza fare domande. Si erano coperti le spalle a vicenda più di una volta. Non facevano parte di una squadra delle forze speciali ufficiali, ma di sicuro si comportavano come tali, quando erano in missione. "Ho bisogno di tutte le informazioni che si possono trovare su un tale di nome Joseph Waters. Non so da dove viene, cosa fa, e nemmeno che aspetto abbia."

"Merda, amico, pensavo che mi avresti lanciato una sfida."

Ryder non poté fare a meno di sorridere al sarcasmo di Gray. Riusciva a immaginare quell'uomo alto, appoggiato alla stecca nella sala da biliardo, con un'espressione scontenta sul volto. Per essere un uomo alto quasi due metri e che incuteva timore a tutti a causa del suo perpetuo cipiglio e del suo fisico molto muscoloso, aveva la capacità di diventare invisibile durante il lavoro. Era strano, ma nessuno sembrava mai vederlo quando entrava in modalità furtiva. Ma non era un genio del computer, quello era Meat.

"Parla con Meat. Lui adora questa merda. Se avrò più informazioni, te le farò avere."

"C'è dell'altro?" chiese Gray.

"La mia donna è spaventata a morte da lui. Se dovessi indovinare, la sta perseguitando. È in fuga da anni. Ha cambiato il suo aspetto, paga solo in contanti, ed è disposta a rinunciare a fare da madrina ad adorabili gemelli per scappare ancora una volta. L'indagine deve essere discreta," lo avvertì Ryder. "Dal modo in cui si sta comportando, immagino che lo stronzo l'abbia già rintracciata, ma non sono disposto a rischiare la sua vita per ottenere maggiori informazioni."

"La *tua* donna?" chiese Gray.

"La mia donna," confermò con fermezza Ryder.

"È in fuga da anni?" chiese di nuovo Gray.

Era quello il motivo per cui Ryder aveva chiamato Gray invece degli altri. Aveva un debole per le donne. Rex lo sapeva e spesso assegnava a quell'omone lavori in cui una donna o un bambino erano in pericolo. Ciò lo motivava a portare a termine il lavoro il più velocemente possibile. Ryder non conosceva la storia di Gray, ma non aveva dubbi che ci fosse di mezzo una donna.

"Sì. La mia ipotesi va dai cinque ai dieci anni."

"Il suo nome?"

"Felicity Jones."

"È il suo vero nome?" chiese Gray.

Ryder sospirò. Amava il nome di Felicity... odiava pensare che potesse essere inventato. Ma pensandoci bene, Felicity probabilmente non era il suo nome di nascita. "Non ne sono sicuro, ma probabilmente è falso."

"Parlerò con Meat. Vediamo cosa riusciremo a scoprire. Hai bisogno di rinforzi? Devo chiamare Rex? Arrow e Ball sono qui a giocare a biliardo con me. Potrebbero venire su, se hai bisogno di occhi o orecchie in più."

Ryder scosse la testa, anche se ovviamente il suo amico non se ne accorse. "No, per ora sono a posto. Hai mai sentito parlare della Ace Security?"

"Certo. Sono quei fratelli che da soli hanno fatto fuori gli Inca Boyz. Sono nuovi in città, vero? Hanno iniziato l'anno scorso?"

"Sì, sono loro."

"Aspetta... Ace... Ace Security... cosa non mi stai dicendo?"

"Sono i miei fratellastri."

"Davvero?"

"Davvero."

"Dannazione!" esclamò Gray. "Non scherzavi quando dicevi di non aver bisogno di rinforzi. Da quello che ho letto, sono piuttosto tosti."

Ryder ridacchiò. "Loro possono tenere duro... ma non sono come noi."

"Sembra che tu abbia molto da dirci," disse Gray.

"Assolutamente."

"Porta qui la signorina Felicity il prima possibile. Voglio conoscerla."

"Non sono sicuro che sia l'idea migliore."

"In realtà, è una grande idea. Se questo Joseph sa dove si trova, il posto migliore per lei è proprio in mezzo a un gruppo di mercenari che possono proteggerla."

"Posso proteggerla. Non importa dove si trovi," ringhiò Ryder.

"Calma, Ace. Non volevo dire niente."

Ryder fece un respiro profondo. Sapeva che stava esagerando, ma il solo pensiero che il suo buon amico non considerasse Felicity al sicuro lo irritava parecchio.

"Sì, scusa. Sono un po' suscettibile quando si tratta di lei."

"Ti piace proprio, eh?"

"Sì."

"Lei sa quello che fai?"

"Qualcosa."

"E non ha dato di matto?"

"No."

Gray fece un bel fischio. "Tienitela stretta e non lasciartela scappare, Ace. Ogni donna che conosce il nostro passato e non scappa a gambe levate è oro."

"Non la lascerò andare," disse Ryder al suo amico.

"Bene," fu la semplice risposta di Gray. "Parlerò con Meat, faremo qualche ricerca. Vediamo cosa riusciamo a trovare. Restiamo in contatto."

"Certo. Grazie, Gray."

"Non c'è bisogno di ringraziamenti. Vuoi che parli con Rex della tua futura disponibilità?"

"Non ancora," gli disse Ryder. Se le cose con Felicity avessero funzionato e avesse avuto bisogno di allontanarsi dal lavoro, lo avrebbe detto lui stesso al loro capo.

"Ci sentiamo."

"Ciao, Gray." Ryder riagganciò e si rimise il cellulare in tasca. La sera prima aveva passato la notte in albergo, ma non l'avrebbe più fatto. Felicity era in pericolo, non voleva perderla di vista per un'altra notte. Era spaventata... Molto spaventata. Il che significava che probabilmente aveva un buon motivo per esserlo.

Ryder chiuse la porta della camera d'albergo e si mise il borsone a tracolla sulla spalla. Aveva bisogno di passare più tempo con lei, per far sì che si fidasse di più di lui. Più lei si rendeva conto che lui non andava da nessuna parte e che l'avrebbe protetta con la sua vita, più si sarebbe aperta... almeno, così sperava lui. Non aveva bisogno di informazioni per proteggerla, ma averne gli avrebbe reso il lavoro molto più facile.

———

Ryder entrò nella Rock Hard Gym e fece un cenno a Cole, seduto alla reception.

Cole lo guardò per un attimo, poi gli chiese: "Hai scoperto cosa preoccupa Felicity?"

Non era il luogo adatto per parlare, con tutte le persone che c'erano in giro, ma Ryder aveva bisogno di dirgli qualcosa. Aveva visto il modo in cui Cole e Felicity si comportavano l'uno con l'altro. Erano amici, il che era una buona cosa. Se l'altro uomo avesse mostrato una qualche inclinazione a volere Felicity come più di un'amica, avrebbe dovuto metterlo in riga. Ryder non avrebbe permesso a nessuno di mettersi tra lui e la donna che voleva fare sua. Ma poiché era ovvio che quei due erano solo amici, Cole poteva essere un potente alleato per aiutarlo a tenere Felicity al sicuro.

"Ha una paura fottuta."

"Felicity?" chiese Cole. "Quella donna non ha paura di niente e di nessuno."

Ryder si stava stancando della gente che non vedeva la vera Felicity. "È una dura, te lo concedo, ma ti dico che è sul punto di scappare anche se non le dai i soldi. È chiaro come il giorno, se la osservi bene."

Capì di aver esagerato quando vide Cole stringere gli occhi in due fessure e serrare le labbra. "Sei qui da quanto... una settimana? Io la conosco da cinque anni, ciccio. Cinque anni. Siamo ottimi amici. Se avesse avuto paura di qualcosa, me l'avrebbe detto."

Ryder fece spallucce, mentalmente. Evidentemente quello sarebbe stato il posto giusto per parlare con Cole, dopo tutto, visto che non avrebbe lasciato perdere. "Guardala meglio," ordinò Ryder, usando la testa per indicare il muro delle finestre dove si trovava Felicity. Era nella stanza con il peso e le macchine cardio. Era una mattinata affollata, la maggior parte dei *tapis roulant* e metà delle ellittiche erano occupati. Gli iscritti gironzolavano per la stanza usando le varie attrezzature e facendo addominali sui tappetini sparsi per l'area.

Felicity aveva le mani appoggiate al muro dietro di lei, proprio dietro ai fianchi, i suoi occhi non smettevano mai di scrutare la zona. Passavano da una persona all'altra. Valutava e osservata tutti, scrutando ogni singola persona. Qualcuno fece cadere un peso nelle vicinanze, Felicity fece un balzo e si allontanò di tre passi dal punto da cui proveniva il rumore, prima di fermarsi. Si mise a ridere, ma era facile vedere, anche da quella distanza, che era una risata forzata.

Cole guardò di nuovo Ryder. "Potrebbe essere spaventata per tutto quello che è successo di recente con gli Inca Boyz."

Entrambi sapevano che si stava arrampicando sugli specchi.

"Forse. Ma la mia ipotesi è che la sua richiesta di cinquantamila dollari sia coincisa con quello che le sta alle calcagna."

Cole serrò le mani a pugno. "Qualcuno la sta cercando?"

Ryder fece spallucce. "Questa è la mia ipotesi."

"Perché non me l'ha detto? O a Logan, a Blake, o a Nathan? Possiamo proteggerla. Non deve scappare."

"Quando non hai fatto altro che scappare, è più facile fare quello che sai fare. Quello che ha funzionato in passato," disse Ryder.

Cole fece per allontanarsi dalla reception, ma Ryder lo fermò. "No. Non puoi affrontarla ora."

"Col cazzo che non posso," mormorò Cole.

Ryder si piazzò davanti all'altro uomo, bloccandolo fisicamente.

"Togliti di mezzo," sibilò Cole.

"Ci penso io."

"Sì certo. Non la conosci nemmeno."

"La conosco meglio di te, e sono qui solo da una settimana."

"Vaffanculo. Vuoi solo entrare nelle sue mutande, e poi te ne andrai."

Ryder ignorò quell'affermazione. Cole avrebbe imparato a tempo debito cosa significava esattamente Felicity per lui. Per il momento, doveva impedire a quel tizio di fare l'unica cosa che avrebbe certamente fatto fuggire Felicity.

"Sotto quell'aspetto da duro c'è una donna spaventata a morte. È intelligente, molto più intelligente di quanto non faccia sapere a nessuno. Ha una citazione sull'avambraccio che dice: 'Non possiamo risolvere i problemi usando lo stesso tipo di pensiero che abbiamo usato quando li abbiamo creati'. Sai chi l'ha detto?"

Cole scosse la testa.

"Albert Einstein. L'ho cercata ieri sera. Perché avrebbe scelto quella citazione, se non significava nulla per lei? I suoi capelli neri sono carini, ma non è il suo colore naturale."

"Non voglio nemmeno sapere come fai a saperlo," disse Cole, i suoi occhi scattarono ancora una volta verso la finestra.

"Smettila di fare lo stronzo e ascoltami. Non sono andato a letto con lei. Se ti prendessi mezzo secondo e prestassi più attenzione, lo vedresti. Ha gli occhi azzurri. Pelle pallida. Sopracciglia chiare. Per non parlare dei peli biondi delle braccia. Se quei capelli color ebano fossero naturali, è probabile che anche il resto dei peli sarebbe più scuro. Sta cercando di camuffare la sua identità. Sei stato a casa sua?"

Cole fissò Ryder. Poi annuì.

"L'hai vista? L'hai vista *davvero*?"

"Beh, è una donna ordinata. Tiene tutto a posto, è così che le piacciono le cose," disse Cole.

"Giusto. Ma non ha un solo oggetto personale lì dentro. È sterile. Come per potersene sempre andare senza lasciare tracce di sé. Non ci sono foto dei suoi figliocci. Se lei e Grace sono così buone amiche, dove sono le foto dei bambini?"

"Io..." Cole cominciò a parlare, ma chiuse la bocca, come se non sapesse cosa dire.

Ryder si piegò in avanti. "Non le farò del male, Cole. Preferirei tagliarmi un braccio piuttosto che ferirla. Ma ha bisogno di aiuto, o scapperà via. Taglierà i ponti con te e il resto dei suoi amici senza pensarci troppo, e non la sentirai mai più. Scoprirò da chi sta scappando e lo ucciderò, se necessario. Non sarebbe la prima volta."

Cole strinse di nuovo gli occhi in due fessure. "Chi sei?"

Ryder sorrise. "Sono il fratellastro di Logan, Blake e Nathan."

Cole scosse la testa. "No, voglio dire, questo è chiaro, ma sei ad un livello completamente diverso, rispetto a loro. Non dovrei essere contento che qualcuno, che ammette liberamente di aver ucciso, voglia una delle mie amiche più care, ma per qualche motivo ti credo, quando dici che non le farai del male."

"*Non lo farò*," disse Ryder convinto. "E dovresti sapere che non mi sono mai sentito così prima d'ora. Mai. Lei è speciale, e farò tutto il necessario per farle vivere il resto della sua vita senza paura. Qui, a Castle Rock, con i suoi amici."

"Tu non vivi qui," osservò Cole. "Suppongo che il tuo lavoro sia laggiù, a Colorado Springs."

Ryder fece spallucce. "Ho chiuso con la mia precedente occupazione."

"Proprio così?" chiese Cole alzando le sopracciglia.

"Proprio così. Nel momento in cui ho preso la decisione di venire qui a conoscere i miei fratelli, ho capito che avrei cambiato la mia vita. E l'incontro con Felicity ha consolidato la mia scelta. Non rischierò di esporre lei, o la mia famiglia, al tipo di persone con cui avrei a che fare, rimanendo. Per non parlare del fatto che non sono disposto a passare settimane, a volte mesi, lontano da lei."

"Fai sul serio."

"Decisamente." Gli occhi di Ryder cercarono Felicity, che stava iniziando a guardare dalla loro parte. Ryder doveva chiudere la faccenda e assicurarsi che Cole sapesse quanto fosse grave la situazione. "Non so chi la stia inseguendo... non ancora. Ma non perderla di vista. Se non ci sono io, stalle addosso come un cane da guardia."

"I tuoi fratelli lo sanno?"

"Non ancora, ma parlerò anche con loro. Il punto è che se non si sente al sicuro, non è al sicuro."

Cole annuì. Non sembrava contento, ma sembrava seguire la pista di Ryder.

"Cosa ci fai qui?" chiese Felicity con durezza a Ryder, mentre si avvicinava ai due uomini.

Ryder non si lasciò scoraggiare da quell'atteggiamento pungente. Le avvolse un braccio intorno alla vita e la tirò verso di sé. Le baciò una tempia e le disse: "Tu sei qui, quindi io sono qui."

Lei alzò gli occhi al cielo e cercò di togliersi la mano di lui dalla vita. Inutilmente.

"Sto lavorando."

"Lo vedo," disse Ryder.

"Cole, il signor Hunt ha bisogno di te con i pesi. Posso occuparmene io, se non hai tempo ora."

"No no, vado. A dopo, Ryder."

"A più tardi."

Appena Cole si allontanò a sufficienza, Felicity si rivolse a Ryder. "Che succede?"

"Che succede, cosa?"

"Vi ho visti. Stavi intimidendo Cole. Smettila. Non puoi comportarti da macho con i miei amici."

"Macho?" chiese Ryder con una risata.

"Smettila di ridere di me."

Il sorriso di Ryder sparì in un istante. "Non sto ridendo di te. Non riderei mai di te, amore. Con te, sì. Ma non di te."

L'incertezza negli occhi di Felicity lo ferì, ma Ryder mantenne il contatto visivo, sperando di scorgere anche della fiducia.

Lei sospirò. "Devo solo... Ho bisogno di quei soldi."

Ryder le mise le mani sui lati della testa e appoggiò la fronte sulla sua. "No, non è vero. Non devi scappare. Te l'ho già detto prima, e continuerò a ripeterlo tutte le volte che vorrai sentirtelo dire. Sistemerò tutto per te."

"Non puoi."

"Posso. E lo farò."

Gli occhi di Felicity si riempirono di lacrime. Per quanto Ryder soffrisse nel vederle lo sguardo lucido, trovò conforto nel fatto che lei non si ribellasse alla sua presa; Felicity non si lasciò nemmeno andare. Ma lo avrebbe fatto, nel tempo.

"Devo andare a parlare con i miei fratelli," disse Ryder.

Lei gli conficcò le unghie nel bicipite. "Non di me."

"Amore, hanno bisogno di sapere."

"No." Scosse la testa selvaggiamente.

Non pensando e volendo solo rassicurarla, Ryder si chinò in avanti e la baciò. Lei rimase immobile e ansimò. Lui voleva solo darle un piccolo bacio, ma non riuscì a trattenersi dal trarre vantaggio dalla sorpresa di lei. Così le mise la lingua in bocca e poco dopo, anche lei lo imitò.

Ryder gemette al primo assaggio. Riuscì ad assaggiare il caffè che Felicity aveva bevuto quella mattina, e persino un pizzico del suo dentifricio. Voleva di più, molto di più, ma lì nell'atrio della palestra... non erano né il momento né il luogo adatto.

Si tirò indietro con riluttanza e sorrise allo sguardo di

lussuria negli occhi di lei. Molto meglio della paura che le si leggeva di solito in volto. Ryder sollevò la testa e le baciò la fronte. La tenne stretta a sé per un momento. Poi si tirò indietro e disse: "So che è difficile aprirsi alla gente, ma non ho intenzione di correre su e giù per le strade di Castle Rock con un cartello che dice: 'Felicity Jones è nei guai'. Questi sono i tuoi amici, amore. I miei fratelli. So che te ne stai occupando da sola da molto tempo, ma non sei più sola. Ieri sera hai accettato il mio aiuto."

"Ma... Non l'ho accettato..." Felicity si fermò e fece un bel respiro. "Non voglio che qualcuno si faccia male a causa mia."

"Non succederà."

"Tu non capisci," protestò lei.

"Sì invece. Più di quanto tu non sappia. Ha fatto del male a persone che ti erano vicine in passato, non è vero?"

Felicity annuì. Ecco di nuovo il terrore nei suoi occhi chiari. Ryder non voleva altro che sostituirlo di nuovo con la passione, ma c'era tempo. "Ha trovato pane per i suoi denti con me, amore."

"Ha ucciso mia madre. Non ne ho le prove, ma so che è stato lui," gli disse sussurrando.

"Cazzo," imprecò Ryder, che poi la abbracciò. Improvvisamente, le ragioni che spingevano Felicity a voler scappare e non mettere in pericolo nessun altro che amava divennero chiare come una sera d'estate. Ryder non insistette per conoscere altri dettagli, perché intuiva quanto fosse difficile per lei condividere determinati eventi. Sperava che più avanti lei si sentisse più a suo agio e di conseguenza potesse aprirsi di più. Ma in quel momento, Felicity aveva solo bisogno di conforto. Del *suo* conforto.

Ryder abbassò la testa in modo da portarle le labbra all'orecchio. "Mi dispiace tanto, Felicity. Mi dispiace proprio tanto. Ma è un motivo in più per porre fine a tutto questo. Tu sai chi sono, cosa ho fatto. Te l'ho detto ieri sera. Quindi fidati, sai che non mi farà del male. E se lo dico ai miei fratelli, non farà del male nemmeno a Grace, Alexis o Bailey."

Felicity si tirò indietro e lo guardò. Non disse nulla per diversi secondi. Alla fine annuì. Una volta sola.

Era tutto ciò di cui Ryder aveva bisogno. "Bene." Le baciò di nuovo la fronte, poi si allontanò da lei. "Resta qui. Sarai al sicuro, qui con Cole."

"Hai parlato con lui?"

"Qualche accenno." Ryder sapeva che Felicity voleva protestare, ma si morse un labbro e annuì. Dio, la fiducia che stava iniziando a riporre in lui era inebriante e straziante allo stesso tempo. "Tornerò per pranzo."

"Ok."

Lui si voltò per andarsene.

"Ryder?"

Girando il viso, le rispose: "Sì?"

"Grazie."

"Non devi ringraziarmi, amore. Lo faccio per me, tanto quanto lo faccio per te."

Lei sollevò le sopracciglia, confusa. "Davvero?"

Ryder sorrise. "Sì, prima mi occuperò di questo problema, prima riuscirò a farti accettare di sposarmi." E dopo aver sganciato quella bomba, si girò e uscì dalla palestra con un enorme sorriso stampato sul viso.

———

Joseph Waters camminava lentamente sul tapis roulant, nell'angolo posteriore della Rock Hard Gym. Aveva imparato molto da suo padre e dai suoi zii nel corso degli anni.

Come rintracciare le persone, come intimidire e usare le minacce per ottenere ciò che voleva, ma soprattutto come mimetizzarsi e non farsi vedere. Aveva perfezionato l'arte del trucco e dei travestimenti per andare quasi ovunque senza essere scoperto. Finché sapeva come combinarsi, poteva andare ovunque. Essere chiunque.

Travestito da uomo molto più anziano teneva la testa bassa, ma i suoi occhi erano puntati su Megan. Aveva bisogno di raccogliere quante più informazioni possibili, prima di fare la sua mossa.

Suo padre gli aveva detto più volte di dimenticarsi di lei, ma non ci riusciva. Aveva impiegato troppo a lungo per trovarla, aveva sprecato troppo tempo e denaro per rintracciarla. Avrebbe dovuto sbarazzarsi della sua stupida madre anni prima. Era stato così facile assistere al funerale di quella vecchia stronza. Sapeva che Megan si sarebbe fatta viva. Era stato facile individuarla, nonostante i tatuaggi e i capelli neri. E poi lui era un maestro nei travestimenti, lei era una principiante, al confronto. Aveva aspettato troppo a lungo per metterle le mani addosso, non poteva farsi fregare da una misera tinta di capelli.

Joseph guardò di nuovo Megan, intenta a scrutare la stanza e sorridere. Sì, l'aveva spaventata con il bigliettino e l'articolo di giornale che le aveva lasciato. Bene. *Doveva* essere spaventata. Quando qualcuno aveva fatto cadere un peso e lei era saltata, lui dovette fare di tutto per non scoppiare a ridere. Renderla infelice era così divertente.

Ma il suo ghigno scomparve quando lei uscì dalla stanza per andare a parlare con due uomini. Sapeva chi era Cole Johnson, totalmente inutile, ma non sapeva chi fosse l'altro uomo. A prima vista, però, Joseph sapeva che sarebbe stato un problema. Essendo un uomo che si occupava quotidianamente di violenza, Joseph riconosceva subito uno spirito affine, quando ne vedeva uno.

Quando l'uomo si chinò per baciare Megan, Joseph si mise letteralmente a ringhiare.

"Sta bene?" gli chiese un giovane sui vent'anni, da vicino.

Joseph si sforzò di sorridere e agitò una mano al passante interessato. "Ho solo un po' di fastidio in gola, giovanotto. Sto bene. Grazie."

"Va bene."

Joseph guardò ancora una volta attraverso le finestre, dall'altra parte della stanza. Vide come Megan si aggrappava all'uomo misterioso. Come lo guardava, sperando che lui la tenesse al sicuro. Oh diavolo, no. Non era al sicuro. Neanche lontanamente. Joseph spense il *tapis roulant* e prese il suo piccolo asciugamano. Si asciugò attentamente il viso, come se stesse sudando, facendo attenzione a non rovinarsi il trucco mentre nascondeva un sorriso. Forse prima avrebbe devastato quell'uomo misterioso. Devastare lui significava devastare Megan. Due piccioni con una fava, insomma.

Gli piacque quel pensiero. Un sacco.

CAPITOLO SEI

RYDER SI SEDETTE al tavolo in fondo alla Ace Security e guardò i suoi fratellastri. Non aveva esattamente molte informazioni da condividere con loro, sulla situazione di Felicity, ma sperava che fossero d'accordo con lui sul fatto che aveva bisogno di essere sorvegliata. Per quanto volesse stare con Felicity ogni minuto, sapeva che non sarebbe stato possibile. Lei lo avrebbe odiato, e non voleva decisamente farla sentire sotto pressione o soffocata.

"Raccontaci cosa hai scoperto su Felicity," ordinò Logan, andando dritto al punto.

Per i successivi quindici minuti, Ryder espose tutto quello che sapeva sulla situazione, anche se in realtà non era molto. Disse loro che Cole la stava tenendo d'occhio in quel momento e che anche lui era stato informato, grosso modo.

Non appena finì di parlare, Logan chiese: "Sei sicuro di tutto questo?"

"Assolutamente."

"Come fai?" chiese Blake. "Voglio dire, non la conosci.

Sei qui solo da poco più di una settimana. Cosa ti fa pensare di conoscere Felicity meglio di noi?"

Ryder fece del suo meglio per tenere a freno la sua rabbia. La domanda era valida, ma fu il modo pungente di Blake a fargli venir voglia di alzarsi e uscire dall'ufficio. "So di essere più giovane di voi, ragazzi, ma ho visto molto di più nei miei ventotto anni e mezzo di quanto voi non vedrete mai in tutta la vostra vita."

"Io e Logan eravamo nell'esercito. In prima linea," abbaiò Blake. "Non trattarci come se fossimo dei ragazzini innocenti che non sanno niente del mondo."

Ryder fissò il fratellastro. "Hai mai rotto la serratura di un contenitore CONEX per trovare cinquantatré donne nude all'interno, chiuse in gabbie accatastate una sull'altra? Hai mai dovuto uccidere una donna rompendole il collo, perché era più umano che lasciarla morire dissanguata a causa dell'appendiabiti arrugginito che le era stato infilato tra le gambe dal cosiddetto medico abortista da cui era stata costretta ad andare? Hai mai fatto irruzione in un bordello coreano per portare via bambine sanguinanti e traumatizzate, tra i cinque e i dieci anni, stuprate ogni giorno, più volte al giorno, per tutto il tempo che riuscivano a ricordare?" Ryder si chinò in avanti sul tavolo, senza distogliere lo sguardo da quello di Blake. "Hai mai dovuto dire a una madre che hai trovato la figlia dodicenne rapita, uccisa da una pallottola in testa, dopo un tentativo di salvataggio andato male?"

Un silenzio pesante accolse le dure parole di Ryder. L'unico suono era il ticchettio di un orologio sul muro.

"Non sono estraneo al male, o alla paura," riprese Ryder categoricamente. "E non esiterò assolutamente a uccidere chiunque cerchi di fare o abbia fatto del male a degli innocenti. L'ho già fatto in passato, e lo farò di nuovo in un batter d'occhio. Lo sguardo negli occhi di Felicity mi ricorda le donne che ho visto, traumatizzate nel profondo. Felicity è brava a nascondere quel trauma, ma è lì. Sospetto che sia successo qualcosa di recente per riportarlo in superficie. Per farle venire voglia di scappare di nuovo."

"Di nuovo?" chiese Nathan.

Ryder distolse lo sguardo da Blake, per guardare Nathan. "Sì. Vive qui da cinque anni. Immagino che non avesse intenzione di rimanere qui così a lungo. Ma ha incontrato Cole e Grace e ha deciso di restare."

"Qualche mese fa ha fatto un viaggio a Chicago," disse Blake, il suo tono era molto meno acido rispetto a pochi istanti prima. "Non ha voluto dire a nessuno il motivo."

Ryder tornò a guardare Blake. "Chicago?"

"Sì. Ha guidato avanti e indietro," disse Logan. "Grace ha insistito perché prendesse l'aereo, dato che sarebbe stato più sicuro, ma Felicity non ha voluto saperne. Ha detto che quel viaggio le avrebbe fatto bene. Le avrebbe chiarito i pensieri, o qualche stronzata del genere."

Ryder si mise a pensare. "Ci vuole un documento per volare al giorno d'oggi. Ne ha uno?"

Logan annuì. "Certo. Ha la patente."

"L'hai vista?" chiese Ryder.

"Uh... beh... no, ma deve averne una. Ha quel PT Cruiser che guida ovunque," disse Logan.

"Attualmente vive sopra la palestra," disse Ryder. "Non aveva bisogno di un documento d'identità, essendo molto amica di Cole. Non usa carte di credito, vero?"

"Non l'ho mai vista usarne una... vero?" chiese Blake ai suoi fratelli.

Nathan e Logan scossero la testa.

"Giusto. Avrà comprato l'auto in contanti, e non vola."

"Grace si lamenta sempre quando Felicity la porta da

qualche parte. Dice che guida come una nonna novantenne mezza cieca," disse Logan.

"Credo che, basandoci su questo, possiamo supporre che non abbia mai preso una multa per eccesso di velocità. Vive sotto il radar, totalmente," concluse Ryder.

"Cazzo," imprecò Logan. "Come abbiamo fatto a non accorgercene?"

Ryder scosse immediatamente la testa. "Non avevi motivo di pensare che fosse nei guai, e non le sei sempre vicino. Inoltre, avevi le tue situazioni familiari da affrontare. Felicity ha avuto anni di pratica per nascondersi in piena vista."

"Sei qui da una settimana e l'hai capito," disse Blake. "La conosciamo da più di un anno e non abbiamo mai fatto due più due."

"Le persone che cercano di non farsi trovare diventano molto brave ad essere invisibili," disse facilmente Ryder. "La loro vita dipende da questo."

"Allora... cosa possiamo fare?" chiese Nathan.

"Come ho già detto, qualcosa l'ha spaventata. Ho la sensazione che il suo nemico l'abbia trovata. Non so se sia già qui a Castle Rock o no, ma non possiamo correre questo rischio. Basta un minuto di disattenzione e lui potrebbe raggiungerla."

"Pensi che voglia ucciderla?" chiese Blake, sembrando molto più interessato alla conversazione rispetto a quando era iniziata.

"Onestamente non ne ho idea," rispose Ryder. "Voglio dire, se la voleva morta, penso si sarebbe mosso prima."

"Allora cosa vuole?" chiese Logan.

"Cosa vogliono tutti i bulli?" chiese Ryder retoricamente. "Vogliono vedere le loro vittime soffrire. Alimenta il loro ego. Hanno bisogno di sentirsi superiori. Si nutrono della paura delle persone che prendono di mira. Non importa se il bullo ha otto anni, o settantotto."

"Di sicuro abbiamo esperienza in questo campo," mormorò Blake. "Questo descrive la mamma alla perfezione."

"Quindi la farà soffrire prima di ucciderla," dichiarò Logan.

Ryder serrò le labbra dal fastidio, ma annuì. "Questo è quello che penso."

"Più le rompe le palle, migliori sono le nostre possibilità di prenderlo," disse Nathan.

Ryder voleva urlare contro il fratellastro, ma purtroppo sapeva che aveva ragione. "Giusto. Per quanto odi ammetterlo, non c'è molto che possiamo fare per impedirgli di fare i suoi giochetti, ma possiamo fare in modo che Felicity sappia che le copriamo le spalle."

"La sorveglianza totale richiederà molto tempo," osservò Logan.

"Pagherò il dovuto alla Ace Security," disse immediatamente Ryder.

Logan arrossì dal nervoso. "Vaffanculo. Non è quello che intendevo. Merda, Felicity è come nostra sorella. Non cercheremmo mai di trarre profitto dalla sua situazione. Volevo solo dire che dovremo riorganizzare alcuni dei nostri casi. Accettarne di meno, finché non prendiamo questo stronzo."

"Scusa. Non volevo farti arrabbiare," disse Ryder con sincerità. "Ma credo che ci vorrà meno tempo di quanto pensi. Starò con lei di notte, quindi nessuno deve preoccuparsi di quelle ore. Durante il giorno, quando lei lavora in palestra, Cole può tenerla d'occhio, e se ha bisogno di fare delle commissioni o di uscire con una delle vostre mogli, uno di noi può essere nei paraggi."

"E la videosorveglianza? So che ci sono alcune telecamere esterne in palestra, ma non so quelle interne," chiese Blake.

"Cole ha detto più di una volta che non è assolutamente d'accordo con l'idea di avere delle telecamere all'interno. Non vuole che i membri si sentano spiati," disse Logan.

"Gli parlerò," disse Ryder. "Forse lo convinco a metterne solo un paio, puntate verso l'ingresso. Non vogliamo invitare questo stronzo a sfogarsi liberamente."

"Felicity saprà di tutta questa sorveglianza? Non riesco a immaginare che le andrà bene," disse Nathan. "Se assomiglia anche solo un po' alla mia Bailey, e credo che sia così, si tirerà indietro di fronte alle restrizioni."

Ryder scosse la testa ancora prima che Nathan avesse finito di parlare. "No, non dice nulla a riguardo, perché in fondo è spaventata a morte da chiunque la stia inseguendo. E sì, non le nasconderò nulla. Stiamo parlando della sua vita, merita di saperlo."

"Starai con lei di notte?" chiese Logan, stringendo gli occhi in due fessure.

Ryder sapeva che il fratellastro voleva sapere di più circa le sue intenzioni, ma non gliene diede l'opportunità. "Sì, non la perderò di vista. Le ho dato una settimana per abituarsi a me, ma ora basta."

"E se non le sta bene?" insistette Logan. "Voglio dire, è la migliore amica di Grace. Tu sei mio fratello, ma non permetterà né a te né a nessun altro di fotterla, specialmente se stai cercando di toglierti un prurito."

Ryder voleva arrabbiarsi, ma non ci riuscì. Logan si stava solo preoccupando di Felicity. In realtà era sollevato nel constatare che avesse un sistema di supporto così solido. Guardò suo fratello negli occhi mentre diceva: "La prima volta che l'ho vista, sono rimasto affascinato. Sì, sono attratto da lei, ma non si tratta solo di questo. Non mi sono mai sentito così per una donna in vita mia. La voglio nel mio letto? Non voglio mentire. Sì. Ma quando succederà, sarà una sua scelta. E farò tutto il possibile per far sì che mi voglia nella sua vita, tanto quanto io la voglio nella mia."

"E se, quando tutto questo sarà finito, si renderà conto che è stata solo gratitudine nei tuoi confronti? Che sei stato gentile per averla protetta, ma non vuole avere niente a che fare con te, una volta che si è liberata di chi la sta tormentando?" chiese Nathan con tono calmo ed equilibrato.

La domanda sembrava molto cupa e fuori luogo, dal momento che proveniva del fratello più tranquillo, ma Ryder vide nei suoi occhi una comprensione che non aveva visto da parte di Blake o Logan. "Bailey non la pensava così, dopo che l'hai liberata da Donovan... vero?"

Nathan scosse la testa. "No."

"Giusto. Per rispondere alla tua domanda, se Felicity non vuole avere niente a che fare con me dopo che mi sono occupato del suo persecutore, sarà uno schifo, ma non le farò pressioni."

Nathan annuì.

"Come possiamo aiutare, oltre a sorvegliare Felicity?" chiese Blake.

Ryder guardò il fratellastro con sollievo. Il rapporto tra loro non era proprio amichevole, ma si era piegato abbastanza da lavorare con Ryder per tenere Felicity al sicuro. Andava bene così.

"Mi serve manforte. La mia squadra sta lavorando per trovare l'uomo che la sta cercando."

"Sai chi è?" chiese Logan.

"No, ma ho un nome. Joseph Waters." Ryder attese nella speranza che suonasse qualche campanello di allarme negli uomini che lo circondavano, ma nulla. "E dopo aver parlato con voi oggi, ne so più di ieri. Vale a dire, Chicago. Se vi viene in mente qualcos'altro che potrebbe essere utile, devo saperlo. Potrebbe essere qualcosa che ha detto di sfuggita, ma ogni piccola cosa può essere d'aiuto."

"Perché non puoi semplicemente chiederle di dirti tutto? Sarebbe più veloce."

Nathan scosse la testa ancora prima che Logan finisse di parlare. "Non è così che funziona. Se Felicity è come Bailey, ha mantenuto i suoi segreti per così tanto tempo, è quasi impossibile parlarne apertamente. Ryder ha bisogno di guadagnarsi la sua fiducia. Deve farla sentire al sicuro."

"Potrebbe non avere tutto quel tempo," insisté Logan. "Abbiamo bisogno di informazioni."

"Te l'ho detto, la mia squadra ci sta lavorando," disse Ryder.

"La tua squadra. Cos'è questa tua misteriosa squadra?" chiese Logan, incrociando le braccia sul petto e appoggiandosi alla sedia.

Ryder decise di rivelare ai suoi fratelli per chi lavorava veramente. C'era la possibilità che non ne avessero sentito parlare, ma c'era anche la possibilità che invece sì, avessero sentito qualcosa. Aveva già detto loro di alcune delle missioni che aveva svolto, quindi prima o poi l'avrebbero capito. Decise di essere diretto e conciso, e disse: "I Mercenari di Montagna."

Blake fece un lungo fischio.

Logan annuì.

Nathan lo fissò con occhi spalancati.

"Penso che sia ovvio che apprezzerei se lo teneste per voi."

"Certo," disse subito Logan. "Abbiamo sentito solo cose positive sul lavoro che hai fatto con la squadra. Avrei dovuto capire chi eri, dopo aver sentito il tuo discorsetto di prima."

Ryder fece spallucce. "Sono orgoglioso di quello che ho fatto, dei cattivi di cui mi sono occupato, ma non è esattamente un argomento di conversazione. La mia copertura per chiunque guardi o chieda è che lavoro come investigatore privato, il che non è esattamente una bugia."

Gli altri tre gli uomini annuirono.

"Siamo formiche rispetto ai Mercenari, ma se hai bisogno di aiuto per trovare informazioni, siamo felici di aiutarti," disse Logan.

"Abbattere gli Inca Boyz non era una cosa da nulla," disse Ryder. "Vi terrò informati su tutto quello che scoprirò e vi farò sapere se avremo bisogno di assistenza." Si alzò in piedi. "Devo tornare in palestra, fare qualche telefonata, analizzare la cosa di Chicago."

Anche gli altri si alzarono, si strinsero tutti la mano.

Blake tenne la mano di Ryder più a lungo del solito. "Cerco di non lasciare che il mio rancore per le azioni di nostro padre influisca sui miei sentimenti nei tuoi confronti. Sto lottando, ma ci sto provando."

Quelle parole fecero in modo che Ryder apprezzasse ancora di più Blake. "Capisco. Se ti fa sentire meglio, mia madre ha detto che Ace stava male, per quel rapporto. Credevo davvero che amasse mia madre, ma alla fine ha deciso che doveva onorare i suoi voti."

Blake annuì, e i due uomini sciolsero la loro stretta di mano.

Ryder uscì dalla Ace Security sentendosi meglio di quando era arrivato, soprattutto dopo aver messo sotto stretta sorveglianza Felicity. Raggiunse la sua macchina per prendere il suo borsone. Felicity doveva sapere che non si sarebbe tirato indietro e che le sarebbe rimasto accanto per neutralizzare la minaccia che tanto la tormentava.

Si fermò a fissare la sua Nissan 370Z. Era una macchina sportiva, che poteva facilmente raggiungere o superare i cattivi, ma non troppo appariscente per distinguersi in mezzo alla folla. Al momento, però, non era in condizione di raggiungere nessuno.

Tutte e quattro le gomme erano sgonfie.

Ryder digrignò I denti. Non gli importava delle gomme, sostituirle era solo una seccatura. Ma furono le parole incise sul pannello laterale della macchina a farlo infuriare.

"Neanche per sogno, brutto stronzo," ringhiò Ryder mentre fissava le parole.

Fatti i cazzi tuoi

CAPITOLO SETTE

Ryder si sedette nell'appartamento di Felicity e la guardò mangiare con la coda dell'occhio. Era passata una settimana dall'incidente con la sua auto. Lei era inorridita e si era scusata un centinaio di volte, lui era arrivato a dirle che, se lei avesse detto che le dispiaceva ancora una volta, non avrebbe avuto altra scelta che mettersela sulle ginocchia e sculacciarla, perché non era stata *lei* ad aver vandalizzato la sua auto.

Ryder non l'avrebbe mai fatto, non c'era modo che alzasse le mani su di lei, ma lei non lo sapeva. Era diventata rossa, si era morsa un labbro e aveva annuito. Un punto per lui.

Lui aveva dovuto ammettere a malincuore che il misterioso stalker gli aveva fatto un favore, dato che Felicity non aveva nemmeno battuto ciglio quando le aveva detto che da quel momento in poi sarebbe stato nel suo appartamento con lei. Il sollievo negli occhi di Felicity parlava chiaro.

Ma non se la passava bene. Non mangiava molto... spostava il cibo nel piatto, più che consumarlo. Anche se lui si era trasferito nel piccolo appartamento, lei era ancora nel suo guscio, come sempre.

Non lo lasciava entrare in camera da letto, nemmeno per controllare la serratura della finestra o per ispezionare la stanza ogni volta che tornavano dopo essere usciti. Più lei si rifiutava di fargli vedere cosa c'era dietro la porta della sua camera da letto, più lui voleva sapere. Aveva la sensazione che avrebbe imparato di più su chi fosse Felicity, semplicemente dando una sbirciatina al suo spazio privato.

Ma era più che ovvio che Felicity aveva bisogno di staccare un po'.

"Blake mi ha invitato oggi a casa sua per dare un'occhiata ai documenti di nostro padre. Ho pensato che potresti venire con me."

Felicity voltò la testa di scatto. "Perché?"

"Perché, cosa?"

"Perché Blake dovrebbe farlo? Non gli piaci proprio. E perché pensa che anch'io voglia venire?"

Ryder sostenne il suo sguardo. "Non è che non gli piaccio, non è contento delle scelte di nostro padre. Il fatto che nostro padre non abbia mantenuto le sue promesse, anche se non ha avuto un buon matrimonio, lo ha ferito. Almeno, questo è quello che mi ha detto Logan."

"Allora perché invitarti a dare un'occhiata alla roba di Ace?"

"Non ne sono proprio sicuro. Ma per rispondere alla tua seconda domanda... Grace ha lasciato i bambini da Alexis per un paio d'ore. Ho pensato che ti sarebbe piaciuto passare un po' di tempo con loro."

Le caddero gli occhi sul cibo rimasto nel suo piatto. "Dovrei restare qui. Cole lavora come un cane e io mi sento inutile."

"Non gli dispiace, lo sai. Inoltre, se tu lasciassi la città, lui dovrebbe lavorare molto di più di quanto non faccia ora. Che importanza ha?"

Ahi, colpo basso. Felicity sbatté la mano sul tavolo accanto al piatto. "La smetti di sbattermi questa cosa in faccia ogni secondo?"

Ryder si chinò in avanti, felice di vedere la scintilla della rabbia nei suoi occhi. Era molto meglio della paura e della sconfitta intraviste nell'ultima settimana. "No, non lo farò. Non se ti fa pensare a quello a cui rinunceresti, se te ne andassi. A quanto ti mancherebbe. Non sei un'estranea qualsiasi, Felicity. Sei necessaria e amata. La tua partenza devasterebbe tutti."

Ryder la guardò mentre stringeva il pugno intorno alla forchetta che teneva in mano. Per un attimo pensò che gliel'avrebbe tirata contro. Ma dopo un paio di secondi Felicity rilassò la presa e alzò lo sguardo verso di lui. La devastazione nei suoi occhi era facile da vedere. "Non posso andare e non posso restare. Sono fregata."

Ryder fu subito al suo fianco. Si accovacciò accanto alla sua sedia e le mise una mano sulla coscia e l'altra sulla guancia. "Non sei fregata, amore. Sei esattamente dove devi essere. È lui che non appartiene a questo posto."

Lei chiuse gli occhi e respirò forte dal naso, stringendo le labbra. Ryder si mise in ginocchio e si appoggiò a lei. Le sfiorò col naso la mascella. La sentì ansimare di sorpresa, ma lei non si allontanò.

Si fece strada fino all'orecchio di lei. Inspirò a fondo, portò le labbra fino al lobo. Fece uscire la lingua e lo leccò leggermente. Dato che lei sussultò di sorpresa, ma non lo respinse, anzi sciolse le spalle per lasciargli più spazio, Ryder sorrise. Prese il lobo tra le labbra e lo succhiò.

Felicity gemette e gli afferrò l'avambraccio.

Volendo di più, molto di più, Ryder si costrinse a lasciare la presa. Le sussurrò: "Non ti ho fatto pressioni. Non ti ho detto quanto sei bella in pigiama di flanella e quanto mi piace il profumo di lillà che ti metti sulla pelle ogni mattina. Non ho fatto irruzione nella tua camera da letto per arrivare a te, quando hai quegli incubi tutte le notti. Ma io voglio farlo. Voglio che vada tutto per il verso giusto."

"Ryder," disse lei dolcemente, il desiderio facile da sentire nella sua voce.

Lui si tirò indietro e la guardò negli occhi blu ghiaccio. "Io ti capisco, amore. Non devi essere nessun'altra se non quella che sei con me. Non devi nasconderti. Ti sei nascosta da quello stronzo per così tanto tempo che hai dimenticato che non devi tenere la vera te stessa lontana dai tuoi amici. Da me. Dalle persone che ti vogliono bene."

Non le disse che l'amava, ma il sentimento era già presente.

"Ho paura."

Ryder capì, non intendeva dire che aveva paura di chi la tormentava.

"Non hai nulla di cui preoccuparti."

"Non sono la donna che vedi."

Ryder ridacchiò, non riuscì a trattenersi. Ma non appena vide il cipiglio di lei, si controllò. "Felicity, io so chi sei."

"No," insistette lei.

"So che odi i fagiolini, ma ami i piselli. Odi l'allenamento, ma lo fai ogni mattina perché è quello che pensi che la gente si aspetti da te. Non sai cucinare, ma questo non ti impedisce di provarci. Ti piacciono i fiori, gli uccelli e i colori pastello, ma fai finta di essere troppo dura per queste stronzate. Hai quei tatuaggi sulle braccia per cercare di sembrare impenetrabile, ma poi li copri con camicie a maniche lunghe quando vai da qualche parte, quando ti ritrovi in mezzo a persone che non sono tuoi amici. Ami i bambini e un giorno ne vorrai uno tuo. So che fai del tuo meglio per far finta che ti piaccia vivere così, in una tela sterile e bianca, senza quadri o decorazioni, ma ho la sensazione che dietro la porta della camera da letto ci sia la vera Felicity Jones."

Lei lo fissò e deglutì rumorosamente prima di dire: "Felicity Jones non esiste."

"Sì invece," disse Ryder con dolcezza. "Ed è seduta proprio qui, di fronte a me."

Felicity scosse la testa. "No, è un frutto della mia immaginazione."

"Ascoltami," ordinò Ryder. "Non so quale nome ti sia stato dato alla nascita, ma la persona seduta qui davanti a me, la persona che voglio più di ogni altra cosa abbia mai desiderato in vita mia, sei tu. Felicity Jones non sarà più quella che eri una volta, ma è quella che sei diventata. Buono o cattivo, il nostro passato è quello che è. Ci modella e ci plasma. Posso essere onesto con te?"

Un piccolo sorriso apparve sul viso teso di Felicity. "Come se non lo fossi già?"

Lui sorrise, poi tornò serio. "Probabilmente non avrei nemmeno guardato due volte la donna che eri una volta. Non mi sarebbe interessata minimamente. Ma Felicity Jones sì. Mi attira così tanto che tutto il resto non mi interessa."

La fissò intensamente, per farle capire che poteva davvero fidarsi di lui.

"Megan Parkins," sussurrò lei. "Ecco chi ero una volta. Giovane e pronta a conquistare il mondo. Poi mi sono intromessa nella vita di un'amica. Ho cercato di aiutarla quando non voleva il mio aiuto. Ed è stata la peggiore decisione che abbia mai preso. Mi ha rovinato la vita."

Memorizzando il nome da dare alla sua squadra, Ryder mise le mani ai lati della testa di Felicity e le infilò le dita tra i capelli corti. "Non potevi lasciare che qualcuno si facesse male sotto i tuoi occhi più di quanto potevi lasciare che uno dei bambini di Grace piangesse, senza prenderlo in braccio. E la decisione che hai preso, alla fine ti ha portata da me. Anche se odio il fatto che tu sia stata da sola per tutto questo tempo e che non ti senta al sicuro, io sono infatuato della persona che sei oggi. Che il tuo nome sia Felicity, Megan, Henrietta, o anche Michelle Obama. Non mi interessa come ti chiami, la donna seduta qui davanti a me è quella che voglio."

Le diede la possibilità di protestare o di respingerlo. Ma lei non fece nessuna delle due cose. Alzò le braccia e gli afferrò la maglietta. Ryder si avvicinò, lentamente, dandole ancora il tempo di respingerlo o di rifiutare il suo tocco. Ma lei si leccò le labbra e lo baciò.

Era passata una settimana dall'ultimo bacio, ma Ryder ricordava ogni secondo di quel primo bacio come se fosse appena successo. Non pensava che qualcosa potesse superare quella sensazione, ma si sbagliava. Quel bacio fu il migliore mai provato fino ad allora. Ryder aveva la sensazione che ogni tocco delle sue labbra avrebbe superato quello precedente. Voleva una vita intera da passare con quelle dolci labbra.

Lei inclinò la testa, dandogli più spazio, lui non esitò ad approfittarne. Le loro lingue iniziarono a duellare, scoprendosi e gustandosi a vicenda. Le mise una mano sulla nuca, per avvicinarla, poi le mise l'altra sul petto, proprio sopra il cuore. Non voleva toccarle il seno, voleva solo sentire il battito del suo cuore sotto la mano.

Si baciarono per diversi minuti. Nessuno dei due voleva essere il primo ad allontanarsi. Felicity partecipò al bacio nello stesso modo in cui faceva tutto il resto... ovvero, con tutta se stessa. Non rimase in disparte a farsi baciare, esplorò ogni centimetro della bocca di Ryder. Quando lui ringhiava, lei gemeva.

Faceva un caldo infernale.

Ryder sentiva il cuore di lei battergli sotto la mano, non voleva fare altro che prenderla e buttarla sul divano su cui aveva dormito nell'ultima settimana, per mostrarle senza parole che gli apparteneva, che l'avrebbe tenuta al sicuro, che avrebbe ucciso chiunque avesse osato farle del male. Ma la vibrazione del telefono di Felicity lo fece tornare in sé.

Lo smartphone faceva vibrare il piano del tavolo con ogni messaggio in arrivo.

Ryder si tirò indietro e le accarezzò i capelli. Si leccò le labbra, assaporandola ancora una volta. Il suo uccello era duro come la roccia, ci volle uno sforzo enorme per toglierle la mano dal petto e raggiungere il suo telefono. Si mosse senza mai interrompere il contatto visivo.

Lei arrossì, ma continuò a fissarlo. Poi guardò in basso e ridacchiò. "Alexis è impaziente. Dice che se Grace non sarà a casa sua tra un quarto d'ora, non sarà responsabile di ciò che farà ai bambini."

"Non le piacciono i bambini?" chiese Ryder.

"No, non è questo. Lei ama i bambini. Ma penso che a volte avere i gemelli sia un po' opprimente per lei."

"Allora dovremmo andare laggiù e lasciare che tu le dia una mano," disse Ryder con dolcezza.

Lei annuì, ma quando lui si alzò, chiese: "Ehm... Ryder?"

"Sì, amore?"

"Cosa stiamo facendo? Non possiamo iniziare qualcosa con lui là fuori."

"L'abbiamo già fatto." Detto ciò, Ryder le voltò le spalle per afferrare la giacca. Se lei pensava di fare marcia indietro e far finta che lui non le fosse entrato sotto pelle, si sbagliava. Quello non era stato un bacio alla "voglio vedere se mi piace come baci".

Era un riscatto d'amore.

CAPITOLO OTTO

"Cosa c'è tra voi due?" chiese Alexis tranquillamente, due ore dopo.

Felicity guardava il bambino che teneva in braccio, evitando così lo sguardo di Alexis e facendo spallucce. "Che intendi dire?"

"Non fare la finta tonta, bellezza. Tu e Ryder vi siete lanciati un sacco di sguardi per tutto il pomeriggio."

"È complicato," le disse Felicity.

"Non è proprio vero," sostenne Alexis.

"Sì, invece. Inoltre, non lo conosco da così tanto tempo."

"La prima volta che ho visto Blake ho capito che era l'uomo fatto per me," disse Alexis, senza alcuna esitazione.

Felicity alzò lo sguardo su di lei. "Davvero?"

"Sì, e lui mi vedeva solo come una ragazza più giovane e fastidiosa con cui doveva lavorare."

"Non ci credo. Lui ti ama."

"Sì, certo," concordò Alexis. "Ma quando mi ha conosciuta, pensava che fossi una ricca marmocchia viziata che scopava in giro e che voleva lavorare alla Ace Security solo per qualche motivo che non conosceva o che non capiva."

"Wow, cos'è cambiato?"

Alexis fece spallucce. "Credo che abbia imparato a conoscermi. Ha visto quanto mi dedicavo al lavoro, non avevo intenzione di mollare". Si buttò i capelli castano chiaro dietro una spalla e sorrise. "Poi ha dato una bella occhiata a tutto ciò," (indicò il proprio corpo sinuoso con una mano) "e non è riuscito a resistere."

Entrambe si misero a ridere.

"Con me e Ryder è diverso. Penso che lui sia solo..." Felicity non terminò la frase. Non sapeva cosa fosse Ryder. "... diciamo che è uno di quei tizi che vuole assicurarsi che tutti siano al sicuro. Non gli piace l'ingiustizia."

Alexis strinse gli occhi in due fessure mentre guardava Felicity. "Potrebbe essere vero, ma non è per questo che ti sta guardando come se volesse scoparti."

"Alexis!" la rimproverò Felicity, tappando le orecchie di Nate. "Non si possono dire cose del genere davanti a un bambino!"

La sua amica si mise a ridere. "Hanno tipo cinque mesi. Non hanno idea di quello che dico. E non cambiare argomento. So quello che vedo. E se pensi che lui ti stia accanto solo perché vuole prendere il cattivo, sei pazza."

Felicity lanciò un'altra occhiata a Ryder. Era seduto accanto a Blake, entrambi erano chini su una pila di documenti, sfogliandoli. Ogni tanto si scambiavano qualche parola, ma per lo più si concentravano su quello che stavano cercando.

Proprio mentre lo guardava, Ryder alzò lo sguardo, incontrando i suoi occhi. Le sorrise e disse: "Tutto bene?"

Lei annuì e si costrinse a distogliere lo sguardo da lui, rivolta al piccolo Nate che teneva tra le braccia. Il bambino era adorabile e dormiva profondamente. Sia lui che suo fratello erano stati dispettosi quando erano arrivati, ma dopo un biberon e qualche coccola si erano addormentati profondamente.

"Non resiste più di due minuti senza controllarti," disse Alexis con dolcezza.

"Si farà male per colpa mia," rispose Felicity, guardando la sua amica.

"No, non è vero."

"Ti dico di sì. Sono velenosa. Non dovrei essere qui. Io..."

"Guardalo, Felicity," ordinò Alexis.

Senza neanche pensarci, Felicity fece quanto ordinato. Alexis continuò a parlare, con voce bassa e sottile, in modo che gli uomini non potessero sentirla.

"Lui è forte. Troverà quello stronzo che ti tormenta e lo farà smettere. E non ti arrabbiare: Blake mi ha detto solo qualcosa. Ryder è il tipo d'uomo che si metterebbe volentieri tra te e il mondo. Dagli una possibilità, e ti cambierà la vita in tanti modi meravigliosi. Lui sa quello che fa. Non conosco la sua storia, ma Blake mi ha detto l'altra sera che è davvero uno dei migliori nel campo della sicurezza. E questo significa molto, detto da lui: non posso dire che straveda per lui. Quindi se dice che è bravo, è *davvero* bravo."

Felicity si rivolse ad Alexis. "Vorrei, ma..."

"Niente ma," sussurrò Alexis. "Aiutalo a fare il suo lavoro, Felicity."

"Come?

"Parla con lui. Digli tutto quello che puoi su chi ti sta cercando. Perché ti sta cercando. Tutto."

"Ma se gli dico tutto, non gli piacerò più."

Alexis cullò il piccolo Ace tra le braccia e si avvicinò a

Felicity. "Stronzate."

"Alexis. Le parole!" la rimproverò di nuovo Felicity.

Ma l'altra donna rise di nuovo. "Quando ti ho incontrata la prima volta, ero molto intimidita da te. Pensavo fossi una specie di motociclista che a colazione mangiava quelli più deboli. Ma tu non imprechi quasi mai, a volte penso che tu sia più delicata di Grace... e questo è già tutto un dire. Seriamente, Felicity. A quell'uomo non gliene frega un cazzo del tuo passato. Tutto quello che vede sei tu, e gli piace quello che vede."

Le parole della sua amica erano così simili a ciò che lui le aveva detto poco prima che Felicity tentennò.

Alexis continuò. "Sono così innamorata di Blake che non so cosa farei senza di lui e non riesco a ricordare la mia vita prima di lui. Quando ero nei guai e gli Inca Boyz mi avevano presa, l'unica cosa a cui riuscivo a pensare era di tenere duro per Blake. Sapevo che avrebbe fatto di tutto per arrivare a me. Non si può avere paura di vivere la vita, Felicity. Sì, in questo momento hai più problemi di chiunque altro, ma la vita non è infelice. Potresti morire in un incidente d'auto domani. O potrebbe morire Ryder. Hai solo una vita da vivere."

Felicity fissò Alexis. "Come hai fatto a diventare così intelligente?" le sussurrò.

"Esperienza."

———

Ryder non riusciva a trattenersi dal guardare Felicity ogni due minuti. Non riusciva a togliersi dalla mente il loro primo bacio, sembrava che neanche lei ci riuscisse. Ogni tanto la beccava a guardarlo, e ogni volta che lo faceva, lei arrossiva.

Non era sicuro che fosse l'idea migliore andare a casa di suo fratello, sapendo che Blake non gli era esattamente affezionato, ma Ryder non poteva lasciarla da sola, non se poteva evitarlo. Inoltre, pensò che a Felicity avrebbe fatto bene passasse un po' di tempo con Alexis e i suoi figliocci.

A quanto pare, era stata una buona idea.

Felicity era visibilmente più rilassata.

Ryder non riusciva a credere a quanto fosse meravigliosa con il piccolo Nate tra le braccia. Lui non aveva mai pensato di avere figli, ma vedere Felicity che teneva in braccio un bambino gli fece scattare qualcosa. Gli fece desiderare quello che aveva suo fratello. Voleva una famiglia... con Felicity. Voleva vederla in giro con il suo bambino. Lei sarebbe stata una madre fantastica, voleva viverne ogni secondo con lei. Nausea mattutina, ormoni fuori controllo, persino il parto. Voleva essere al suo fianco la prima volta che avrebbero sentito respirare il loro bambino.

"Credo di averlo trovato!" disse Blake con entusiasmo.

Ryder fece quasi cadere la pila di fogli che teneva in mano, per la forte esclamazione di Blake. Scuotendo la testa per cercare di rimettere la testa in quello che stavano facendo, rivolse l'attenzione al fratellastro.

Blake teneva in mano una busta come se contenesse antrace, al posto di un semplice pezzo di carta.

"Quella è la calligrafia di mia madre," confermò Ryder. Quando Blake non si mosse per aprire la busta, chiese: "Vuoi che lo faccia io?"

Blake scosse la testa. Alexis si avvicinò a lui e gli mise goffamente un braccio intorno alla spalla, dato che teneva ancora in braccio il piccolo Ace. "Blake?"

"È solo che... era sposato. Non avrebbe dovuto farlo," disse Blake a voce bassa.

"Tuo padre era infelice," lo consolò Alexis. "Con tre bambini in casa. Sono sicura che tua madre gli rendeva la vita un inferno. Non puoi biasimarlo per aver cercato altrove l'affetto."

Blake guardò Alexis. "Non ti tradirei mai, Lex. Non mi importa quanti bambini in lacrime abbiamo in giro per casa."

Alexis mise una mano sul viso di Blake. "So che non lo faresti. Ma d'altra parte io non ti picchierei mai. Né ti urlerei contro, né ti tirerei una pentola di rame in testa." Le sue parole erano affettuose e morbide, ma anche fredde come l'acciaio. "Non puoi giudicare le persone finché non ti sei messo nei loro panni. So che volevi bene a tuo padre e hai subito gli stessi abusi che ha subito lui, ma tu non sei lui. Non puoi giudicarlo in base al nostro matrimonio."

Blake sospirò e guardò la lettera che aveva in mano. Poi guardò Ryder. "L'hai già letta?"

Ryder scosse la testa. "No, mia madre mi ha detto solo che gli aveva scritto, non so esattamente quello che scritto." Sentì Felicity accanto. Lo sosteneva, senza dire una parola.

Blake esitò per un attimo, poi aprì il lembo della busta e tirò fuori un pezzo di carta. Lo dispiegò e lo poggiò sulla scrivania di fronte a lui.

Tutti e quattro gli adulti rimasero sbalorditi da ciò che videro.

Il corsivo sulla pagina era femminile e ordinato, ma era la parola scarabocchiata in diagonale sulla pagina ad aver sorpreso tutti.

TROIA

Nessuno disse niente per un paio di secondi, poi Ryder

sbottò: "Quella non è la calligrafia di mia madre."

Blake prese la lettera e disse: "La maggior parte è ancora leggibile." Poi cominciò a leggere.

Ace,

So che probabilmente sei sorpreso di sentirmi, ma non potevo lasciare questa terra senza contattarti. Mi sono sentita in colpa per anni per avertelo tenuto nascosto, ma sapevo che avevi fatto ciò che pensavi fosse la cosa giusta. Non ti ho mai biasimato per avermi lasciata, anzi, mi ha solo fatto aumentare l'amore e il rispetto che provo nei tuoi confronti.

Abbiamo un figlio, Ace. Ho scoperto di essere incinta due mesi dopo la tua partenza. Non so come sia successo, siamo sempre stati così attenti, ma non mi pento di averlo avuto.

L'ho chiamato Ryder Ace Sinclair. Lui sa di te. Non gli ho nascosto chi eri mentre cresceva, tranne dove vivevi. Ti assomiglia così tanto che a volte mi fa male il cuore a guardarlo. Si è diplomato al primo posto della sua classe, al liceo, e ha fatto un periodo nell'esercito. Ora lavora nella sicurezza, tiene tutti al sicuro. Sono proprio orgogliosa di lui, e so che lo saresti anche tu.

Non mi aspetto che tu faccia qualcosa, a questo punto. Non mi resta molto da vivere, sono malata di cancro, ma non scrivo questa lettera per ottenere la tua pietà. Non rimpiango un solo secondo del nostro tempo insieme. Non c'è mai stato nessuno all'altezza delle mie aspettative, tra gli uomini che ho conosciuto. Hai fissato un livello troppo alto.

Forse un giorno, se pensi che sia sicuro, potresti prendere in considerazione l'idea di incontrare Ryder? Ora sa tutto. Gli ho parlato ieri sera.

Ti amo ancora, Ace. Non ho mai smesso di farlo. Spero che tu sia felice, è tutto quello che ho sempre voluto per te.

Con amore,
   Patricia

Ryder fece un respiro profondo. L'amore di sua madre per Ace era forte e chiaro in quella lettera. Sapeva che lei amava l'uomo sposato con cui aveva avuto una relazione che aveva portato al suo concepimento, ma non lo sapeva in quel modo.

Rubò uno sguardo a Felicity. In quel momento, capì tutto. Non aveva idea di come sua madre avesse la forza di lasciare andare Ace Anderson. Non c'era modo di vedere Felicity uscire dalla sua vita. Soprattutto sapendo che la madre aveva avuto una relazione clandestina. Non c'era modo.

Come se avesse sentito i suoi pensieri, Felicity alzò lo sguardo, incontrando il suo. "Lo ha lasciato andare perché lo amava tanto."

Ryder sentì una strana sensazione al petto, come se il cuore avesse smesso di battere per un attimo, per poi riprendere il suo battito, raddoppiando la velocità. Felicity aveva ragione. Qualunque cosa Ace Anderson avesse detto a sua madre quando se n'è andato, l'aveva tenuta lontana. L'aveva fatto perché lo amava. Con tutto il cuore.

"Mia madre ha trovato questa lettera," disse Blake con

un tono strano, mentre fissava la lettera con la parola orribile scarabocchiata. "Riconosco la sua grafia." Girò la busta
e indicò il timbro postale. "Questa è arrivato il giorno in
cui mio padre è stato ucciso."

Ryder trattenne il respiro. Senza pensarci, mise una
mano sulla spalla di Blake. Non sapeva cosa dire, ma voleva
far sapere al fratello che era dispiaciuto, molto dispiaciuto.

Felicity si mosse dietro di lui, Ryder capì che stava
cercando di prendere il piccolo Ace da Alexis. Non appena
le braccia di Alexis furono libere, si appoggiò accanto a
Blake e lo abbracciò.

Blake affondò la testa tra i capelli di Alexis, si scambia-
rono un tenero abbraccio.

"Andiamo," disse Ryder a Felicity. Lei aveva in braccio
entrambi i bambini, lui la allontanò dalla scrivania e dalla
coppia piangente. Ryder era turbato, aveva appreso anche
lui qualcosa di nuovo. Non poteva fare a meno di sentirsi
in colpa. Lui non aveva niente a che fare con la madre che
scriveva la lettera o con quello che aveva fatto la moglie del
padre, eppure...

"Non è stata colpa tua," disse Felicity, come se potesse
davvero leggergli la mente.

"Lo so, amore. Però è troppo triste," rispose Ryder.

Si sedettero entrambi sul divano, poi Ryder chiese a
Felicity di passarle Nate, allungando le braccia. Il picco-
letto era più pesante di quanto sembrasse. Ryder si chinò
in avanti e tirò fuori il suo telefono. Le informazioni che
avevano raccolto erano enormi. Blake aveva bisogno del
sostegno dei suoi fratelli.

Così un'ora dopo, Logan, Grace, Bailey, suo fratello Joel
e Nathan erano tutti riuniti a casa di Blake. Stavano tutti
stretti, dato che la casa era piccola, ma nessuno ci fece
caso.

Felicity era seduta sulle ginocchia di Ryder, sul divano, Grace era seduta accanto a lei con il piccolo Ace in braccio. Logan camminava avanti e indietro, facendo dondolare un irritabile Nate tra le braccia. Blake era seduto su una grande poltrona con Alexis in grembo, Nathan era seduto su un divanetto con Bailey al suo fianco. Joel era seduto a gambe incrociate sul pavimento, ai loro piedi.

"Quindi, pensiamo che papà abbia ricevuto questa lettera e che mamma l'abbia trovata? Giusto?" chiese Logan.

Blake annuì. "O è andata così, o papà gliel'ha fatta vedere."

"Perché avrebbe dovuto farlo?" chiese Nathan. "Sapeva meglio di chiunque altro come avrebbe reagito."

Nessuno rispose alla sua domanda per un attimo. Allora Grace prese la parola. "E se lui gliel'avesse mostrata, sperando che lei si arrabbiasse abbastanza da farle chiedere il divorzio? O da farlo andare via? Voglio dire... Ace ovviamente sapeva che era violenta, ma forse si era reso conto di amare molto la mamma di Ryder e voleva che Rose facesse qualcosa di drastico per potersene andare."

"Ha fatto qualcosa di drastico, va bene," disse Alexis con voce tranquilla.

"Oppure ha ricevuto la lettera e stava per nasconderla, ma Rose l'ha trovata comunque," suggerì Bailey. "Poi si è spaventato e l'ha affrontata."

"Comunque, chi l'ha nascosta tra tutti i documenti di papà, e perché?" si chiese Logan ancora camminando con il figlio inquieto.

"Avrei dovuto guardare prima tra le sue cose," si lamentò Blake.

Ryder perse la pazienza. Odiava vedere gli uomini che aveva imparato a rispettare così confusi e addolorati. "Ha importanza?" chiese in un momento di silenzio. "Quello che è successo, è successo. Non possiamo cambiarlo. Vorrei che non fosse stata mia madre a scrivere la lettera, così forse voi avreste ancora vostro padre."

"Se lei non avesse scritto la lettera, non saremmo tornati a Castle Rock," disse Nathan. "Grace forse sarebbe ancora sotto il controllo dei suoi genitori; Blake, tu e Alexis non vi sareste incontrati, e Bailey avrebbe potuto essere ferita gravemente da Donovan." Poi guardò Joel, facendo capire tutto senza dire una parola. Poi alzò di nuovo lo sguardo su Ryder. "E non avremmo incontrato il nostro fratellastro. Mi dispiace che sia successa questa cosa. Odio che papà non abbia mai incontrato le nostre donne o i suoi nipoti. Ma non possiamo cambiare il passato."

"Nathan, ci hai sempre saputo fare con le parole," disse dolcemente Logan, seduto sul bracciolo del divano. Grace si avvicinò a lui e gli mise una mano sul ginocchio, in silenzio.

Blake sospirò a lungo e guardò Ryder. "Mi dispiace di essere stato uno stronzo."

Ryder fissò il fratellastro sotto shock. Le sue parole sembravano sincere, il che era impressionante.

"Ero così deluso da papà e dal fatto che avesse infranto i suoi voti matrimoniali che non ho pensato a molto altro. Ma in realtà mamma li ha infranti per prima. Non c'era amore, non c'era affetto, non c'era onore, non c'era cuore nella sua relazione con papà. È stupido che io fossi arrabbiato con lui, quando la mamma era quella che ci faceva sempre del male, quando eravamo piccoli. Per non parlare del fatto che l'ha ucciso, per l'amor di Dio. Ma papà stava onorando i suoi voti rinunciando a tua madre, e alla fine è morto. Sì, ha tradito, ma con tre figli e una moglie che non lo trattava come avrebbe dovuto, non c'è da stupirsi che abbia cercato affetto altrove. Ma quando le cose si sono messe male, ha sacrificato la propria felicità per tornare a casa. Per tornare dove veniva denigrato, sgridato e picchiato. Ma lo ha fatto per noi. Ha sacrificato la sua felicità per noi."

"Ci ha protetti come meglio ha potuto," aggiunse Logan.

"Non avrei mai pensato che avesse fatto un così bel lavoro," ammise Blake.

"Ricordate quella volta che eravamo piccoli e volevamo fare dolcetto o scherzetto? Mamma non voleva che ci andassimo, dicendo che era una cazzata, ma papà ci ha fatto uscire di casa di corsa e ci ha detto di divertirci," aggiunse Nathan.

"Siamo tornati, lui aveva un occhio nero e zoppicava, ma si è comunque seduto sul pavimento con noi e ci ha guardato mentre mangiavamo tutte le caramelle," disse Blake. "Ho sempre creduto che non avesse fatto molto per proteggerci, ma pensandoci ora, lui era sempre in piedi tra noi e la mamma. Sì, ci sono state un sacco di volte in cui è arrivata a noi, ma papà ha fatto quello che poteva per sopportare il peso della sua rabbia."

Ryder inviò una preghiera silenziosa a sua madre, ringraziandola per essere stata amorevole e generosa. Erano poveri, ma non aveva mai conosciuto altro che la sua tenerezza. "Quando mia madre mi ha raccontato della relazione e di nostro padre, non era affatto amareggiata. All'epoca non riuscivo a capirlo. Le ho chiesto perché l'ha lasciato andare così facilmente. Mi ha detto che non era stato facile, ma che era tornato da vostra madre per voi." Ryder guardò ognuno dei suoi fratelli negli occhi.

"Ha lasciato mia madre e una vita senza abusi per voi,

ragazzi. Doveva proteggervi. Mia madre ha detto che lui le aveva detto questo. Ed è per questo che non ha mai più tentato di parlargli. Lei lo capiva. Ci stava male, ma capiva. Non mi ha detto della lettera, ma so che pensava che siccome eravate più grandi e non avevate più bisogno di protezione, sarebbe stato giusto scrivergli."

Ryder sentì Felicity tirare su con il naso. Gli appoggiava la testa su una spalla, lo abbracciava stretto in vita. Anche le altre donne avevano le lacrime agli occhi, gli uomini sembravano più tristi che incazzati.

C'erano molte emozioni forti nella stanza, ma c'era anche un'aria di sollievo.

"Che merda," disse Blake. "Ma sono contento di saperlo. Mi sono sempre chiesto cosa sia successo. Voglio dire, la mamma è sempre stata una stronza, ma non riuscivo a capire perché fosse passata dall'essere 'semplicemente' violenta all'omicidio."

"Dovremmo andare dalla polizia?" chiese Alexis. "Voglio dire, Rose ha ucciso Ace, dopo tutto."

"No," disse subito Blake. "Non cambierà nulla. Sono entrambi morti, dobbiamo lasciare che papà riposi in pace una volta per tutte. Ha fatto degli errori, credo che nessuno di noi possa negarlo, ma quel che è fatto è fatto."

In quel momento, il piccolo Ace fece un peto rumoroso.

La stanza rimase in silenzio per un attimo, poi Joel disse: "Niente di meglio di una scoreggia di bambino per spezzare la tensione!"

Tutti si misero a ridere, e proprio come aveva detto Joel, non ci fu più tensione nell'aria.

Grace si alzò per cambiare il pannolino al suo bambino e Alexis e Bailey andarono in cucina a riempire i loro bicchieri.

Logan, Blake e Nathan andarono in ufficio per esaminare ancora una volta la lettera, Joel si alzò per fare i suoi compiti sul tavolo della cucina.

Felicity fece una mossa per liberarsi dalle braccia di Ryder, ma lui strinse la presa. "Stai bene?"

Lei annuì. "Perché non dovrei? Dovrei chiederlo io a te."

"Sto bene."

Felicity gli mise una mano sulla guancia. Ryder non l'aveva mai vista così dolce. "Non è colpa tua," gli disse.

"Lo so. Non sono contento che questa lettera sia stata apparentemente l'impulso per spingere Rose ad uccidere Ace, ma so di non averci niente a che fare."

"Bene. Perché non vai di là con i tuoi fratelli?" gli disse, inclinando la testa e indicando l'ufficio.

"Penso che lo farò. Stai bene qui?"

Lei alzò gli occhi al cielo. "Sì, Ryder. Sto bene. Vado ad aiutare Alexis e Bailey in cucina."

Ryder spalancò gli occhi, assumendo una finta espressione spaventata.

"Ma piantala," ridacchiò lei, poi gli diede un colpetto sulla spalla. "Fammi alzare, bruto che non sei altro."

Con un sorriso, Ryder la aiutò ad alzarsi in piedi. Gli piaceva quel lato di lei. Gli piaceva come scherzavano. Il tempo trascorso insieme era sempre stato permeato di tensione; voleva una vita di prese in giro e di scherzi con lei.

Quando Ryder e i suoi fratelli uscirono dall'ufficio un'ora dopo, lui si sentì meglio circa il rapporto con i suoi fratelli. Nessuno di loro era contento della storia appresa, ma sapere procurava una certa pace. I fratelli Anderson si erano resi conto che loro padre aveva scelto di rimanere in un matrimonio orribile per proteggerli; Ryder era grato del perdono che avevano concesso a sua madre per il suo ruolo, per quanto involontario, nell'omicidio di Ace.

Ryder si fermò brevemente alla vista che lo accolse, quando entrò nell'ampio soggiorno aperto. Grace si era addormentata sul divano con uno dei bimbi che le russava sul petto. Bailey teneva in braccio l'altro bambino, lei e Alexis avevano gli occhi incollati su un reality show trasmesso in televisione.

Ma non fu quello ad attirare l'attenzione di Ryder. Vide Felicity seduta al tavolo con Joel. Le loro teste erano molto vicine, stava mostrando al ragazzino qualcosa su un foglio di carta. Erano così presi da quello che stavano facendo che non videro Ryder avvicinarsi.

"Quindi questo è il modo più semplice per dividere le frazioni. Sono d'accordo che moltiplicarle è molto più divertente, ma se segui questi passaggi, puoi dividere senza problemi," disse dolcemente Felicity a Joel.

"Fico! Sei intelligente quanto Nathan!" disse Joel a Felicity, con gli occhi che la fissavano in soggezione.

Lei rise. "Non lo so. Ma la matematica è divertente. Mi piace. I numeri hanno senso. Funzionano sempre allo stesso modo, ci sono sempre una risposta giusta e una sbagliata. Non si può dire lo stesso dell'inglese o di molte altre materie."

Joel annuì vigorosamente. "Sì, è quello che penso anch'io. A volte non capisco come fare le cose nel modo in cui me le spiega il mio insegnante, ma Nathan mi aiuta sempre, quando torno a casa. Ma tu l'hai reso ancora più facile da capire rispetto all'ultima volta che abbiamo provato a fare queste cose. Grazie!"

Felicity gli arruffò i capelli e disse: "Non c'è di che!"

Ryder si schiarì la gola.

"Ehi, Ryder," disse Joel, "Nathan ha finito? Voglio

mostrargli il modo in cui Felicity mi ha insegnato a lavorare su queste frazioni."

"Sì, ha finito. Sta solo parlando con i suoi fratelli di cose qualunque."

"Fico. Grazie ancora, Felicity," disse il ragazzino, che poi sgattaiolò via.

Ryder si accomodò sulla sedia appena liberata e guardò il foglio. Era pieno di frazioni e problemi di matematica. Guardò Felicity e disse: "Matematica, amore?"

Lei si morse il labbro e annuì, ma non disse altro.

Ryder le prese il braccio e lo appoggiò sul tavolo davanti a loro. Con la punta delle dita, tracciò le parole in corsivo sull'avambraccio di lei. "*Non possiamo risolvere i problemi usando lo stesso tipo di pensiero che abbiamo usato quando li abbiamo creati.* Mi piace."

"Albert Einstein," disse allegramente Felicity.

"Lo so."

"Cioè... si tratta di qualcosa di più della matematica," ammise lei.

Il cuore di Ryder si sciolse. "Lo immaginavo." Continuò a farle scorrere il dito su e giù per il braccio, senza commentare la pelle d'oca che le stava provocando.

Felicity fece un respiro profondo e lo guardò. Invece di vedere la paura nei suoi occhi, per la prima volta Ryder intravide della determinazione.

"Ho bisogno del tuo aiuto, Ryder."

"Sono qui, amore."

"Si tratta del ragazzo della mia compagna di stanza al college, lui..."

Ryder le mise un dito sulle labbra. "Non ora, e non qui."

Lei sollevò le sopracciglia, indicando confusione. "Ma pensavo che volessi che ti dicessi tutto."

"Certo. Ma voglio assicurarmi che tu ti senta al sicuro, quando lo fai. Non voglio che ci siano interruzioni."

"Mi sento al sicuro ora, e che tipo di interruzioni vuoi che..."

Mentre lei parlava, Joel irruppe di nuovo nella stanza. "Felicity! Nathan ha detto: 'Ottimo lavoro!' È impressionato dal fatto che tu conosca le frazioni!"

Ryder alzò le sopracciglia a Felicity, come a dire: "Visto?"

"Fantastico, Joel."

"Parleremo dopo, amore," le disse Ryder, poi si chinò e le baciò una tempia.

Ogni giorno trascorso con Felicity, Ryder scopriva un nuovo aspetto della personalità della vera Felicity. Sapeva che era intelligente, ma vederla lavorare così facilmente con Joel l'aveva sorpreso piacevolmente. Lui non riusciva a ricordare come si dividevano le frazioni, accidenti.

Doveva solo continuare ad avere pazienza. Lei gli aveva dato il suo vero nome e gli aveva detto che gli avrebbe raccontato la sua storia. Niente, nella sua vita, era stato così bello come la fiducia di Felicity.

Più tardi quella sera, dopo una divertente cena con i suoi fratelli e un'esilarante partita a Cards Against Humanity, mentre Joel era occupato a guardare un film, Ryder portò Felicity nella palestra ormai chiusa. Fecero un cenno alla donna delle pulizie che andava ogni sera per disinfettare gli spogliatoi e assicurarsi che tutte le macchine per l'allenamento fossero pulite.

Ryder teneva la mano di Felicity mentre percorrevano il corridoio, oltre gli uffici, fino alle scale che portavano al secondo piano, al suo appartamento. Felicity era molto stanca, ma ciò nonostante, non appena entrarono nell'appartamentino, gli lasciò cadere la mano e si diresse verso la cucina.

Andò subito verso il distributore dell'acqua e si versò un grande bicchiere d'acqua. Ryder l'aveva vista fare la stessa identica cosa ogni sera, prima di andare a dormire.

"Lo fai tutte le sere," osservò lui. "Perché?"

Felicity fece spallucce. "Mi fa bene. Non ho sempre mangiato sano, ho capito che la cosa migliore per me è l'acqua. Cerco di berne almeno due litri al giorno. A volte lo faccio, a volte no. Ma ho notato che se ne bevo un bel bicchiere prima di andare a dormire, mi fa sentire meglio. Più pulita." Scrollò le spalle di nuovo. "Probabilmente è tutto nella mia testa, ma l'acqua era sempre gratis, e berla era l'unica cosa che potevo fare per mantenermi in salute, quando non potevo permettermi di comprare del cibo migliore. Bere acqua era molto più economico che andare dal medico se mi ammalavo."

Ryder andò verso di lei e le prese la testa tra le mani. Si chinò e la baciò teneramente, sentendo il fresco dell'acqua sulle labbra di lei.

"E questo per che cos'era?" chiese Felicity.

"Perché sei fantastica."

Felicity arrossì, ma per una volta non lo contraddisse.

"Sei stanca," disse Ryder.

Lei annuì.

"Ok, vai a letto. Mi assicurerò che siamo chiusi a chiave. Mi lasci controllare la tua stanza stanotte?"

Ma lei scosse la testa.

"Lo sai che niente di quello che c'è dentro mi farebbe andare via... giusto?"

Felicity sospirò. "So che... Mi sto facendo coraggio a farti entrare nel mio spazio personale. È l'unico posto al mondo in cui sento di poter essere veramente me stessa."

Ryder le baciò la fronte. "Non ho fretta, amore. Sono abbastanza felice che tu non protesti contro il fatto che io rimanga qui." Fece un cenno verso il divano dove aveva dormito ultimamente.

"Potresti dormire nella stanza degli ospiti, sai. Mi rendo conto che lì ci sono due culle per Nate e Ace, ma c'è anche un letto a due piazze."

Ryder scosse la testa ancora prima che lei finisse la frase. "Grazie, ma no. Se non posso stare al tuo fianco per assicurarmi che tu sia protetta, mi accontenterò di dormire qui fuori, dove posso stare tra te e chiunque possa irrompere e cercare di arrivare a te."

Lei lo fissò con occhi sbarrati, prima di chiuderli e sospirare. Quando un secondo dopo li aprì, erano pieno di lacrime. "Nessuno mi ha fatto sentire al sicuro come fai tu."

"Vai a dormire, amore. Ci vediamo domattina."

"Voglio dirti... ma... non sono pronta. È una cosa stupida, perché stavo per parlarti prima, e so che il mio tempo sta per scadere perché lui è qui. A guardarmi. Sento i suoi occhi su di me, quasi sempre. Dovrei dirti tutto, so che potresti aiutarmi."

Ryder le strinse le mani sulla testa. "Nessuna pressione, Felicity. Non ti metterà le mani addosso mentre sono qui."

"Grazie."

"Non ringraziarmi. Non mi ringraziare mai per essere al tuo fianco. Per aver voluto essere qui."

Lei incurvò le labbra in un piccolo sorriso.

"Cosa? Stai ridendo di me?" chiese Ryder, molto più felice di vederla sorridere che piangere.

"È solo che... a volte sembri così serio. Ma ti ho visto tenere in braccio i tuoi nipoti e parlare con loro molto teneramente, è difficile conciliare le due cose."

"Ti ho detto cosa faccio per vivere," la avvertì Ryder. "Non scambiare per debolezza la mia tenerezza per te e per la mia famiglia."

Lei tornò subito seria. "Non lo farei mai. Penso che sia quel lato pericoloso che mi fa fidare di te in modo totale. Il fatto che io sappia che hai già ucciso in passato e che probabilmente uccideresti per me mi fa sentire al sicuro."

"Probabilmente non si arriverà a tanto," disse Ryder.

Rimasero lì in piedi per diversi secondi, a fissarsi l'un l'altra, prima che lui sospirasse e si allontanasse da lei. "Finisci l'acqua e vai a letto, amore. Domani è un nuovo giorno. Vedremo come andrà."

Felicity annuì, finì il resto dell'acqua nel suo bicchiere e lo mise nel lavandino. Lo lavò e si diresse verso la porta chiusa della sua stanza. Si voltò all'ultimo minuto e lo guardò.

"Buonanotte, Ryder."

"Buonanotte, amore."

———

Joseph Waters, travestito da donna più vecchia di lui di diversi decenni, passava lentamente lo straccio sul pavimento della palestra. Teneva gli occhi sul corridoio che Ryder Sinclair e Megan avevano percorso. Era stato abbastanza facile sbarazzarsi della donna debole e anziana che puliva la palestra. Non aveva pianificato di ucciderla, ma quella stupida troia non aveva smesso di urlare nemmeno quando le aveva puntato un coltello alla gola.

Non era nemmeno lontanamente la prima puttana che aveva ucciso, non sarebbe stata neanche l'ultima. La maggior parte delle volte, le donne stavano zitte quando sentivano la lama puntata alla gola, ma non lei. Tutto ciò di cui aveva bisogno era il mazzo di chiavi principale che lei aveva per la Rock Hard Gym. Bagni, spogliatoi, uffici e, soprattutto, l'appartamento al secondo piano. Non che ne avesse bisogno. Sapeva scassinare, aveva preso lezioni da uno dei migliori scassinatori di serrature usato da suo padre. Riusciva a scassinare quasi ogni tipo di serratura in meno di un minuto. Ma le chiavi rendevano certamente le cose più facili.

Era stato semplice controllare l'appartamento di Megan, prima che lei e il suo protettore fossero tornati a casa. Si era preso il suo tempo, si era fatto un'idea di chi era diventata, negli anni in cui l'aveva cercata. Joseph aveva visto abbastanza per iniziare a formarsi un piano in testa per capire come rimetterla in riga.

Gli brillarono gli occhi in modo sinistro mentre passava meccanicamente lo straccio sul pavimento, mentre la immaginava incatenata e spaventata, in preda alla sua crudeltà. Già, Megan Parkins avrebbe rimpianto amaramente il giorno in cui aveva osato chiamare la polizia.

Dopo essere stato nel suo appartamento, sapeva esattamente come arrivare a lei.

Ma prima voleva giocare ancora un po'.

Sorrise, mentre rimetteva lo straccio nell'armadio. Megan e Cole avrebbero scoperto presto che la loro donna delle pulizie abituale non sarebbe stata in grado di continuare a lavorare.

Aveva già fatto diverse copie delle chiavi che portava con sé, poteva entrare e uscire dall'edificio a suo piacimento. La stupida custode gli aveva dato il codice dell'allarme dopo un piccolo taglio sul collo. Odiava le donne deboli. Preferiva che si dibattessero, prima di spezzarle.

Sorrise, mentre usciva dalla palestra. Sarebbe tornato presto. Si sarebbe divertito un mondo.

CAPITOLO NOVE

FELICITY SENTÌ RYDER parlare al telefono, la mattina seguente, mentre stava a letto. Lo sentì pronunciare il suo vero nome, quello che gli aveva rivelato il giorno prima. Non ne fu sorpresa. Sapeva, nel momento in cui gli aveva detto la verità, che avrebbe fatto rapporto ai suoi amici. Invece di sentirsi nervosa o spaventata, però, si sentì... libera.

Per la prima volta in dieci anni, non ebbe l'impulso di guardarsi costantemente alle spalle. Sapeva che Joseph era là fuori da qualche parte. Non le avrebbe mandato quel biglietto o l'articolo di giornale, se non avesse voluto farle sapere che era vicino. Non era tipo da uscire dai cespugli con una pistola. No, gli piaceva tormentare e spaventare. Era dannatamente bravo a farlo. L'aveva trovata subito dopo che aveva lasciato Chicago, ed era stato abbastanza traumatizzante per lei capire come acquisire un nuovo nome e cercare di sparire per sempre.

Non riusciva più a sentire le parole esatte di Ryder, probabilmente si era spostato in cucina, ma riusciva ancora a sentire la sua voce profonda che vibrava. Gli occhi di

Felicity vagarono nella stanza. Tenere tutti fuori era diventata una seconda natura, serviva a proteggere se stessa. Se la zona giorno era incontaminata e sterile, la sua camera da letto era l'esatto opposto.

Aveva una foto di lei e di sua madre sul tavolino accanto al letto matrimoniale. I libri giacevano in disordine sul pavimento, perché non aveva mensole su cui riporli. Aveva tenuto alcuni dei suoi vecchi libri di fisica, mischiati a thriller polizieschi, manuali di istruzioni su come sparire dalla circolazione e, naturalmente, i suoi libri di fantascienza.

Durante il suo ultimo tatuaggio, aveva sentito per caso un gruppo di ragazze del college parlare di lei, dicendo che aveva un aspetto spaventoso e che probabilmente aveva poster di motociclette e pistole sulle pareti. Era l'impressione che voleva dare agli estranei. Aveva fatto del suo meglio per cambiare l'immagine che dava di sé. Era sempre stata la brava ragazza, quella carina, e che fine aveva fatto?

Esibiva capelli corti, muscoli, tatuaggi: tutto per trasformarsi nell'opposto della persona che era una volta. Ma... non aveva funzionato. Dentro di sé si sentiva ancora la stessa persona. Non le piaceva che la gente avesse paura di lei, non le piaceva essere costantemente irritabile e chiusa. Ma tutto quel sacrificio non aveva impedito a Joseph di trovarla. Non gli aveva impedito di uccidere sua madre. Non aveva fatto altro che farla sentire più alienata da tutti quelli che le stavano intorno.

Ma chi era Felicity, in realtà? La sua camera da letto era l'unico posto nella sua vita dove poteva essere veramente se stessa.

Alle pareti c'erano poster e foto a buon mercato che aveva preso nei discount e nei mercatini dell'usato. Un poster del famoso quadro Donna con Parasole di Monet, un acquerello di un campo di Bluebonnet, che aveva preso quando si era nascosta in Texas, un pezzo di carta per appunti appeso al muro con la foto disegnata da Joel di un alieno ucciso da un astronauta, un ritaglio di giornale con la storia della madre di Grace che finiva in prigione, completo di una foto di Margaret Mason in manette che viene portata in tribunale, e una grande cornice in cui lei e Grace erano in piedi a braccetto, alle nozze di Grace. Entrambe ridevano, con la testa inclinata all'indietro ed enormi sorrisi sul viso. Era una delle foto preferite di Felicity. Non aveva mai visto Grace così felice prima di allora.

Poi c'era il suo letto. Aveva raccolto cuscini ricamati dai negozi dell'usato della zona e aveva persino trovato una trapunta che sembrava fatta a mano. Era composta da quadrati color pastello, tutti cuciti insieme per riprodurre un'enorme margherita multicolore. Non l'aveva fatta sua madre, ma le piaceva fingere che fosse così.

Le lenzuola erano l'unica cosa che aveva comprato. Erano top di gamma, con tessuto di alta qualità, così setose e lisce sul suo corpo, che le sembrava di essere sdraiata su una soffice nuvola. Aveva portato con sé il primo peluche che sua madre le aveva regalato quando era scappata tanti anni prima. Era una giraffa il cui collo doveva essere stato ricucito almeno dieci volte nel corso della sua vita, ma era prezioso per Felicity, ed era letteralmente l'unica cosa rimasta della sua vecchia vita.

Nel complesso, la sua stanza era un vero e proprio casino, Felicity sapeva che dopo una singola occhiata Ryder avrebbe capito che la sua spavalderia era solo una facciata. Ma tanto lo sapeva già. Glielo aveva detto lei. Per la prima volta, non le dispiaceva il pensiero di far entrare qualcuno. Far entrare Ryder.

Grace sapeva che le piaceva leggere la fantascienza, ma

non quanto amasse la fisica. O che era sulla buona strada per una carriera in quel campo. Felicity doveva essere quella forte, nella loro relazione, spingendo costantemente Grace ad allontanarsi dai suoi genitori. Non era stata in grado di far sapere alla sua migliore amica quanto fosse spaventata.

Poi, quando Grace si era messa con Logan e aveva decantato a lui e ai suoi fratelli quanto fosse cazzuta la sua migliore amica, Felicity non aveva fatto nulla per far svanire l'illusione. Le piaceva il rispetto che vedeva negli occhi dei fratelli Anderson quando la guardavano.

Ma in qualche modo Ryder aveva visto proprio attraverso lo scudo che aveva alzato e lo aveva persino superato. Sapeva che era solo questione di tempo prima che gli dicesse tutto. Voleva farlo. Doveva solo trovare il coraggio.

Felicity si alzò dal letto e si diresse verso il bagno annesso. Cole voleva parlarle di alcune idee di marketing per la palestra, quel giorno, e aveva altre commissioni da fare. Per quanto volesse nascondersi nella sua stanza, sapeva di non poterlo fare. La vita proseguiva. Anche se era perseguitata da uno stronzo psicopatico.

"Sì, si chiama Megan Parkins. Ti ho già detto che molto probabilmente è di Chicago. Hai già trovato qualcosa sul nome Joseph Waters?"

L'amico di Ryder, Meat, rispose: "Non ancora. Ma avere il suo nome mi sarà certamente d'aiuto."

"Chiamerò Rex," disse Ryder. Chiamare il suo capo non era una cosa tipica, per i Mercenari. Di solito era Rex a mettersi in contatto con loro, non il contrario. Ma Ryder non era disposto a trattenersi più del necessario. Non quando significava che Felicity sarebbe stata in pericolo. Tutti i Mercenari di Montagna sapevano che il loro capo aveva delle conoscenze, profonde e talvolta spaventose. Era così che otteneva le sue informazioni su quali missioni inviarli.

Se Meat aveva difficoltà a trovare Joseph Waters e le sue connessioni - perché era più che ovvio che le avesse - allora forse Rex poteva dare una mano.

"È una buona idea," disse Meat. "Ho trovato un paio di uomini di nome Joseph Waters a Chicago, ma nessuno sembra essere il tuo uomo. Rex ha dei contatti che può usare per scavare più a fondo."

Ryder annuì, anche se il suo amico non se ne accorse. "Sì, è quello che ho pensato anch'io. Apprezzo il tuo aiuto, comunque."

"Quando vuoi. Appena avrò un dossier scritto su Megan, lo cripterò e te lo invierò."

Ryder bloccò sul nascere la protesta che stava per trapelare. Sapeva di aver bisogno di più informazioni, ma voleva che fosse Felicity a parlare con lui. Ottenere le informazioni del rapporto ufficiale che usavano prima di partire per una missione gli sembrava... sbagliato. Ma tutto quello che disse a Meat fu: "Grazie. Ci sentiamo dopo."

"A dopo, Ryder."

Quando Ryder riagganciò la chiamata, pensò alla situazione. Aveva sentito di essere osservato da qualcuno, proprio come Felicity nell'ultima settimana. Era come se lo stronzo stesse semplicemente aspettando il momento giusto. Ciò significava che era paziente... e quindi ben più pericoloso di uno stronzo impulsivo e fuori di testa.

La maggior parte degli stalker non aveva i mezzi per controllare i propri impulsi di possedere o ferire le loro prede. Joseph sembrava particolarmente minaccioso, forse perché aveva visto lui insieme a Felicity. Sapeva che Ryder la stava proteggendo. Il fatto che lui fosse al suo fianco aveva sicuramente ostacolato qualsiasi cosa avesse pianificato Joseph. Arrivare a Felicity sarebbe stato più complicato. Ryder non poteva decisamente sottovalutare il nemico.

"Buongiorno."

Ryder si voltò e sorrise a Felicity. Lei stava nell'ingresso della sua piccola cucina. Aveva i capelli sparati e indossava una maglietta da baseball grigia sopra un paio di jeans. Aveva abbondato con il trucco, ma lui riuscì a vederle comunque le occhiaie che aveva cercato di nascondere. Odiava il fatto che non dormisse bene, ma a dire il vero anche lui non era esattamente rilassato. Non tanto per la scomodità del divano, che lo faceva girare e rigirare tutta la notte, ma per il pensiero di qualcuno che in qualche modo gli scivolava davanti e arrivava a Felicity.

"Buongiorno, amore. Sei bellissima stamattina."

Lei arrossì, gli fece un piccolo sorriso.

"Cosa c'è in programma oggi?"

Felicity gli passò accanto e raggiunse la maniglia della porta del frigorifero. Lo aprì e tirò fuori un succo misto di frutta e verdura. Svitò il tappo e lo guardò, mentre beveva un lungo sorso. Alla fine, gli chiese: "Per quanto tempo hai intenzione di farlo?"

"Fare cosa?"

Lei agitò una mano. "Dormire sul mio divano. Controllare ogni mio passo."

"Tutto il tempo necessario."

Lei appoggiò la bottiglia sul bancone e lo guardò con un cipiglio quasi arrabbiato. "Tu non lo conosci, Ryder. Ti aspetterà fuori."

"Allora avrà una lunghissima attesa. Non ho intenzione di andare da nessuna parte."

"Non puoi restare qua per sempre. Hai un lavoro, a Colorado Springs."

"In realtà, no," rispose Ryder. "Te l'ho già detto prima, ormai sono un peso. Ho troppe conoscenze. La cosa che mi ha reso così bravo nel mio lavoro è che sono un solitario. Non avevo nessuno nella mia cerchia. Sì, ho avuto mia madre fino alla sua morte, ma non molte persone sapevano di lei."

"Ti stai licenziando?"

"Sì."

Felicity apparve confusa. "Ma... dovrai pur fare qualcosa, giusto?"

"Per un po' sono tranquillo. Sono stato pagato molto bene per tutto quello che ho fatto. Ho un sacco di soldi. Infatti, speravo che a un certo punto potessi venire a fare un giro con me a vedere delle case da comprare."

Felicity scosse la testa come se non avesse sentito bene. "Cosa? Una casa? Qui?"

"Sì. Proprio qui."

Si fissarono l'un l'altra in silenzio per qualche secondo. "Ti trasferisci qui?" chiese lei a voce bassa.

"Sì, Felicity. La mia famiglia è qui. Voglio vedere i miei nipoti crescere. Voglio conoscere meglio i miei fratelli. E tu sei qui. La tua palestra e i tuoi amici sono qui."

Ryder pensò che Felicity avrebbe potuto diventare emotiva, piangere... non si aspettava certo l'enorme sorriso che le illuminò il volto.

"Ti trasferisci qui," disse lei.

"Sì" confermò Ryder.

"Bene," disse lei con fermezza. "Non ho mai provato per qualcuno quello che provo per te. Voglio vedere dove possiamo andare. Ma prima devo fare in modo che questo stronzo che mi rende la vita un inferno se ne vada affanculo."

Ryder sorrise. "Per quanto mi piaccia questo nuovo atteggiamento, sono un po' confuso," ammise. "Cosa ti ha indotto a cambiare? Ieri sera eri spaventata e insicura sul fatto che io fossi ancora qui. Ora non lo sei più. Perché?"

"Ho pensato a tutto, dopo essere andata a letto ieri sera."

"Tutto?"

"Sì. Tutto. Joseph. Mia madre. Come sono arrivata qui a Castle Rock. Grace e quello che ha passato, e quanto è felice ora. Alexis e Blake, e anche Bailey e Nathan. Diavolo, Joel è stato più coraggioso di quanto lo sia stata io ultimamente. E mi sono arrabbiata. Quello stronzo non ha il diritto di farmi questo. Non ha il diritto di rovinarmi la vita. Ma il fatto è che mi rovina la vita solo se glielo permetto. Quando avevo vent'anni, non avevo abbastanza esperienza per sapere come reagire. Poi, tutto quello che potevo fare era scappare e nascondermi. Ma siccome non devo più nascondermi, Joseph sa dove sono, mi piace vivere qui, ho deciso che avrei fatto tutto il necessario per farmi aiutare."

"Vieni qui," le ordinò Ryder, allargando le braccia.

Senza esitazione, Felicity fece pochi passi per andare da lui. Si accoccolò su Ryder, lui la abbracciò teneramente. La baciò sulla testa, poi giurò: "Non te ne pentirai."

Lei alzò la testa e lo guardò. "Lo so. Ryder?"

"Sì?"

"Farai l'amore con me, vero?"

Lui si schiarì la voce, ma disse subito: "Assolutamente."

Lei lasciò cadere la guancia sulla sua spalla e annuì. "Bene. È passato molto tempo per me, e sinceramente non ero sicura che mi sarei mai fidata abbastanza di qualcuno da lasciarmi avvicinare di nuovo così tanto. Ma anche se non ci conosciamo da così tanto tempo, mi fido più di te più di chiunque altro in tutta la mia vita."

Ryder fece un respiro profondo. "È passato un po' di tempo anche per me, amore. E lo sai, spero, che anch'io mi fido di te allo stesso modo. Non ti avrei detto di Zariya se non l'avessi fatto."

"Lo so. Ho pensato anche a questo, ieri sera. Non sto dicendo che sono pronta a trascinarti nel mio letto in questo momento, ma volevo farti sapere che questa volta farò tutto quello che è in mio potere per combattere. Se l'ha fatto Grace, e ora è sempre felice e contenta, posso farlo anch'io."

Rimasero a lungo avvolti l'uno nelle braccia dell'altra, poi Ryder le toccò la nuca e la spinse indietro. Quando lei alzò lo sguardo verso di lui, le disse: "Tutto quello che hai nel tuo frigorifero sono albumi d'uovo e succo misto di frutta e verdura. Ti va di uscire a fare colazione?"

Lei gli sorrise e annuì. "Sì, certo."

"Bene." Non voleva spingerla a dirgli tutto in quel momento. Ryder doveva assicurarsi che Felicity si sentisse al sicuro, che sapesse di avere non solo lui, ma anche i suoi fratelli, a proteggerla. Dal momento che sapeva che erano sulla stessa lunghezza d'onda in termini di una relazione, l'urgenza di possederla diminuì leggermente.

Ma sapere che alla fine ci sarebbero arrivati aveva placato l'uomo delle caverne dentro di lui. Lei era già sua; il resto sarebbe arrivato.

———

Non andarono a fare colazione. Appena scesi al piano di sotto, Cole li informò di aver ricevuto una telefonata dalla società elettrica che voleva verificare se volevano cambiare operatore. Mentre ne stavano discutendo, anche la società dell'allarme chiamò con la stessa richiesta.

All'ora di pranzo, avevano sentito altre due società che chiedevano spiegazione sull'interruzione dei servizi, quando fecero una telefonata preventiva per controllare il loro contratto d'affitto, scoprirono che anche il proprietario dell'edificio era stato informato che avrebbero chiuso la palestra.

Ci volle tutto il giorno per chiarire i malintesi. All'inizio Felicity pensò che si trattasse di un semplice errore con la società elettrica, ma col passare del tempo, e man mano che sempre più aziende li contattavano per la sospensione dei servizi, l'inquietudine di Felicity aumentava. Come aveva detto a Ryder quella mattina, non aveva più paura: era furiosa.

Non aveva dubbi che dietro a tutto ci fosse Joseph. Le aveva già fatto la stessa cosa in passato. Solo che poi non aveva scoperto che il padrone di casa aveva affittato il suo appartamento a qualcun altro fino a quando non era troppo tardi. Un giorno le era saltata la corrente, quando aveva chiamato, era stata informata che avevano ricevuto una registrazione della sua disdetta perché aveva detto che si sarebbe trasferita.

Ryder si aggirò per il suo ufficio mentre lei e Cole si occupavano delle varie attività e li rassicuravano che non sarebbero andati da nessuna parte, oltre a mettere delle protezioni per evitare che la stessa cosa accadesse in futuro. Ryder era uscito a prendere il pranzo per entrambi e aveva messo i panini sulla loro scrivania senza dire una parola.

Alle sei, Ryder entrò in ufficio e dichiarò che per quel giorno avevano finito.

Cole concordò. "Non c'è più niente da fare oggi, quando tutti sono chiusi. Sono abbastanza sicuro che abbiamo recuperato tutti i servizi più importanti. Il servizio di consegna dell'acqua e di lavanderia continuerà. Non sono riuscito a contattare il servizio di pulizia, ma quando la signora Hanley si presenterà, se si presenterà, farò una chiacchierata con lei e confermerò che vogliamo continuare ad utilizzare i suoi servizi. Grazie per il tuo aiuto oggi, Felicity."

Lei lo fissò per un attimo. "Beh... siamo soci, Cole. Non devi ringraziarmi."

"Pensavo che avessi deciso di volere i tuoi soldi e di chiamarti fuori?"

Felicity non poteva arrabbiarsi con lui. Gliel'aveva detto. "Ho cambiato idea."

"Per sempre?"

"Per sempre!"

"Posso mettere il tuo cazzo di nome sull'azienda, ora?"

Lei lo fissò sotto shock. Cole sembrava incazzato. *Davvero* incazzato. "Io... Non è ancora una buona idea."

"Col cazzo che non lo è. Se pensi che non sapessi che un giorno saresti potuta sparire, sei pazza. Ogni giorno mi svegliavo chiedendomi se sarebbe stato il giorno in cui una delle mie più grandi amiche sarebbe sparita. Ogni giorno temevo di dover far funzionare questa palestra senza di te. Ho aperto questo posto sapendo che un giorno avrei potuto doverlo fare da solo, ma quel giorno è il mio incubo. Mi piace lavorare con te, Felicity. Tutti ti amano, qui. Se te ne andassi, non sono sicuro che avrei l'entusiasmo di tenere aperto questo posto."

"Non se ne andrà," rispose Ryder al posto suo.

Lo sguardo di Cole incontrò quello di Ryder, poi annuì e tornò a guardare Felicity. "Voglio mettere il tuo nome sui documenti."

"Ok." Lo sguardo di sollievo negli occhi di Cole le fece male lo stomaco. Non voleva fare del male al suo amico. Aveva pensato che sarebbe stato meglio senza di lei. Diavolo, aveva pensato che lui avrebbe colto al volo l'occasione per liquidare la sua quota. "Ma non ancora. Quando tutto questo sarà finito."

"Bene. Ma ti sto trattenendo."

Felicity annuì. "Ok."

"Ok."

"Andiamo, amore. Devi mangiare. E oggi non hai bevuto abbastanza acqua. Andiamo di sopra."

Lei annuì e prese la mano di Ryder, alzandosi in piedi.

Lui la portò al piano di sopra come aveva fatto la sera prima e tenne aperta la porta del suo appartamento. Lei entrò e si fermò così all'improvviso che Ryder la urtò. Lei sarebbe caduta, ma lui le afferrò i fianchi per tenerla ferma.

"Cosa? Cosa c'è che non va?" chiese Ryder, subito in allarme.

"Qui è entrato qualcuno," sussurrò Felicity.

In un lampo, Ryder la spostò dietro di sé, con il braccio in fuori, impedendole di tornare in avanti. "Come fai a saperlo?"

"C'è una cornice accanto alla televisione, non è mia."

"C'è altro?" ringhiò Ryder.

Guardandosi intorno, Felicity scrutò la stanza. Scosse lentamente la testa. "No, per ora il resto sembra normale."

Ryder camminò lentamente e con cautela verso la televisione e la cornice. Usando la sua camicia a maniche lunghe come una specie di guanto, la prese e la diede a Felicity.

"Chi è questa con te?" chiese.

Felicity guardò la foto e le si bloccò il respiro. Quando riuscì a parlare, disse: "Siamo io e la mia vecchia compagna di stanza, Colleen."

Ryder prese la cornice per poterla vedere. Il suo unico commento fu: "Mi piacciono di più i tuoi capelli neri."

Lei sbuffò. Non era quello che si aspettava che dicesse. Neanche un po'. Non era tranquillo, era chiaro. Aveva il collo rosso e digrignava i denti, ma cercava di alleggerire l'umore per lei. Se non fosse stata già sicura di volere quell'uomo, beh, l'avrebbe voluto in quel momento.

"Non è venuto nessuno qui. Ci scommetterei la mia reputazione."

"Ieri siamo stati via per gran parte della giornata," disse Felicity.

"Non posso credere di non essermene accorto ieri sera, o stamattina," mormorò Ryder, ovviamente sconvolto. "Vai a sederti a tavola, amore. Devo controllare il resto dell'appartamento. Ti va bene?"

Sapendo che voleva dire che avrebbe guardato dentro la sua stanza, Felicity annuì immediatamente. Se voleva andare a letto con lui, doveva farlo entrare. Completamente. Quindi anche dentro il suo spazio sacro, così come dentro la sua testa.

Ryder appoggiò la cornice sul bancone della cucina mentre passava, scortandola al tavolo come se non potesse farcela da sola. Una volta messa seduta, le si inginocchiò al fianco.

Felicity lo fissava. Ecco l'uomo letale di cui aveva solo sentito parlare. Nel poco tempo in cui l'aveva conosciuto, non aveva visto quel lato. Oh, l'aveva visto turbato e preoccupato, ma niente del genere. Più di un metro e ottanta di maschio incazzato. In realtà, stranamente, si sentì più rilassata. Ryder non avrebbe permesso a Joseph di farle del male. Assolutamente no.

"Stai bene?" le chiese.

"Sì."

"Va bene se mi dici di no," insistette lui. "Non cambierà il modo in cui mi sento nei tuoi confronti, o il modo in cui ti vedo."

Felicity gli mise una mano sull'avambraccio. "Se tu non fossi qui, sarei un disastro. Odio che sia entrato nel mio spazio, ma tu mi proteggerai."

"Dannatamente vero."

Felicity non riuscì a sorridere, ma voleva farlo. "Vai, Ryder. Io sarò qui. Assicurati che non sia appostato sotto il mio letto o qualcosa del genere. Dopo controllerò la mia stanza e vedrò se mi ha lasciato qualcos'altro."

Ryder allungò una mano molto rapidamente, le sollevò il volto verso di lui e la baciò in modo breve ma sorprendentemente intenso. Poi, senza allontanarsi troppo, si tirò indietro di qualche centimetro e ribadì: "Non permetterò che ti accada nulla."

Ryder l'aveva detto più e più volte, ma lei si sentiva meglio ogni volta. "Lo so," lo rassicurò.

Poi lui annuì, si ritrasse e si raddrizzò, tutto in un unico movimento. Senza una parola, tirò fuori una pistola da una fondina, nascosta da qualche parte sul suo corpo. Felicity non aveva idea da dove, ma non si preoccupava del fatto che lui l'avesse portata. Era un'altra cosa che la rassicurava sul grande uomo che in qualche modo si era affezionato a lei.

Mentre lui percorreva il breve corridoio per controllare il resto dell'appartamento, Felicity prese una decisione. Gli avrebbe detto tutto. Tutto. Quella sera stessa.

Joseph giaceva sul suo letto, sorridente. Quanto avrebbe voluto installare qualche telecamera nell'appartamento di Megan! Avrebbe dato qualsiasi cosa per vedere la sua reazione alla foto che le aveva lasciato. C'era qualcosa di molto eccitante nello stare nel suo appartamento quando lei non c'era. Si era preso il suo tempo, guardando in ogni armadietto e cassetto, ispezionando l'appartamento, imparando a conoscere la sua preda.

E senza dubbio Megan Parkins era la sua preda. Avrebbe pagato per essersi impicciata... prima o poi. Nel frattempo, era divertente prenderla in giro. L'elettricità e gli altri servizi erano semplici inconvenienti. Sapeva che sarebbe stata in grado di sistemarli facilmente. Ma la foto doveva averla spaventata. Pensò ancora una volta a quanto dovesse essere spaventata, rendendosi conto che lui era stato nel suo spazio.

Mosse una mano lungo il corpo, facendola scivolare sotto la tuta. Joseph si accarezzò, immaginando l'aspetto di Megan mentre vedeva il suo regalino. Forse aveva anche pianto. Adorava quando le stronze scoppiavano a piangere. Chiuse gli occhi mentre pensava a tutti i piani che aveva per Megan.

Ryder era una seccatura, ma niente che non potesse affrontare. Si tolse i pantaloni e sospirò di piacere. Continuava a far scorrere su e giù la mano, per la sua lunghezza dell'uccello. Si eccitava sempre di più, più pensava a quello che aveva in serbo per lei.

Si sarebbe spaventata.

Spaventata *a morte.*

Pronta a fare tutto quello che le avrebbe ordinato di fare.

Sorrise, mentre la sua mano si muoveva sempre più velocemente.

Durante l'orgasmo, immaginò lo sguardo di puro orrore sul suo volto di Megan quando si sarebbe resa conto di quello che aveva fatto. Quando si sarebbe resa conto di non poterlo battere in astuzia, quella volta... e che non sarebbe più riuscita a sfuggirgli.

CAPITOLO DIECI

"Rex? Sono Ace."

"Cosa c'è che non va?"

Ryder sorrise. Sapeva che il suo capo avrebbe capito subito che c'era qualcosa che non andava. "Ho una situazione per la quale mi servirebbe il tuo aiuto."

"Spara."

"Proprio quando mia madre è morta, ho scoperto di avere tre fratellastri. Vivono a Castle Rock e sono venuto a conoscerli. Mi sono trovato nel bel mezzo di una situazione intricata."

"Che tipo di situazione?"

A Ryder piaceva come il suo capo non menasse il can per l'aia. "Una che coinvolge una donna che è diventata molto speciale per me, e uno stalker che si è avvicinato troppo e che va sistemato. Stasera si è introdotto nel suo appartamento."

"Hai bisogno di cambiare le sue serrature in questo momento? Può andare domani mattina?" chiese Rex senza esitazione.

Ryder sospirò in sollievo. Sapeva di poter chiedere ai

suoi fratelli una raccomandazione per un fabbro, dato che molto probabilmente avevano delle conoscenze nella zona, ma l'offerta di Rex di occuparsene in quel momento significava che poteva concentrarsi per proteggere al meglio Felicity. "Domani mattina andrà bene. Non la lascerò sola un minuto, quindi starà bene fino a domattina."

"Cos'altro?"

"Joseph Waters. È lui che cerca Felicity, da Chicago. Meat ha fatto qualche controllo, ma non ha trovato niente di concreto."

"Mi metterò in contatto con Meat, vedrò cosa ha trovato, poi vedrò cosa posso inventarmi."

"Lo apprezzo."

"Avrai anche dato le dimissioni, Ace, ma fai ancora parte di questa squadra e ne farai sempre parte. Se hai bisogno di qualcosa, soprattutto se riguarda la tua donna, mi arrabbio se non chiami."

Detto ciò, l'inafferrabile Rex interruppe la chiamata.

Dopo aver riattaccato, Ryder pensò – e non era certo la prima volta – a quanto fosse fortunato a far parte di un gruppo di uomini così affiatato. Sapeva che non avrebbe avuto importanza se avesse chiamato Ro, Ball, o qualsiasi altro amico: si sarebbero tutti messi in viaggio verso Colorado Springs in un batter d'occhio, se necessario. Magari non avevano lavorato insieme in ogni missione, ma Ryder sapeva senza dubbio che uno qualsiasi degli altri uomini avrebbe sacrificato la sua vita per lui, così come avrebbe fatto lui per loro.

Ryder si girò dalla boccia dell'acqua per vedere Felicity in piedi, all'ingresso della cucina, con lo sguardo perso. I capelli neri erano tutti scompigliati, i suoi occhi erano gonfi per la stanchezza e la preoccupazione.

Ryder strinse saldamente il bicchiere d'acqua in mano.

Odiava Joseph Waters con tutto se stesso. Quell'uomo era un codardo, e Ryder odiava i codardi. Oh, non gli piacevano le persone che tormentavano i più deboli, ma non si era mai imbattuto in qualcuno così manipolatore, subdolo e sadico come Joseph, in molto tempo.

Si costrinse a rilassarsi, poi fece due passi per giungere al fianco di Felicity. Le porse un bel bicchiere d'acqua, che lei afferrò. Gli sorrise, ma Ryder vide oltre la facciata di spavalderia. Felicity aveva tenuto duro mentre lui ispezionava la casa, aveva fatto la sua telefonata e l'aveva incoraggiata ad andare a letto. Ma Ryder si accorse che era giunta al capolinea. Fisicamente e mentalmente.

"Grazie," disse lei dolcemente, poi si portò il bicchiere alle labbra.

Lui aspettò che lei avesse bevuto metà del bicchiere, poi le mise una mano sulla schiena. "È ora di andare a letto, amore."

Felicity fece un bel respiro, come se stesse raccogliendo il suo coraggio, poi gli chiese: "Vieni anche tu?"

Lui la guardò sorpreso.

Sì, certo che voleva stare con lei nella sua stanza, ma doveva essere una sua scelta. E non perché avesse paura di Joseph Waters.

"Stasera non tornerà," disse Ryder con dolcezza, fissandola in modo intenso e rassicurante. "Non può entrare dalle finestre, sono troppo alte. L'unico modo per entrare in questo appartamento è attraverso la porta d'ingresso. E se dovesse succedere, io sarò qui per impedirgli di arrivare a te. Posso dormire sul divano come faccio ogni notte."

"Lo so," disse subito lei. "Non ho alcun dubbio che se Joseph entrasse da quella porta, non sarei assolutamente in pericolo perché tu sei qui. Un tempo, nella mia vita, non avevo paura di chiedere quello che volevo. Ma con il passare degli anni, sono diventata sempre più riluttante a farlo. E questo mi fa incazzare. È ironico. Una volta ero la ragazza della porta accanto. Pronta ad affrontare il mondo. Più provavo a fare la dura, a coprirmi di tatuaggi, a tingermi i capelli... più diventavo mite. È come se avessi lasciato vincere Joseph."

Senza distogliere lo sguardo da Ryder, Felicity mise il bicchiere d'acqua sul bancone e si avvicinò a Ryder. Lui non tentò nemmeno di nascondere la reazione del suo corpo alla sua vicinanza. La sua erezione le premeva contro lo stomaco. Quando lei non si allontanò, ma gli mise entrambe le braccia intorno al collo, lui la tirò immediatamente a sé, fino a trovarsi in contatto completo, dalle cosce fino al petto.

"Sono stufa di essere quella persona, Ryder."

"Cosa vuoi, amore?"

"Te."

"Sii più specifica," le disse, con un pizzico di acciaio nella voce. "Ti voglio. Di brutto. Ma ti darò tutto quello che dici di volere. Se vuoi che ti possieda con forza tutta la notte, lo avrai. Se vuoi dolci baci e carezze, bene, nessun problema. Se tutto quello che puoi sopportare per ora è che ti abbracci, bene. Non posso leggerti nel pensiero, però. Devi dirmelo."

Felicity si morse un labbro, in quel momento sembrava tanto un'adolescente nervosa alle prese con il suo primo appuntamento.

"Voglio tutto questo... ma non sono sicura... forse solo coccole, stasera? Piccoli passi? Va bene così?"

Ryder annuì immediatamente. "Certo che va bene. Possiamo dormire qui, se vuoi," propose lui.

Ma Felicity scosse la testa. "No. Quel divano fa schifo. Mi sento già abbastanza in colpa perché ci hai passato tante notti. Hai già visto la mia stanza. È stupido fingere che non sia successo. Inoltre, devo dirti che... beh... tutto. E mi sentirei meglio a farlo nel mio spazio. Dove mi sento a mio agio."

Ryder l'abbracciò stretta e le diede un bacio sulla fronte. "Vai avanti. Arrivo tra poco."

Lei lo guardò. "Se odi il mio spazio, non dirmelo, ok?"

Ryder aggrottò le sopracciglia. "Perché dovrei odiarlo?"

Lei fece spallucce. "Non lo so. È solo che... non corrisponde alla persona che sono ora."

Le parole uscirono confuse, ma lui capì cosa volesse dire. "Dal mio punto di vista, direi che ti si addice perfettamente. Ora vai. Sarò lì tra pochi minuti." Rafforzò le parole con un altro abbraccio, poi si allontanò da lei.

Sembrava confusa dalle sue parole, ma fece quanto ordinato, allungando una mano per prendere il bicchiere d'acqua prima di girarsi ed entrare nella sua stanza.

Ryder andò immediatamente alla porta d'ingresso e controllò la serratura. Poi afferrò una delle sedie accanto a un tavolino e la ribaltò contro la porta. Non avrebbe tenuto nessuno fuori, ma avrebbe fatto un gran baccano se qualcuno avesse tentato di entrare nell'appartamento. Poi prese l'altra sedia e la appoggiò contro la porta della stanza degli ospiti. Come aveva detto a Felicity, Ryder era abbastanza sicuro che nessuno potesse salire sul lato dell'edificio per entrare da una delle due finestre della camera da letto, ma non voleva correre rischi.

Infine, andò nel bagno degli ospiti nel corridoio e si preparò per andare a letto, proprio come aveva fatto ogni sera da quando era arrivato.

Mentre si trovava davanti alla porta della camera da letto di Felicity, fece un respiro profondo per calmarsi. Si sentiva come se avesse aspettato quel momento da una vita. A volte non si era sentito sicuro di riuscire a superare le barriere di Felicity. Ma lei lo stava facendo entrare nella sua stanza. Di certo non se ne sarebbe pentita.

Ryder girò la manopola e fece un passo nella stanza. Chiuse la porta dietro di sé, chiudendola a chiave per precauzione. Poi si girò e fissò la donna che voleva più di quanto volesse il suo prossimo respiro.

Era seduta in mezzo al letto, con aria insicura. Prima di perdere la concentrazione, Ryder fece vagare rapidamente uno sguardo nei dintorni.

Aveva visto prima la stanza, quando aveva perquisito l'appartamento, ma di proposito non si era trattenuto quanto avrebbe voluto. Entrare nello spazio privato di Felicity dopo essere stato nell'austera zona giorno era come entrare nel Giardino dell'Eden dopo aver trascorso anni in purgatorio. L'assalto ai suoi sensi gli fece quasi dimenticare che stava cercando qualche segno che Joseph Waters potesse essere ancora nell'appartamento.

La stanza odorava di fresco e pulito, come se Felicity avesse appena fatto il bucato. Il profumo dei lillà era più forte lì, rispetto al resto della casa. L'insieme dei colori pastello intorno alla zona aveva un effetto calmante. La trapunta sul letto era stata gettata indietro, Ryder passò una mano sulle lenzuola rosa pallido, ovviamente costose, per verificarne la morbidezza. Una morbidezza che voleva sotto di lui mentre teneva Felicity tra le braccia. Era tutto tranquillo; non penetrava alcun suono dalla finestra in alto, sopra il vicolo sul retro. L'unico senso che mancava era quello del gusto, Ryder sapeva che sarebbe stato soddisfatto da Felicity stessa. Il sapore delle sue labbra, il sudore della sua pelle mentre le passava la lingua sul corpo, il piacere ultimo di scoprire il suo sapore mentre la leccava anche tra le gambe.

Guardò i poster sul muro, le foto sul comò, la giraffa di peluche consumata sul letto, i libri sul pavimento. Studiò tutto, senza doversi preoccupare se Joseph Waters fosse in agguato o meno nelle vicinanze. La differenza tra quella stanza e le altre dell'appartamento era scioccante. Mentre ogni centimetro della casa era immacolato, nella stanza di Felicity regnava il caos.

Ryder sorrise. Adorava quella stanza, ogni centimetro. Era *quella* la vera Felicity. Il disordine era esattamente quello che si sarebbe aspettato da una persona piena di vita come lei. Si sentiva a suo agio, lì. Rilassato.

Tornò a guardare Felicity. Si mordeva un labbro e sembrava preoccupata. Anche mentre lui guardava, lei si mordicchiò il labbro inferiore in modo incerto.

Non volendo che lei si stressasse un secondo di più su ciò che pensava, Ryder si mise subito a letto. Mise un ginocchio sul materasso e lei si avvicinò rapidamente. Senza dire una parola, si sdraiò e la tirò tra le braccia. Poi tirò su il lenzuolo, che era tanto morbido e lussuoso quanto sembrava, e si adagiò tra i cuscini.

All'inizio Felicity giaceva rigida tra le braccia di Ryder, con la testa appoggiata sulla sua spalla, ma col passare del tempo si rilassò. Gli appoggiò delicatamente un braccio sulla maglietta nera, sopra la pancia, per appoggiarsi sul suo petto. Poi si avvicinò, mettendosi a suo agio. Alla fine sospirò.

"Comoda?" le chiese.

"Molto."

"Bene." Lui tacque, lasciando che fosse lei a condurre la loro conversazione. Aveva un milione di domande, ma come le aveva detto prima, non voleva metterla sotto pressione.

"Sono una sciattona," disse lei dopo un minuto.

Ryder ridacchiò. "No. Se avessi più mobili qui dentro, potresti mettere in ordine tutti i tuoi libri."

Rimasero in silenzio ancora qualche minuto e poi, come se non potesse resistere, Felicity chiese: "E allora? Non hai detto niente della mia stanza. Non vuoi sapere perché è così diversa dal resto della mia casa?"

Ryder strinse il braccio che le teneva intorno alle spalle, poi disse: "Voglio sapere tutto quello che vuoi dirmi. Ma non devi assolutamente spiegarmi questa stanza."

Lei alzò la testa per guardarlo meglio. "No?"

"No."

"Perché?"

"Perché posso vedere facilmente la vera te, quando mi guardo intorno in questa stanza."

Lei gli rimise la testa sulla spalla. "E chi è la vera me? Non sono più sicura di saperlo," disse tranquillamente, tradendo comunque un po' di nervosismo.

"Sotto quella maschera da dura, che ti sforzi così tanto di proiettare, c'è una nerd della scienza. Probabilmente ti sei laureata in ramo scientifico, forse matematica all'università. Ami leggere un buon libro di fantascienza. Ma insieme a quella nerd c'è anche una donna che ha un cuore romantico. Dai poster di fiori sul muro, alla morbida trapunta a pastello sul letto. Queste lenzuola sotto di noi mi dicono che sei una donna a cui piace stare comoda. Le foto delle persone che ami sparse nel tuo spazio mi dicono che faresti di tutto per un'amica. Anche andartene, se significasse tenere lei e i suoi figli al sicuro."

Ryder sentì Felicity deglutire più volte, mentre cercava di rimanere composta. Quando finalmente parlò, provò a suonare dura.

"Ok, è successo tutto al college. La mia amica Colleen

usciva con Joseph. Lui era violento, mentalmente e fisicamente, ma lei si rifiutava di lasciarlo. Una sera ho chiamato la polizia mentre lui le stava facendo del male. Quando sono arrivati, Colleen ha negato tutto. Si è rifiutato di denunciarlo, e siccome Joseph non l'aveva colpita in nessun posto che i poliziotti potessero vedere, non potevano fare nulla."

"Era davvero sconvolto dal fatto che io avessi osato interferire e allora ha iniziato a rendere la mia vita un inferno. Ha messo della droga nel mio appartamento, il che mi ha fatto cacciare e mi ha fatto espellere da scuola prima che potessi diplomarmi. Ho perso un lavoro in uno studio di ingegneria, dove ero in lista di attesa. Alla fine le accuse per spaccio di droga sono state ritirate. Ma ha ucciso Colleen, poi ha fatto del suo meglio per incastrarmi."

"Alla fine sono stata scagionata perché Colleen è stata trovata picchiata a sangue, con le gambe e le braccia rotte. Il medico legale ha stabilito che chiunque l'avesse uccisa dovesse essere abbastanza forte da sopraffarla e poi spezzarle le ossa. Joseph l'ha letteralmente picchiata a morte, Ryder. A mani nude." Rabbrividì e chiuse gli occhi.

Ryder strinse i denti per evitare di imprecare ad alta voce. Non voleva fare o dire nulla che facesse smettere Felicity, voleva ottenere quante più informazioni possibili dal suo capo e far pagare cara a Joseph Waters ogni singola cosa che aveva fatto alla donna tra le sue braccia. Alla *sua* donna. Non aveva dubbi.

Felicity proseguì il suo triste racconto. "Sono tornata a casa con la mia mamma adottiva. Mi aveva presa con sé quando avevo sette anni e all'inizio avevo molta paura che mi mandasse via. Ma fin dal primo giorno mi aveva detto che sarei rimasta. Quando sono andata da lei dopo che

Colleen è stata uccisa, aveva tanta paura per me. È stata lei ad incoraggiarmi ad andarmene. Mi ha detto che Joseph non avrebbe mai smesso di seguirmi. Mi ha persino dato quei pochi risparmi che aveva per aiutarmi a cominciare una nuova vita."

Felicity indicò con un piccolo cenno una foto dall'altra parte della stanza. "Era bellissima. Aveva lunghi capelli castani che avrei voluto avere più di una volta, al posto dei miei capelli biondi. I suoi occhi erano molto dolci, è stata la prima cosa che ho notato di lei, quando sono arrivata a casa sua come figlia adottiva. Aveva sempre qualcosa di carino da dire su tutti... tranne che su Joseph. Lo odiava per quello che mi stava facendo, tanto quanto lo odiavo io. Così me ne sono andata, seguendo il suo consiglio. La chiamavo il tre marzo di ogni anno, era il giorno in cui mi aveva portata a casa la prima volta. Usavo un telefono usa e getta, in modo che Joe non potesse rintracciare la chiamata."

"Dopo la prima volta che mi ha trovata, quando vivevo a San Antonio, mi sono resa conto che avevo bisogno di nascondermi seriamente. Avevo usato il mio vero nome e non ero stata attenta come avrei dovuto, avevo usato la carta di credito di mia madre. Ho usato un po' dei soldi che mi aveva dato mia madre e mi sono comprata una nuova identità. Megan Parkins non c'era più, così è nata Felicity Jones. Avevo un codice fiscale e un certificato di nascita falso, ma avevo paura di usarli. In qualche modo usare un nome e un'identità diversa non sembrava così male, ma se avessi usato il codice fiscale di qualcun'altro mi sarei sentita una criminale. Così ho vissuto in sordina. Ho pagato in contanti per tutto. Ho trovato un lavoro dove potevo essere pagata sottobanco. Ho iniziato ad allenarmi di più, perché mi annoiavo e non potevo fare molto altro, ma anche perché credo che una parte di me pensasse che se cambiando il mio aspetto esteriore, sarei diventata più forte dentro. Essere più forte mi avrebbe fatto sentire meno vulnerabile."

"Ho risparmiato un sacco di soldi. Più ne risparmiavo, meno volevo spendere. Mi sembrava che finché avevo i soldi nascosti tra le mie cose, stavo bene. Vivevo di cibo a buon mercato e di appartamenti ancora più economici e schifosi. Alla fine sono arrivata a Castle Rock e ho incontrato Cole, ci siamo letteralmente imbattuti l'uno nell'altra mentre facevamo jogging. Mi piaceva questo posto e mi piaceva Cole. Ho colto l'occasione e ho usato i soldi che avevo risparmiato per aprire con lui la Rock Hard Gym, e il resto lo sai."

"Raccontami del tuo viaggio a Chicago, all'inizio di quest'anno," disse Ryder con dolcezza.

Felicity si girò immediatamente, e Ryder la imitò, abbracciandola e tirandola verso di sé. Lei appoggiò la testa sul braccio che le aveva messo sotto il collo, lui si avvicinò a lei, annusandole i capelli. La abbracciò teneramente, donandole il suo calore mentre lei continuava la sua storia.

"Ogni due giorni controllavo il notiziario di Chicago. Forse nella speranza di leggere qualcosa su Joseph che venisse arrestato o qualcosa del genere. Ma ho visto un articolo su un incendio nel mio vecchio quartiere. C'era la foto di una casa bruciata, con un'auto mezza bruciata nel garage."

Felicity iniziò a singhiozzare, Ryder strinse la presa per mostrarle il suo sostegno nell'unico modo possibile in quel momento.

"Era la casa di mia madre. L'hanno trovata nella sua

camera da letto. Morta. La polizia sospettava si trattasse di un omicidio e io sapevo che era stato Joseph."

Ryder la udì ancora singhiozzare. Gli si spezzò il cuore, il suo odio nei confronti dello stronzo crebbe a dismisura.

"Sono dovuta andare a casa per il suo funerale. Ho dovuto farlo. Ho guidato fino a Chicago e mi sono seduta in fondo alla chiesa durante la funzione. Aveva così tanti amici. Tantissimi, Ryder. La chiesa era piena. Sono anche andata alla cerimonia della sepoltura. Ho fatto finta di essere lì per qualcun altro, seduta su una panchina davanti alla tomba di uno sconosciuto, ma non me lo sarei mai perdonato se mi fossi perso il funerale di mia madre. L'ho uccisa, Ryder. Potrei non aver acceso il fiammifero, ma quanto è vero che sono sdraiata qui, l'ho uccisa."

Ryder la girò verso di sé. Lei lo fissò con gli occhi azzurri inondati di lacrime. Le lacrime le cadevano dagli angoli degli occhi, gocciolandole tra i capelli accanto alle orecchie. Gli strinse il bicipite mentre giaceva sotto di lui fissandolo negli occhi, la sua disperazione e il suo disgusto si vedevano facilmente, anche nella scarsa luce proveniente dal bagno.

"No, amore. Non l'hai uccisa."

"Sì invece. E non posso permettere che accada di nuovo. Ucciderà Grace. O i suoi bambini. O te. Non posso proprio..."

Ryder la interruppe. "Spero che ci provi," ringhiò.

Felicity apparve sorpresa. Sbatté le palpebre. "Cosa?"

"Spero che quello stronzo cerchi di uccidermi. Voglio essere faccia a faccia con lui quando gli taglierò la gola. Ascoltami, Felicity. Non hai ucciso tua madre. Lo ha fatto quel pezzo di merda."

"Ma se non fossi stata via così a lungo, lui..."

"No," la interruppe di nuovo, non volendo sentire delle

stronzate. "Se non fossi rimasta via così a lungo, ti avrebbe uccisa. Hai fatto tutto nel modo giusto."

"Ma mia madre è morta. Non l'ho più vista, dopo essermene andata. Mi manca, Ryder. Mi manca tantissimo." Ricominciò a piangere, ormai a dirotto.

"Mi dispiace tanto. Parlami di lei. Di tutto. Ogni ricordo che hai. Voglio sentirli tutti."

Lei sbatté le palpebre. "Vuoi sapere di mia madre?"

"Sì, amore. Voglio sapere tutto di lei. Come profumava, quali sono i tuoi ricordi preferiti di lei. Com'era la tua vita quando ti ha portata a casa la prima volta. Cosa faceva per vivere. Quali erano i suoi cibi preferiti. Sono anni che non parli di lei con nessuno. Parlarmi di lei ti aiuterà a elaborare il lutto e a ricordarla."

Così fece. Per un'ora Felicity parlò di sua madre. Raccontò a Ryder ogni piccola cosa della donna che l'aveva accolta, in un'età in cui la maggior parte dei bambini non aveva più alcuna speranza di essere adottata. Pianse. Versò un sacco di lacrime. Ma rise anche di alcune delle storie più stupide che gli raccontò. Una volta finito, alzò lo sguardo verso Ryder e disse: "Grazie."

Avevano cambiato posizione un paio di volte nell'ultima ora, lui era appoggiato su un gomito, le accarezzava i capelli con l'altra mano. Si chinò in avanti e le baciò la fronte. Poi si girò per sdraiarsi sulla schiena e la tirò a sé. "Non c'è di che. Sembra una donna straordinaria."

"Lo era."

"Pagherà per quello che ha fatto," disse Ryder, sapendo che la sua voce era troppo dura ma non riusciva a smorzarla. "Pagherà, e poi torneremo a Chicago e tu potrai rendere omaggio a tua madre. Non ti nasconderai al cimitero, questa volta."

Felicity annuì contro la sua spalla. Ryder sapeva cosa

significasse provare quel dolore. Aveva sofferto, quando sua madre era malata e quando era morta, ma non era la stessa cosa. Felicity non era riuscita a dirle addio. Non aveva visto la madre né aveva sentito le sue braccia intorno a sé negli ultimi dieci anni. Joseph avrebbe pagato per quello, e anche di più.

"Mi piacerebbe."

Sorprendentemente, Felicity si rilassò. Come aveva sperato Ryder, parlare di sua madre aveva liberato un po' dello stress che lei aveva imbottigliato da quando era stata a Chicago.

"Ha fatto qualcos'altro?" le chiese dolcemente.

Lei annuì ancora una volta contro la sua spalla. "Ho ricevuto un biglietto per posta, un paio di settimane fa. Più o meno nello stesso periodo in cui sei arrivato in città."

"Ce l'hai ancora? Potremmo essere in grado di ricavarne il DNA o qualcosa del genere."

Lei scosse la testa contro di lui. "L'ho buttato via."

Ryder si costrinse a restare calmo. "C'è altro?"

"Un ritaglio di giornale sulla morte di Colleen. E naturalmente la foto nel mio appartamento questa sera. E le tue gomme tagliate."

Ryder accarezzò delicatamente la schiena di Felicity con un pollice. Lei non aveva protestato quando lui le aveva infilato la mano sotto la maglietta. Infatti, quando lui aveva cominciato ad accarezzarla, lei si era inarcata nel suo tocco e sembrava sciogliersi più in profondità, contro di lui.

Ryder sospirò. "Che tu ci creda o no, questa è un'ottima cosa."

"Sì?" disse lei, quasi offuscata.

Con il tumulto emotivo che aveva attraversato nelle ultime due ore, Ryder non era sorpreso di vederla crollare dal sonno. "Sì, amore. Più cerca di incasinarti, maggiori sono le mie possibilità di trovarlo e di ucciderlo."

Quell'ultima frase gli era sfuggita. Non aveva intenzione di ammettere, ancora una volta, che avrebbe ucciso Joseph, ma lei non si oppose minimamente.

"Bene," borbottò lei.

"Sì, bene," concordò Ryder. Non disse altro, lasciando finalmente dormire Felicity.

Rimase sveglio a lungo, semplicemente tenendola tra le braccia. Lei russava leggermente, gli sbavò anche leggermente sulla spalla, ma lui si godette ogni secondo. Quella era la Felicity che voleva. Quella che aveva abbassato tutti gli scudi intorno a lui. Lei lo agganciò con una gamba, Ryder chiuse gli occhi.

Sì. Gli piaceva. Lo adorava.

Nel suo letto. Circondato da tutto ciò che aveva reso Felicity quella che era.

Joseph era un morto che camminava. Era solo questione di tempo.

CAPITOLO UNDICI

UNA SETTIMANA DOPO, Felicity non era più sicura di aver fatto la cosa giusta, dicendo tutto a Ryder. Si era svegliata la mattina dopo aver vuotato il sacco e aveva pensato che le cose sarebbero state imbarazzanti tra loro, ma non fu così. Quando la sua sveglia era suonata alla solita ora, ricordandole che doveva alzarsi ed allenarsi, lui l'aveva baciata sulla fronte ed era scivolato fuori dal letto.

Quando lei era uscita dalla stanza dopo essersi cambiata per l'allenamento, lui l'aveva incontrata in cucina, che sembrava calda come sempre, con una lattina di succo multivitaminico, la sua solita bevanda mattutina, e le aveva detto che avrebbe incontrato il fabbro che si sarebbe occupato di cambiarle la serratura, e che Cole l'avrebbe incontrata al piano di sotto per il loro solito allenamento.

Proprio quando Felicity pensava che Ryder avrebbe ignorato l'intimità che avevano condiviso, lui le aveva afferrato una mano quando lei si era girata per uscire dalla cucina e l'aveva tirata tra le sue braccia. L'aveva baciata con passione e l'aveva spinta gentilmente verso la porta, dicendole: "Meglio non fare tardi. Cole ti prenderà a calci in culo ancora più forte se lo farai."

Quel sorriso smagliante la incitava ad andare a prendersi la sua ramanzina da parte di Cole.

Felicity non aveva incontrato il fabbro, ma aveva una serratura nuova di zecca sulla porta del suo appartamento e un'ombra permanente. Se non era Ryder o Cole, era uno dei fratelli Anderson. Voleva essere arrabbiata, ma non poteva. Si sentiva più sicura, con loro che osservavano ogni sua mossa. Più sicura, ma non del tutto sicura. Soprattutto quando Grace aveva chiamato quella mattina e le aveva detto che i poliziotti si erano presentati alla Ace Security per interrogare Logan su una soffiata che avevano ricevuto, una denuncia per uso eccessivo della forza contro l'ex marito di una cliente.

Felicity sapeva che era stato Joseph. Ovvio. Era il suo modo di operare. Quando l'aveva detto a Ryder, lui aveva digrignato i denti ma non era esploso. Non aveva perso la testa. Si era limitato a fare spallucce e dire: "Se ne occuperà Logan. Da quello che ho capito, i miei fratelli sono molto vicini ai poliziotti. Se ha bisogno di rinforzi, chiamerò il mio capo e lo farò intervenire."

"Tutto qua?" chiese Felicity.

"Tutto qua," fu la risposta

Era successo sette giorni prima. In quel momento si trovava nel suo appartamento con Ryder. Si era fatta la doccia dopo l'allenamento, lui aveva preparato loro una colazione a base di omelette e pancetta. Felicity aveva pensato che raccontare tutto a Ryder lo avrebbe fatto smettere di ossessionarsi per quello che non sapeva del suo passato e avrebbe fatto andare avanti la loro relazione come una qualsiasi coppia normale, ma sembrava che tutto quello a cui pensava fosse proteggerla. E lei non lo voleva. Era pronta per qualcosa di più. Più che pronta. Ma non era sicura di dove si trovasse Ryder.

"Che ne dici di una pausa da tutto questo?" chiese Ryder.

Lei piegò leggermente la testa verso di lui. "Che tipo di pausa?"

"Bailey andrà a Colorado Springs per un altro appuntamento con la tatuatrice che le sta facendo un pezzo sulla schiena. Vuoi andare?"

Felicity non poté trattenere l'emozione. "Sì!" disse subito. Adorava Bailey. Avevano legato quando Bailey era ancora perseguitata dal suo ex ragazzo, membro della banda, e Felicity sapeva di aver trovato uno spirito affine. Felicity aveva dato a Bailey il nome del tatuatore di Colorado Springs che stava trasformando un orribile tatuaggio sulla schiena di Bailey in una bellissima opera d'arte. "Ci va anche Joel?" chiese poi.

"No. Alexis e Blake oggi porteranno lui e due suoi amici a fare un'escursione in cima a Castle Rock."

Felicity sollevò le sopracciglia. "Fino a lassù?"

Ryder ridacchiò. "Sì, hanno pensato che li stancherà, e quando torneranno e riempiranno i bambini di pizza, si schianteranno."

"Probabilmente hanno ragione," concordò Felicity.

"E sento che probabilmente dovrei avvertirti... Vorrei parlare con i miei amici mentre siamo laggiù," disse Ryder, cambiando leggermente argomento.

Felicity sorrise. "Finalmente potrò incontrare questi inafferrabili 'amici' con cui hai parlato al telefono?"

Lui mosse le labbra, ma non riuscì a completare un sorriso. "Sì, amore, li conoscerai. Sento di doverti avvertire, però, che avranno delle informazioni su Joseph che potresti o non potresti voler sentire."

Lei piegò la testa, il sorriso spento sul viso. "Cosa stai dicendo?"

"Te lo chiedo per davvero. Vuoi partecipare alla nostra conversazione su di lui, o preferisci che discutiamo della situazione mentre sei impegnata con Bailey nello studio di tatuaggi?"

"Me lo chiedi?"

"Sì, se è troppo e non ne puoi più in questo momento, farò in modo di fare la nostra chiacchierata prima che tu arrivi alla sala da biliardo. Se vuoi partecipare, li terrò impegnati a biliardo fino al tuo arrivo."

"Lo faresti?"

Ryder la prese per mano e la tirò tra le sue braccia. Lei si schiantò contro il suo petto, e lì rimase. "Cazzo, sì. Stiamo parlando della tua vita. Non ho alcun diritto di tenerti fuori. Ma se non vuoi, o non puoi affrontarla, farò in modo che tu non debba farlo."

Felicity apprezzò. Molto. "Voglio esserci," gli disse.

"Ottimo allora."

Felicity guardò negli occhi nocciola di Ryder. La guardavano con un'intensità che non vedeva da molto tempo. Lei e Ryder avevano dormito l'uno nelle braccia dell'altra per l'ultima settimana, ma per qualche ragione quel momento le sembrava più intimo. Una delle sue grandi mani calde si era infilata sotto l'orlo della sua camicia ed era situata sulla parte bassa della schiena. L'altra le riposava tra le scapole, tenendola stretta a lui.

Lui mosse il pollice sulla pelle sensibile della parte bassa della schiena di lei, mentre la fissava con i suoi intensi occhi marroni.

"Cosa?" chiese dolcemente lei. "Perché mi guardi così?"

"Ho girato il mondo facendo molte cose. Ho visto donne e bambini in alcune delle situazioni peggiori che si possano immaginare. Alcune erano completamente spezzate, meri gusci di chi immagino che fossero. Altre erano spaventate a morte. Altre ancora erano incazzate da morire. Non ho mai saputo come qualcuna avrebbe reagito intorno a me, o alla mia squadra. Ma non ho mai pensato a come si sentivano per quello che era successo. Le ho viste solo per un breve periodo di tempo, poi le ho passate a qualcun altro per affrontare le conseguenze della loro situazione."

Felicity lo guardò attentamente, non sapendo dove voleva arrivare.

"Ho sempre pensato che quello che facevo fosse la parte difficile. Far uscire fisicamente le donne dalla loro prigionia, farsi sparare, sparare agli altri. Uccidere. Ma ora mi rendo conto di aver sbagliato. Di brutto. Quello che ho fatto è stato in molti modi la parte facile. Sì, era pericoloso, ma le situazioni in cui si trovavano le donne erano sempre pericolose. Ma ora mi rendo conto che è la continuazione dopo il salvataggio che è la parte difficile. Me l'hai dimostrato tu."

"Ryder, io..."

Non la lasciò finire. La interruppe con un bacio. Fu breve, ma intenso. Poi si tirò indietro. "Ti ammiro da morire, Felicity. Non ti meriti quello che ti sta facendo quel coglione. Tutto quello che hai fatto è stato cercare di aiutare un'amica. Pur senza esperienza, sei riuscita a seminarlo per un decennio. È incredibile. Ti libererai di lui."

"Lo spero," sussurrò lei. "Ma non sono sicura di sapere come vivere una vita normale."

"Sono abituato a ricevere una telefonata ogni due settimane e a correre ovunque mi mandino per rintracciare e uccidere la feccia dell'umanità." Ryder fece spallucce. "Se tu mi aiuterai, io aiuterò te. Cercheremo di vivere una vita normale insieme."

Le sembrava incredibile. "Ok."

"Ok." Poi lui si chinò e la baciò di nuovo.

Mentre si baciavano, lui la prese in braccio e la mise sul bancone. Lei aprì le gambe, invitandolo ad avvicinarsi a lei. Lei si sentì femminile e desiderata, mentre le mani di lui le accarezzavano i fianchi e le cosce.

Molto prima che lei fosse pronta, lui si tirò indietro con riluttanza. "Devo chiamare Nathan. Sta aspettando che gli faccia sapere se andiamo con lui e Bailey giù a Colorado Springs."

Felicity lo guardò e si leccò le labbra. Riusciva ancora ad assaporarlo, amava il desiderio che gli leggeva negli occhi, mentre lui faceva sfrecciare il suo sguardo dalle labbra agli occhi di lei, poi giù per il corpo.

"Forse dovremmo invece restare qui," suggerì lei, tirandogli su la camicia per accarezzargli il petto nudo. Gli strinse anche le cosce intorno ai fianchi, cercando di tenerlo fermo. L'erezione premeva contro di lei, facendola scattare con un sussulto di desiderio. "So che dobbiamo trovare Joseph, ma questo... ti fa sentire bene."

Lui si spinse più forte contro il cavallo dei jeans di lei, le mise una mano sulla pancia e le premette il pollice dell'altra mano contro il clitoride.

Lei inspirò al suo tocco aggressivo e inarcò la schiena. Ryder la spinse sul petto, finché lei non ebbe altra scelta se non sdraiarsi sul fresco piano di lavoro in granito. La aiutò a mettersi più comodamente, poi lei inarcò di nuovo la schiena, buttò la testa indietro, aprì le gambe verso di lui.

"Ryder," gemette lei, mentre lui continuava l'assalto

con il pollice. Lei gli afferrò il bicipite, conficcandogli le unghie nei muscoli che si flettevano con i suoi movimenti.

"Non hai idea di quanto sia stato difficile per me dormire accanto a te ogni notte e non toccarti in questo modo," confessò Ryder.

"Io... Non ero sicura che mi volessi più di così."

"Non ti voglio? Cazzo, amore, mi sono masturbato sotto la doccia ogni mattina solo per poter camminare dritto."

Lei non rispose a quelle parole, inarcò ancora di più la schiena, gli strinse le gambe contro i fianchi.

———

Ryder cercò di controllare la lussuria che lo stava attraversando. Voleva strappare tutti i vestiti di Felicity e prenderla proprio lì, sul bancone. Le tette di lei imploravano la sua bocca, sentire i piedi di lei che gli premevano contro i fianchi, spingendolo ancora più verso di lei, lo fece impazzire.

"Dimmi cosa vuoi," le ordinò. Non era il tipo d'uomo che prendeva tutto ciò che non gli veniva dato liberamente. Non solo, ma nell'ultima settimana aveva imparato che una Felicity grintosa era molto più eccitante per lui della donna spaventata e incerta che era, quando l'aveva incontrata per la prima volta.

L'aveva voluta allora, ma il suo desiderio per lei era cresciuto in modo esponenziale man mano che si arrabbiava sempre più con Joseph e con quello che le aveva fatto.

"Voglio venire," rantolò Felicity. Poi alzò la testa e Ryder mosse immediatamente la mano per sostenerle il collo. I suoi occhi blu erano tempestosi. Le sue pupille dilatate dalla lussuria. Premette i fianchi verso l'alto, nel pollice di lui. "Ne ho bisogno."

Senza interrompere il contatto visivo con lei, Ryder aumentò la velocità del pollice sul clitoride. Premette la sua erezione nel calore bruciante tra le gambe di lei, imitando l'atto di fare l'amore mentre la accarezzava.

Nemmeno Felicity distolse lo sguardo da lui. Anche mentre gli graffiava il braccio. Stringeva le cosce contro di lui, mentre si contorceva per il tocco tra le gambe.

Per alcuni momenti si fissarono l'un l'altra, mentre lui la portava sempre più vicina al limite, ignorando la sua stessa crescente lussuria. Capì che stava per venire anche prima che chiudesse gli occhi e facesse cadere la testa all'indietro, quando i muscoli delle gambe cominciarono a tremarle.

Ryder la guardò intensamente, notando come lei contraesse i muscoli addominali, preparandosi all'imminente orgasmo. Lei gli strinse i fianchi con le cosce, gli puntò i piedi nel culo mentre esplodeva, gemendo rumorosamente.

Non aveva mai visto niente di più bello in vita sua. Era completamente vestita, indossava i jeans e una maglietta, che le era salita sopra la pancia, e la desiderava più di quanto avesse mai desiderato una donna in vita sua. Mentre lei continuava a tremare sotto di lui, Ryder mantenne la pressione sul clitoride, premendo e strofinando mentre le si spingeva contro, come se fosse realmente dentro di lei.

Poi fu il suo turno di chiudere gli occhi e gemere: il solo pensiero di fare l'amore con lei in un futuro prossimo, proprio su quello stesso bancone, sentendo il suo corpo caldo e bagnato intorno all'uccello, lo spinse oltre il limite.

Quando Ryder aprì gli occhi per sbirciare Felicity, non

era sicuro di cosa avrebbe visto. Rimpianto. Imbarazzo. Vergogna. Nessuna di quelle emozioni lo avrebbe sorpreso. Ma quello che vide nel suo sguardo lo lasciò a bocca aperta.

Soddisfazione. Una serenità che non aveva mai visto sul suo volto, da quando l'aveva incontrata.

"Stai bene?" le sussurrò, mentre finalmente le toglieva la mano dalla passera. Ancor prima che lei rispondesse, la tirò su dritta e la abbracciò per i fianchi, tenendola stretta. In cambio, lei gli cinse le spalle con la braccia, poi si mise a giocherellare con i suoi capelli, dietro la testa.

"Sto più che bene. Grazie."

Ryder sapeva di sorridere come uno scemo, ma disse: "È stato un piacere, amore."

Alle sue parole, lei si mosse contro di lui, notando ovviamente che non era più duro. "Davvero?"

Non era nemmeno imbarazzato. "Oh, sì. Non riesco nemmeno a dirti quanto sia stato fantastico. Quanto sei incredibile."

Felicity si sganciò le caviglie e lasciò cadere le gambe. Ryder si allontanò e la aiutò a saltare giù dal bancone. Aveva bisogno di cambiarsi tanto quanto lei, ma quando lei si allontanò da lui per andare nella sua stanza a cambiarsi, lui le afferrò la mano e gliela portò fino alle labbra. Le baciò il palmo della mano e rimase lì un attimo, prima di guardarla negli occhi e dirle: "Mi piace questo tuo lato, amore."

"Che lato?"

"La parte che non ha paura di chiedere ciò che vuole, ciò di cui ha bisogno. Ora che l'ho vista, non lascerò che tu me la nasconda di nuovo."

Felicity alzò la mano che lui aveva appena baciato e si accarezzò una guancia, prima di rispondere: "È una buona cosa. Perché sono una stronza avida che prima o poi vuole vedere cosa nascondi laggiù." Gli fece un cenno all'inguine.

Ryder scoppiò a ridere mentre lei gli sorrideva in modo sfacciato e si allontanava, i suoi fianchi ondeggiavano in modo più sexy di quanto lui non avesse mai visto prima.

Sì, gli piaceva fottutamente la bella Felicity Jones.

CAPITOLO DODICI

FELICITY SI SEDETTE ACCANTO A BAILEY, nel salone di tatuaggi, mentre la tatuatrice lavorava sulla schiena di Bailey. Il grezzo tatuaggio fatto a forza dall'ex fidanzato era sparito, al suo posto stava lentamente emergendo un capolavoro. La base era composta da tre enormi montagne e un fiume. Dall'acqua si sollevava una sorta di nebbiolina, la tatuatrice stava lavorando alle sfumature di un bellissimo tramonto intorno alle cime delle montagne. Il disegno comprendeva vari uccellini, identici a quelli che Grace e Logan sfoggiavano sul loro corpo. Anche Felicity si era fatta tatuare sul braccio uno di quegli stessi uccellini.

"Come va?" chiese Felicity alla sua amica.

"Sto bene. Sorprendentemente, l'ombreggiatura non sembra fare tanto male quanto i contorni delle montagne."

"Sarà fantastico quando sarà finito, Bail," disse Felicity alla sua amica. "Sul serio."

Bailey sollevò la testa e mise le mani sotto il mento, come un cuscinetto, fissando Felicity. "Grazie. Ora dimmi cosa sta succedendo tra te e Ryder. Ho cercato di convincere Nathan a vuotare il sacco mentre venivo qui, ma lui sostiene che non sono affari suoi."

Felicity si appoggiò allo schienale della sedia, premette sulla benda che copriva il suo nuovo tatuaggio sul braccio e fece spallucce. "In poche parole, un uomo che ho cercato di evitare mi ha trovato. È incazzato per qualcosa che ho fatto dieci anni fa. All'inizio ero davvero spaventata, ma ora credo di essere solo arrabbiata per l'intera situazione."

Bailey sbatté le palpebre. "Cosa? Dici sul serio? Perché non ce l'hai detto prima?"

"Perché non era un problema," rispose Felicity. "Non fino a quando sono andata a casa in macchina, a Chicago, per il funerale di mia madre, all'inizio di quest'anno. È lì che il tizio mi ha trovato. Mi ha seguito fino a Castle Rock, o mi ha fatta seguire da uno dei suoi tirapiedi. Ha aspettato il suo momento, e ora... Non sono sicura di quale parola usare per quello che ha fatto."

"Ti sta perseguitando?" chiese Bailey un po' aggressivamente.

Felicity scosse la testa. "No. Mi prende per il culo. Sappiamo entrambi che è in città e che potrebbe semplicemente uccidermi in qualsiasi momento. Ma si eccita a spaventare le donne. A spaventarmi. Così fa delle piccole stronzate per infastidirmi e cercare di spezzarmi."

Bailey abbassò le sopracciglia, in preda alla preoccupazione. "Ma non lo farà, vero?"

Felicity scosse la testa. "Non posso negare che all'inizio ero spaventata. Volevo scappare di nuovo. Ma Cole non mi ha voluto dare i soldi che ho investito nella palestra. Poi è arrivato Ryder." Fece spallucce ancora una volta. "Ora sono solo arrabbiata."

"E tu e Ryder?"

Felicity serrò le labbra. "Mi piace."

"E?"

"Credo di piacergli anch'io."

Bailey si mise a ridere. "Non credo che ci sia un 'pensare'. Nathan non aveva dettagli, ma mi ha detto che Ryder sta dormendo in palestra con te da quasi un mese."

"Mi sta proteggendo."

"Tutto qui?"

"Beh, fino a stamattina, sì."

"Cos'è successo stamattina?" chiese subito Bailey, inesorabile.

Era passato molto tempo dall'ultima volta che Felicity aveva parlato con un'amica di qualcosa che riguardava i ragazzi. Era una bella sensazione. "Lui... noi... beh, diciamo solo che spero che stasera faremo qualcosa di più che addormentarci l'uno nelle braccia dell'altra."

Bailey alzò una mano e Felicity le diede un pugnetto mentre sorridevano entrambe.

"Ti ricordi quello che mi hai detto dei fratelli Anderson, qualche tempo fa?" chiese Bailey.

Felicity si grattò il naso e scosse la testa.

"Hai detto che ti dispiaceva che non ci fossero più fratelli Anderson per te." Bailey fece una pausa carica di significato, prima di proseguire. "Sembra che ci *sia* un altro fratello Anderson per te, dopo tutto."

Felicity fissò Bailey per un secondo, prima di muovere le labbra. Poi sorrise. Poi scoppiò a ridere. Continuò a ridere fino alle lacrime. Bailey si unì a lei, la tatuatrice dovette fermarsi e tenere l'ago in alto perché la sua tela era scossa dalle risatine.

Quando finalmente tornò la calma e la tatuatrice riprese a lavorare, Felicity disse: "Me ne ero dimenticata. Ma quante probabilità c'erano?"

Bailey allungò una mano verso la sua amica, che la afferrò.

"Non sono sicura di essere la persona più adatta a dare consigli. Grace è probabilmente molto più brava di me, e tu la conosci da più tempo, ma se Ryder è un po' come i suoi fratelli, non hai *nulla* di cui preoccuparti. Non conosco la tua storia o qualsiasi altra cosa sull'uomo che ti sta dando fastidio, ma la supererai. Non ho dubbi. Sei forte e perspicace, Ryder ti guarda come Nathan guarda me. Quando sto passando una brutta giornata, quando sono alle prese con le mie decisioni di merda del passato, mi basta svegliarmi tra le braccia di Nathan per farmi capire quanto sono fortunata. Una cosa che ho imparato è che non posso cambiare il mio passato. Tutto quello che posso fare è guardare al mio futuro. Per la prima volta, dopo tanto tempo, posso dire che onestamente non vedo l'ora di farlo. Finché Nathan sarà al mio fianco, posso gestire tutto ciò che la vita mi getta addosso... anche un fratello adolescente in preda agli ormoni che è determinato a diventare un 'vero uomo', proprio come Nathan e i suoi fratelli."

"Grazie," sussurrò Felicity. "Avevo bisogno di sentirlo."

Bailey le strinse la mano, poi sussultò mentre l'ago le colpiva un punto sensibile sulla schiena. "Cosa facciamo dopo che ho finito qui?" chiese, ovviamente volendo concentrarsi su qualcosa di diverso dal tatuaggio sulla schiena.

"Ryder ha detto che voleva portarmi a conoscere alcuni suoi amici qui a Colorado Springs. Tu e Nathan siete invitati, ma non ero sicura di quali fossero i vostri piani per il resto della giornata."

"Cosa ne pensi? Ti va bene incontrare i suoi amici?"

Felicity capì cosa le stava chiedendo Bailey, le voleva ancora più bene. In verità, non aveva problemi a conoscere gli amici di Ryder. Lui le aveva raccontato delle storie su di loro, nell'ultima settimana, quindi le sembrava di conoscerli già. "Sì, certo," disse a Bailey. "Comunque se vuoi venire mi fa piacere, ma se vuoi tornare a casa e passare un po' di tempo da sola con Nathan prima di andare a prendere tuo fratello, non ti biasimo."

Bailey sorrise, con gli occhi indicò verso la propria schiena. "Non sono sicura di poter fare molto con questo sulla schiena."

"Sono sicura che puoi essere creativa," rispose di getto Felicity, sentendosi irrispettosa.

Bailey la fissò per un momento, prima di soffocare una risata, non volendo costringere la tatuatrice a fermarsi di nuovo perché stava ridendo. "Vero. Dio, è bello vederti di nuovo così."

"Così come?" chiese Felicity.

"Così *te*. Ti esprimi. Rispondi subito. I tuoi occhi non sono pieni di preoccupazione e paura. Giuro su Dio che sei stata una dei pochi motivi per cui non sono scappata, quando ero sicura che Donovan mi avrebbe trovata. Eri così forte. Ho odiato vederti così insicura e spaventata, ultimamente. Quindi è bello riaverti tra noi."

"Eh, è bello *essere* tornata," disse Felicity in tutta onestà. Era proprio vero. Si sentiva più forte, al cento per cento, con Ryder al suo fianco. Sapeva senza dubbio che con lui era al sicuro, ma conosceva Joseph meglio di chiunque altro. Ryder non poteva stare con lei ogni secondo di ogni giorno. Joseph avrebbe aspettato il momento perfetto per colpire e alla fine sarebbe arrivato a lei. Ma Felicity aveva finito di rannicchiarsi nella paura. Non sapeva cosa avesse pianificato quel folle, ma di sicuro lei non aveva fretta. Si sarebbe mossa con i suoi tempi, e basta. Il suo nuovo atteggiamento era liberatorio.

"Se per te va bene, credo che accetterò il tuo suggerimento e porterò Nathan a casa e mi divertirò con lui," disse Bailey con un sorriso, come se pensasse davvero a tutti i modi in cui avrebbe potuto fare l'amore con il suo uomo senza fastidi.

Le due amiche si sorrisero. La tatuatrice si sedette e diede una pacca sul braccio di Bailey. "Questo è tutto, per oggi. Penso che faremo un'altra seduta per uniformare l'ombreggiatura e aggiungere i piccoli dettagli che mi hai chiesto, poi abbiamo finito. Vuoi vederlo?"

Bailey annuì con entusiasmo. Felicity si alzò e si mise in piedi dietro di lei.

Notò l'emozione dell'amica mentre vedeva lo splendido lavoro che le era stato fatto sulla schiena. "Faccio fatica a crederci," disse in un sussurro. "Non posso credere che fino a poco tempo fa ci fosse sotto... quella cosa."

"E non posso credere che qualche coglione ti abbia messo addosso quella merda. Stronzo."

Con occhi spalancati, sia Bailey che Felicity guardarono Alicia, l'incredibile e talentuosa tatuatrice che aveva lavorato a quel tatuaggio nelle ultime tre sessioni. Non aveva mai espresso un solo commento su ciò che stava coprendo, se non che sarebbe stata facilmente in grado di farlo sparire.

"Cosa?" chiese la tatuatrice, un po' piccata. "Se proprio volete saperlo, dopo la prima seduta ero così sconvolta che mi sono ubriacata di brutto. La mia ragazza ha dovuto farmi scendere dal cornicione. Volevo andare a Denver e trovare qualcuno che si definisse un Inca Boy e uccidere io stessa quei figli di puttana. Oh, Bailey, copro gratis anche qualsiasi altro tatuaggio tu voglia. Noi donne dobbiamo restare unite."

"Oh... uh... grazie."

"Ci vediamo la prossima volta," disse Alicia, agitando una mano alla gratitudine di Bailey. Poi si girò e si avvicinò alla parte anteriore del negozio, molto probabilmente per organizzare il suo prossimo appuntamento.

Gli occhi spalancati di Felicity incontrarono quelli di Bailey. Alicia non aveva mai parlato molto del tatuaggio che le era stato affidato il compito di coprire, e Felicity pensava che non avesse una grande opinione al riguardo. Si era proprio sbagliata.

———

"È andato tutto bene?" chiese Ryder dopo che Felicity aveva salutato Bailey e Nathan al salone dei tatuaggi. Lei e Ryder stavano andando in un locale con sala biliardo chiamato The Pit. A quanto pare era il posto dove lui e i suoi amici si trovavano ogni volta che non erano in missione. Ognuno dei sei uomini aveva un lavoro "regolare", oltre ad essere assunto come Mercenario, e usavano la sala da biliardo come luogo per rilassarsi e persino per fare riunioni sui lavori futuri o sulle missioni che avevano completato.

"Sì," disse lei, rispondendo alla domanda di Ryder. "Il tatuaggio di Bailey è fantastico. Alicia è una vera artista."

"Ne hai fatto uno nuovo anche tu?" chiese Ryder, indicando la piccola benda sull'avambraccio di lei.

Felicity annuì. Si accarezzò la benda. "Un uccellino come quello di Grace e Logan. So che è una cosa loro, ma ho parlato con Grace qualche tempo fa, mi aveva detto che le avrebbe fatto piacere se ne avessi fatto uno anche io."

"Lo vedo," disse subito Ryder. "Voi due siete quasi come sorelle."

"Sì, è vero," concordò Felicity. "Non riesco a immaginare di non poterla vedere tutti i giorni."

Come se potesse leggerle la mente, Ryder disse: "Non ce ne sarà bisogno. Faremo in modo che tu possa mettere ancora più radici a Castle Rock, così non dovrai mai andartene."

Felicity gli sorrise debolmente. "Lo spero."

Ryder non cercò di tranquillizzarla. Le appoggiò semplicemente una delle sue grandi mani sulla gamba e la strinse. Lasciò lì la mano finché non si fermarono nel parcheggio di un edificio con un buco nel muro.

Un vecchio cartello di legno, appeso storto sul lato dell'edificio, proclamava che erano arrivati al The Pit. Accanto alla scritta c'erano tre palle da biliardo. C'era solo una finestra sulla parte anteriore dell'edificio, sembrava davvero sporca.

Felicity fissò con sgomento l'edificio sgangherato e si rivolse a Ryder, ma lui la anticipò.

"Sembra un posto di merda, ma tiene lontani i fricchettoni e i ragazzini del college," disse dolcemente. "Dentro non è così male, fidati."

"Dio, lo spero," disse Felicity prima di riuscire a trattenersi. Poi si mise una mano sulla bocca e borbottò: "Scusa, è stato scortese."

Ryder sorrise. Uscì dalla macchina e andò verso il lato passeggero, allungandole una mano per aiutarla a uscire. "Anche Nathan si sentiva come te, ma quando siamo venuti a prendervi, si era già convertito al The Pit. Andiamo, amore. Lo vedrai con i tuoi occhi."

Lei gli prese la mano e non poté fare a meno di meravigliarsi della sua forza, mentre lui la tirava verso l'alto e se la portava al fianco, come se lei non pesasse più di una piuma. Ryder chiuse la portiera e spinse il bottone per chiudere la macchina, mentre le avvolgeva il braccio intorno alla vita e la stringeva a sé.

Felicity si accoccolò vicino a lui, amava quella vicinanza. Quel giorno le era mancato. Il che era assurdo, erano stati separati solo un paio d'ore. Ma siccome erano stati insieme praticamente sempre, nelle ultime due settimane, lei si era abituata ad averlo sempre nei dintorni.

Ryder le tenne la porta aperta, dato che era sorprendentemente spessa, e le fece un gesto per farla entrare nel bar poco illuminato davanti a lui. Felicity entrò e si fermò, lasciando che la sua vista si adattasse, passando dal luminoso sole del Colorado all'oscurità che regnava all'interno dell'edificio. Ryder aveva ragione, l'interno del locale era sorprendente.

Tanto per cominciare, era enorme. C'era una grande sala aperta con tavoli e sedie sparse sporadicamente in tutta l'area. Felicity vide una porta che conduceva a una stanza sul retro, piena di tavoli da biliardo. A quell'ora del pomeriggio non c'erano molte persone, ma poteva sentire il rumore sordo delle palle da biliardo che si colpivano a vicenda provenire da quella stanza sul retro. Un grande bancone si estendeva sul lato destro della sala, dietro il bancone notò un omone che sorrideva. Prima di poter decidere se voleva rischiare di sorridere, Ryder le strinse la vita.

"Andiamo," le disse in un orecchio. "Voglio presentarti Dave, prima dei ragazzi."

Felicity rabbrividì alla sensazione del respiro di Ryder nell'orecchio. Per una frazione di secondo voleva dirgli che non voleva incontrare i suoi amici, dopo tutto, che non le importava di Joseph. Si era guardata alle spalle per così tanto tempo che si era abituata alla minaccia. Voleva pensare a qualcos'altro. A Ryder. Voleva dirgli che voleva andare dritta a casa... Nel suo letto. Con lui. Ma fece un respiro profondo e si costrinse a camminare tranquillamente accanto a Ryder mentre lui la guidava verso il bancone.

Ryder le sorrise, come se sapesse esattamente a cosa stava pensando. Felicity decise che lui era una sorta di sensitivo, quando si chinò e le sussurrò: "Non preoccuparti, per quanto mi piacciano i miei amici, non ho intenzione di passare tutto il giorno a sparare cazzate con loro quando preferirei averti tutta per me a casa tua."

Le scoppiò la pelle d'oca sulle braccia, a quelle parole, ma Felicity si concentrò a mettere un piede davanti all'altro per non cadere. Inciampare sui suoi stessi piedi non era esattamente la prima impressione che voleva dare agli amici del suo uomo.

Ryder la guidò verso il grande bancone, ancora una volta fu colpita dallo sguardo amichevole e aperto sul viso del barista, mentre si avvicinavano. Era alto, probabilmente un metro e ottantacinque. Portava i capelli corti ma aveva una bella barba spessa, con chiazze bianche. Aveva grandi labbra, il naso sembrava essere stato rotto alcune volte e aveva una lunga cicatrice che gli scendeva lungo il lato del collo, scomparendo nella scollatura della maglietta attillata nera che indossava. Aveva la pelle scura, difficile dire se fosse il colore naturale della sua pelle o fosse abbronzato. Aveva le braccia ricoperte di tatuaggi scuri, tutti neri, senza un solo tocco di colore.

Tutto sommato era un uomo imponente, non avrebbe sicuramente voluto incontrarlo in un vicolo buio. Poteva tranquillamente essere un sicario assunto per qualcuno come Joseph Waters... il che non la faceva sentire troppo a suo agio.

"Era ora che portassi la tua donna quaggiù per farcela conoscere," tuonò l'omone.

Ryder non commentò quelle parole, ma si limitò a dire: "Dave, ti presento Felicity Jones. Felicity, ti presento Dave. Il miglior barista di Colorado Springs... o meglio, è il barone del bar... gioco di parole voluto."

Felicity sollevò coraggiosamente una mano verso l'omone. Se Ryder non era preoccupato del suo amico, allora doveva smettere di pensare al grosso uomo che la trascinava sopra il bancone e le tagliava la gola. Si fidava di Ryder implicitamente. "Lieta di conoscerti."

L'omone le afferrò subito la mano, avvolgendola con le sue. "Sei tu quella di cui ci ha tanto parlato," disse, con entusiasmo. "E sei bella proprio come diceva Ace. Benvenuta al The Pit! Tutto quello che vuoi bere, lo offre la casa... a meno che tu non sia una beona, allora prima o poi dovrei buttarti fuori, ma dubito che tu lo sia perché Ace non starebbe con qualcuna che beve troppo. Io..."

"Vuoi ridare la mano alla mia ragazza, Dave?" lo interruppe Ryder.

Il barista lo guardò in modo smarrito, per un attimo, poi abbassò lo sguardo verso le loro mani intrecciate e lasciò subito la presa. "Scusa, scusa." Poi ridacchiò. "A volte ho la tendenza a divagare. Non farci caso."

Felicity sorrise. I suoi primi timori, circa Dave come temibile sicario, erano scomparsi quasi nel momento in cui l'omone aveva iniziato a parlare. Aveva una voce bassa e profonda, era enorme ma si comportava più come un ragazzino, che come un barista rozzo e duro. Gli fece un cenno verso le braccia. "Mi piacciono i tuoi tatuaggi."

Dave si illuminò e le mostrò il braccio. "Grazie! Ho fatto il primo il giorno in cui ho compiuto diciotto anni, e da allora non mi sono più fermato. Ogni volta che ne faccio uno nuovo, l'artista cerca di convincermi a metterci un po' di colore, ma a me piace il nero. Non c'è bisogno che il rosso, il blu o il giallo rovinino quello che mi ci sono voluti anni a realizzare."

"I ragazzi sono nel retro?" chiese Ryder, come se fosse abituato ai commenti casuali di Dave. Rimise il braccio intorno a Felicity.

"Sì. Ti stanno aspettando."

"Fantastico." Guardò Felicity, dall'alto in basso. "Cosa vuoi bere, amore?"

"Solo acqua... se va bene."

Ryder le baciò una tempia, poi si tirò indietro per guardarla. "Ma certo che va bene, perché non dovrebbe?"

Felicity fece spallucce. "Siamo in un bar. L'acqua non è esattamente la bevanda migliore."

"Fanculo la bevanda migliore. Se vuoi bere intrugli dolci, sono sicuro che Dave troverebbe il modo di farteli avere."

"Dannatamente vero," disse Dave, mettendosi in moto dietro il bancone. "Non ho dello zucchero in polvere ora, ma posso assicurarmi di averlo la prossima volta, se lo vuoi."

Felicity gli sorrise. "Grazie, ma l'acqua andrà benissimo."

"La vuoi in un bicchiere per farla sembrare alcolica?"

Felicity inclinò la testa, perplessa. "Perché dovrei?"

Il barista scrollò le spalle. "A volte impedisce agli altri di essere ficcanaso e di chiedere perché non bevi. Lo fanno alcuni alcolisti in via di guarigione a cui piace giocare a biliardo. Così possono mimetizzarsi e giocare a biliardo in pace."

"Non c'è problema, davvero. Un bicchiere normale va bene. Grazie."

Dave scosse la testa. "Le signore qui non prendono l'acqua in un bicchiere, a meno che non lo richiedano espressamente." Si avvicinò sotto il bancone e le porse una bottiglia d'acqua fredda, aveva ancora le goccioline di condensa, formate nel frigo da cui l'aveva tirata fuori. "È molto più difficile far scivolare qualcosa in una bottiglia d'acqua tappata che in un bicchiere aperto." Ruppe il sigillo della bottiglia di plastica, ma lasciò il tappo, prima di consegnarla a Felicity.

"Non ci avevo pensato. Grazie."

"Prego. Ace?"

"Qualsiasi cosa ci sia alla spina va bene."

In pochi secondi, Dave gli diede un boccale di birra.

"A dopo, Dave."

"A più tardi. È stato un piacere conoscerti, Felicity. Non sentirti un'estranea," disse Dave, mentre Ryder li guidava verso la stanza sul retro con tutti i tavoli da biliardo.

Lei lo salutò con una mano libera, poi guardò Ryder mentre lo sentiva ridacchiare. "Cosa?"

"Gli stai simpatica."

"Figo. Anche lui mi sta simpatico."

Entrarono nella grande stanza sul retro, Ryder si voltò immediatamente verso destra. C'erano alcuni tavoli disposti intorno alla stanza, intorno ai tavoli da biliardo. C'erano alcuni gruppi che giocavano a biliardo, ma fu il tavolo a cui erano seduti sei uomini seduti che attirò immediatamente l'attenzione di Felicity.

Improvvisamente non era più sicura di voler incontrare gli amici di Ryder. Con un solo sguardo capì che quelli al tavolo non erano i soliti tipi. Mentre lei e Ryder camminavano verso di loro, si alzarono tutti in piedi. Felicity sorseggiò la sua acqua e si bloccò.

"Cosa c'è che non va?" chiese Ryder, cercando intorno a loro qualsiasi cosa l'avesse allarmata.

"Credo di aver cambiato idea," disse dolcemente. "Forse andrò a parlare con Dave mentre tu hai la tua riunione. Puoi raggiungermi sulla via del ritorno per Castle Rock."

Ryder guardò prima lei e poi i suoi amici, poi si voltò verso di lei. Sorrise. "Sono innocui," disse con tono calmo.

"Innocui un cazzo," mormorò Felicity.

Ma ovviamente Ryder l'aveva sentita. Sorrise ancora di più. Si mosse fino a quando non si trovò in piedi davanti a lei e le bloccò la vista dei suoi amici. Le prese la testa tra le mani e le inclinò il viso verso di sé. "Cos'è successo alla mia Felicity, la mia ragazza tosta e senza paura?"

"Sarei stupida a non avere paura di un gruppo di uomini che assomigliano ai tuoi amici."

Ryder si mosse e le afferrò la mano libera. La portò tra loro, accarezzandole il mignolo. Poi la guardò negli occhi e le disse: "Penderanno dalle tue labbra ancora prima di aprir bocca."

Felicity scosse la testa e si morse un labbro.

"Proprio così. E sai perché?"

"Perché?" sussurrò lei, amando la sensazione di quelle dita callose contro le sue.

"Perché tu sei con me."

"E questo è tutto quello che serve? A loro piacciono tutte le tue amiche?"

"Non ho mai portato qui un'altra donna prima d'ora, amore. Tu sei la prima."

Lei lo fissò sorpresa.

"Ma non è l'unico motivo per cui faranno tutto ciò che serve per metterti a tuo agio." Non le diede la possibilità di chiederle il perché. "Ogni singolo uomo a quel tavolo aborrisce la violenza contro le donne. Preferirebbero farsi del male tra loro, piuttosto che fare qualsiasi cosa per farti sentire a disagio o fuori posto. Fidati di me, Felicity."

Lei deglutì rumorosamente, poi annuì.

"Ma, detto questo, se ti sembra che la conversazione diventi troppo intensa, o non vuoi sentire più nulla su Joseph, non devi far altro che farmelo sapere. Poi puoi andare a sederti con Dave finché non abbiamo finito. Lui si assicurerà che tu sia protetta."

Felicity raddrizzò la schiena. Voleva sapere cosa avevano scoperto. Aveva *bisogno* di sapere. Erano gli amici di Ryder. Era al sicuro. "Sto bene. Andiamo a vedere cosa hanno da dire."

Ryder non si mosse. Continuò a fissarla negli occhi.

"Cosa?" sussurrò Felicity.

"Quando ho preso la decisione di incontrare i miei fratellastri, sapevo che la mia vita sarebbe cambiata, ma non avevo idea di quanto. Mi sembra di averti aspettato per tutta la vita. Forse tutto quello che ho fatto, la persona che sono diventato per fare il mio lavoro di Mercenario, è servito solo per essere qui, adesso, per proteggerti."

"Ryder," protestò Felicity.

"Sono qui in piedi, in procinto di incontrare un gruppo di uomini che conosco da anni, che si fidano ciecamente di me e non vedo da un po' di tempo. Tutto quello che voglio fare è gettarti sulle spalle e riportarti in palestra, chiuderci nella tua stanza e seppellirmi nel tuo corpo così a fondo che nessuno di noi due potrà ricordare un secondo in cui non siamo stati insieme."

Felicity sentì il corpo vibrare per l'uomo che le stava di fronte. "Sì," sussurrò lei, non riuscendo a far passare altre parole oltre il nodo che aveva in gola.

"Stasera," disse Ryder con fermezza.

"Sì," ripeté Felicity.

Ryder non si mosse per un lungo momento, come se stesse memorizzando ogni tratto del suo viso. "Non importa cosa scopriremo quando torneremo a casa, stasera sarai mia. Sotto ogni aspetto."

Non era una domanda, ma Felicity rispose comunque. "Sì," disse per la terza volta. Non le piaceva la cosa del "non importa cosa troviamo", ma sapeva che stare lontano dalla palestra significava che Joseph avrebbe potuto lasciarle un'altra brutta sorpresa. Ma che si fottesse quel cretino! Per una volta, nella sua vita, si sarebbe presa quello che voleva e al diavolo le conseguenze.

Joseph Waters non l'avrebbe avuta vinta. Era fuori discussione.

CAPITOLO TREDICI

Ryder si fermò brevemente davanti al tavolo e fece un cenno ai suoi amici. Tirò Felicity su un fianco e le avvolse un braccio intorno alla vita. La tirò contro di lui e lei inciampò, girandosi di lato per evitare di cadere, non che lui glielo avrebbe permesso. Erano quasi incollati, lui poteva sentire i rapidi respiri di lei sulla pelle del collo.

"Felicity, vorrei presentarti i miei amici." Annuì ad ogni uomo mentre li presentava. "Gray, Meat, Arrow, Black, Ball e Ro."

Ognuno degli uomini in questione sorrise a Felicity e le rivolse un piccolo cenno con il mento.

"Ciao a tutti," disse Felicity a bassa voce. "Piacere di conoscervi." Poi guardò Ryder. "Per favore, dimmi che questi non sono i loro veri nomi."

Lui ridacchiò. "No, amore. Sono solo soprannomi."

Lei si grattò il naso e guardò Meat. "Non mi interessa come vi chiamate tu e Ryder, ma *non posso* chiamarti Meat[1]. Non posso proprio."

Meat sbuffò, soffocando una risatina. "Puoi chiamarmi col mio vero nome, Hunter."

Lei si lasciò sfuggire un sospiro di sollievo. "Phew."

Ryder sorrise. Mentre il gruppo si sedeva di nuovo, Ryder presentò gli amici usando i loro veri nomi. "Puoi chiamarli come ti senti più a tuo agio, amore. Gray è Grayson. Sai che Meat è Hunter. Arrow è Archer, Black è Lowell, Ball è Kannon e Ro è Ronan."

La guardò mentre Felicity ci pensava per un attimo, poi annuì. "Ok, posso gestire Gray, Arrow, Black e Ro. Ma voi due sarete Hunter e Kannon, mi dispiace."

Era ovvio che i suoi amici pensavano che Felicity fosse divertente, per via dei sorrisi che Ace raramente vedeva sulle loro facce.

Gray si chinò sul tavolo e squadrò Felicity con lo sguardo. "Sai, è bello incontrarti, finalmente. Ace ci parla di te dalla sera in cui ti ha conosciuto."

Lo sguardo sorpreso di lei si rivolse subito a Ryder. "Davvero?"

"Sì," disse Meat. "Alla prima telefonata che ho ricevuto da lui, mi ha detto di aver incontrato la sua futura moglie."

Anche se Felicity arrossì, Ryder avvertì: "Basta."

Arrow prese la parola. "Devi capire, Felicity, che noi non ci impressioniamo facilmente. Abbiamo visto e fatto troppo. Quindi, dato che hai avuto un impatto così immediato su Ace, sapevamo che eri speciale."

"Ho detto basta," ringhiò Ryder. "Cazzo, se continuate così, correrà urlando da qui chiedendosi in che cazzo di guaio si è cacciata."

I ragazzi scoppiarono a ridere e Ryder digrignò i denti. I suoi amici stavano per rovinare la sua relazione, prima ancora che potesse iniziare. Proprio quando stava per alzarsi e portare fuori Felicity da lì, nonostante non avessero ancora parlato della situazione, sentì una leggera pressione sulla coscia. Guardò in basso e vide la mano di Felicity adagiata lì.

La guardò negli occhi, la vide sorridere.

Sollevato, le coprì la mano con la sua.

"Non che non mi stia godendo il vostro divertimento alle mie spalle... ma possiamo per favore togliere di mezzo l'argomento del fottuto stalker di Felicity, prima di continuare a parlare della mia vita amorosa?"

Gli uomini che li circondavano smisero subito di ridere, ricordando il motivo per cui si trovavano lì.

Ro appoggiò i gomiti sul tavolo. "Joseph Waters. Trent'anni. Cresciuto a Chicago. Si è laureato in economia alla Northwestern. Alto un metro e ottanta. Mai stato sposato, anche se è uscito con molte donne, e più di una ragazza è scomparsa."

Ball continuò il resoconto. "Non siamo ancora riusciti a rintracciare i suoi genitori. Pensiamo che debbano avere cognomi diversi."

Felicity prese parola. "Suo padre è una specie di pezzo grosso di Chicago. Non so il suo nome, ma la mia vecchia compagna di stanza mi ha detto che aveva *molto* potere."

"Joseph è stato sospettato di due casi di sparizioni, ma entrambe le volte è stato scagionato da qualcuno della polizia di Chicago, e i casi non sono ancora stati risolti," osservò Black.

"È sul libro paga di una società chiamata *Tyson Enterprise* a Chicago, ma non sono riuscito a trovare esattamente ciò di cui si occupa," aggiunse Arrow.

Proprio in quel momento, il telefono di Ryder squillò. Lui lo tirò fuori dalla tasca e guardò in basso. Lo alzò e disse: "Rex." Poi accettò la chiamata e mise il telefono al centro del tavolo.

"Ehi, Rex. Sono Ace, sono qui con il resto dei ragazzi e Felicity."

"Ciao, Felicity," disse una voce melodiosa e profonda dal telefono. "Mi dispiace di fare la tua conoscenza in questo modo, ma è un piacere conoscerti."

"Piacere mio," rispose lei.

"Hai scoperto qualcosa di più su Joseph Waters?" chiese Ace.

"Joseph Waters," rispose Rex, con un tono decisamente più tagliente rispetto all'attimo precedente, "è il figlio di Garrick Watson. Quell'uomo sostiene di essere un boss della mafia, ma in realtà è solo un grosso bullo del cazzo."

"Perché non ne abbiamo mai sentito parlare?" chiese Ro.

"Perché se ne sta per lo più per conto suo, a Chicago. Non ha cercato di espandersi, si limita a intimidire le imprese locali e alla gestione di armi e droga. Ha lavorato con un paio di bande di motociclisti locali, ma finora non ha mai fatto nulla che potesse farlo finire sulla mia lista."

Calò il silenzio intorno al tavolo, Felicity si chinò verso Ryder e disse tranquillamente: "Non capisco. Quale lista?"

Ci pensò Rex a rispondere a quella domanda. "Non toglieremo mai tutte le droghe illegali o le armi dalla strada. L'intimidazione non è un bene, ma non è così grave come il traffico di esseri umani. O il rapimento. O lo stalking. O fare il pappone. Le donne e i bambini sono ciò di cui si preoccupano i miei Mercenari, Felicity. Eliminare gli stronzi che cercano di abusare e sfruttare il gentil sesso. Se gli uomini vogliono spararsi a vicenda per una stupida disputa sul territorio, è un loro problema. Ma non posso trascurare la violenza contro i bambini. E usare una donna per il proprio piacere, senza il suo consenso, è vigliacco e disgustoso."

Ryder poteva vedere la confusione negli occhi di Felicity. Cercò di chiarire. "I Mercenari di Montagna accettano solo lavori che coinvolgono donne e bambini, amore."

"Ma anche gli uomini vengono maltrattati. Guarda tuo padre."

Ryder serrò le labbra e lottò per capire come risponderle in un modo che lei capisse. Black andò in suo soccorso.

"Non è che non ci interessi che gli uomini siano feriti e maltrattati, Felicity. Per esempio, se ci mandano a recuperare un ostaggio e capita che ci siano uomini, donne e bambini, liberiamo anche loro. Ma Rex ha chiarito su cosa si concentra la sua operazione. Si è fatto una reputazione, e molte volte è la prima persona che viene contattata quando si presenta una situazione drammatica. Il governo, i ricchi, i politici... tutti contattano Rex quando c'è bisogno di noi. Ma ci sono molti altri gruppi di mercenari che non sono così schizzinosi e che si lasciano assumere a prescindere dal lavoro, ma non noi."

"Come ho detto poco fa," disse Rex, come se non fosse stato interrotto, "tengo d'occhio Garrick Watson, ma non mi ha dato alcun motivo di preoccuparmi in un modo o nell'altro di quello che fa nel suo angolo di Chicago."

"Fino ad ora," disse Ryder in modo succinto.

"Fino ad ora,", confermò Rex. "Non ha bisogno di donne. Gestisce la sua operazione con i suoi fratelli. Nessuno di loro è sposato. Non vende donne, non è coinvolto nella tratta, anche se è uno stronzo meschino e spietato, non usa i bambini o le famiglie come leva per estorcere denaro alle imprese locali. A vent'anni è *stato* sposato per un breve periodo. Sua moglie ha avuto un figlio, ma purtroppo è morta di parto."

"Joseph," disse Ryder.

"Sì. Joseph Waters. Gli fu dato il nome da nubile di sua madre come ulteriore livello di protezione. Garrick sapeva che molti dei suoi nemici non avrebbero esitato a usare il ragazzo contro di lui. Joseph è stato cresciuto in famiglia. Gli sono state insegnate le attività del loro impero locale, ma da qualche parte lungo il percorso è uscito dai binari. Garrick non è contento di suo figlio. Più di una volta ha dovuto tirarlo fuori dai guai, a volte anche fisicamente. Si dice in giro che sia pronto a fregarsene di suo figlio, una volta per tutte. Ha portato troppa attenzione negativa sulle attività di Garrick e non sembra afferrare il principio di base dell'intera impresa di famiglia."

"Che sarebbe?" chiese Felicity con voce calma.

"Discrezione," rispose Rex. "Ho parlato con Garrick solo una volta, riguardo a una missione che stavo pensando di intraprendere. Si vociferava di una spedizione di donne dalle Filippine che sarebbe dovuta arrivare via camion nella sua zona. L'ho contattato e gli ho suggerito caldamente di assicurarsi che fosse dirottato. Sono riuscito a convincerlo che se il suo obiettivo era quello di essere discreto, non era quello il modo di farlo, perché il mio obiettivo nella vita sarebbe stato quello di far crollare tutto ciò che aveva costruito con così tanto impegno."

"Porca merda," esclamò Felicity. "Cos'è successo?"

"Mi ha dato i dettagli di quella spedizione, dicendomi dove i miei uomini potevano intercettarla. Da allora non abbiamo più parlato e l'ho lasciato perdere. Lui sa come la penso sull'abuso di donne e bambini e non ha tentato di oltrepassare il limite. Come ho già detto, non vuole che si presti attenzione alla sua piccola attività. È un pesce grosso nel suo piccolo stagno di Chicago e non ha alcuna ambizione di espandersi... o di allearsi con me. O di avermi come nemico."

"Quindi... Joseph Waters?" chiese Ryder. "È a Castle Rock e sta cercando Felicity."

"Sì, parlerò con suo padre," disse Rex con tono serio.

"Non è abbastanza," disse Ryder con calore. Sapeva che Felicity lo stava guardando con occhi spalancati, ma continuò. "Parlare con papà non farà indietreggiare il figlio. È ossessionato e pericoloso."

"Perdono il tuo tono questa volta, perché so che sei preoccupato per la tua donna, ma fai attenzione, Ace," lo avvertì Rex.

Ryder fece fatica a mantenere la calma. In tutti gli anni in cui aveva lavorato per i Mercenari di Montagna, non aveva mai parlato al suo capo in modo così diretto, come aveva fatto in quel momento. Fece un respiro profondo. "Chiedo scusa, Rex."

Senza perdersi in convenevoli, Rex si limitò a dire: "Fai quello che hai fatto fino ad ora. Stai vicino a Felicity. Stai all'erta. Garrick non sarà contento di essere di nuovo sul mio radar. Terrà a freno suo figlio."

"E se non lo farà?" chiese Ryder.

"Allora Garrick scoprirà cosa significa avermi in mezzo ai suoi affari. Lo rovinerò. Non avrà un soldo a suo nome e se ne andrà da Chicago più velocemente di quanto tu possa schioccare le dita."

"Può farlo?" chiese Felicity a Ryder.

Lui annuì. "Mi farai sapere se scoprirai qualche informazione in più?" chiese Ryder al capo.

"Certo. Felicity?" chiese Rex.

"Dimmi," disse lei.

"Mi dispiace per quello che hai passato nell'ultimo decennio. Nessuna donna dovrebbe sentirsi così minacciata da dover lasciare tutto ciò che ama. Odio che tu sia stata da sola per così tanto tempo, ma ora non lo sei più. Ace è un brav'uomo. Ti terrà al sicuro."

"So che farà tutto il possibile," disse lei tranquillamente, senza mai distogliere lo sguardo dall'uomo al suo fianco.

"Mi terrò in contatto," disse Rex, concludendo la chiamata.

Ryder allungò una mano e prese il suo telefono, per poi rimetterlo in tasca.

"Ora... come possiamo aiutarvi?" chiese Gray a Ryder. "Cosa possiamo fare?"

"Informazioni," rispose subito Ryder. "Io mi occupo di Felicity. I miei fratelli e il suo amico Cole la sorvegliano quando io non posso farlo. Finora Joseph ha fatto solo piccole stronzate fastidiose. Ma ho la sensazione che si incazzerà dopo aver parlato con papà e probabilmente si infurierà nel vedere che non riesce a suscitare quello che vuole in Felicity."

"Cioè?" chiese Ro.

"Paura."

Ball si rivolse a Felicity. "Non hai paura?"

"Sono terrorizzata," rispose subito lei. "Ma sono più incazzata. Mi piace Castle Rock. Amo i miei amici, i miei figliocci, i miei affari. E poi sono stufa di scappare. Quindi combatterò. Se quel bastardo pensa che scappi di nuovo, si sbaglia."

"Sai, io sono più figo di Ace," disse Meat in modo suggestivo. "Potresti venire a casa mia e..."

Black fece tacere l'amico dandogli un colpo sulla nuca. "Chiudi quella cazzo di bocca, Meat."

Felicity ridacchiò.

Ryder si sedette e guardò la sua donna rilassarsi

insieme ai suoi amici. Gli piaceva quella sensazione, davvero tanto.

I suoi amici erano tutti uomini grossi. Muscolosi. Pienamente capaci di uccidere un altro essere umano a mani nude. Ma trattavano Felicity come se fosse una sorellina. Tenevano il loro linguaggio pulito, la mettevano a suo agio. Gli sarebbero mancati quando si sarebbe trasferito a Castle Rock, ma sapeva senza dubbio che lui e Felicity avrebbero fatto molti viaggi giù a Colorado Springs per frequentare il The Pit e recuperare il tempo perduto con i ragazzi. Anche se avrebbe lasciato il lavoro di Mercenario, se uno di quegli uomini avesse avuto bisogno di lui, sarebbe stato disponibile in un batter d'occhio.

"Sei pronta a tornare a casa?" chiese Ryder a Felicity, durante una pausa della conversazione.

"Non vuoi fare una partita a biliardo?" chiese lei. "Hunter ti ha sfidato, sai?"

"Ho di meglio da fare su a Castle Rock che uscire con i miei amici e fargli il culo a biliardo." Mentre parlava, Ryder vide le pupille di lei dilatarsi per la lussuria. Ignorò le bonarie prese in giro intorno a loro. Era come se lui e Felicity fossero le uniche due persone al mondo, in quel momento. Le tese una mano, con il palmo verso l'alto, inarcando un sopracciglio in segno di sfida.

"Scusate, ragazzi," disse Felicity ai suoi nuovi amici, senza distogliere lo sguardo da Ryder. Gli mise la mano nella sua. "Porto Ryder a casa e lo metto a letto."

I suoi amici scoppiarono in urla e risate, anche Ryder sorrise.

Guardò i suoi amici mentre si alzava in piedi, trascinando Felicity accanto a lui, poi si abbassò e infilò la spalla nella pancia di lei. Se la gettò sulla schiena e ridacchiò mentre lei ansimava di sorpresa, poi scoppiò a ridere.

"Tu sai come metterti in contatto," gli disse Gray. "Facci sapere come possiamo aiutarti."

"Sarà fatto," lo rassicurò Ryder. Poi si voltò e si diresse verso l'uscita.

Sorrideva ancora, Felicity salutò Dave, mentre lui si dirigeva senza sosta verso la porta d'ingresso del bar.

"Torna quando vuoi," la salutò Dave.

Ryder non si fermò fino a quando non giunse alla sua 370Z. Si abbassò per depositare delicatamente Felicity, mettendola contro la portiera del lato passeggero. Aveva un enorme sorriso sul suo viso arrossato, per essere stata a testa in giù sopra di lui. Per quanto volesse gettarla in macchina e portarla nel suo appartamento, doveva assicurarsi che non fosse turbata per qualcosa che aveva appena sentito.

"Stai bene?"

Il sorriso le rimase stampato in faccia mentre diceva: "Sì, Ryder. Sto bene."

"Anche sapendo cosa facciamo io e i miei amici?

Il sorriso di Felicity si spense lentamente, il suo sguardo diventò sempre più serio. Ryder non l'aveva mai vista così seria. "Ryder, sapevo già che tipo di uomo fossi prima che mettessi piede in quella sala da biliardo. Ma ad ogni modo, i tuoi amici e quel Rex hanno reso la cosa più che chiara: sei un eroe. Non so quante persone hai salvato, ma so che ognuna di loro si getterebbe ai tuoi piedi in segno di ringraziamento, se potesse."

"Non sono un eroe, amore. Ho ucciso un sacco di persone."

Lei agitò la mano in aria, come se le sue parole fossero una mosca fastidiosa. "Stronzi che meritavano di morire."

"Davvero non ti dà fastidio?"

Lei scosse la testa. "No. Se si arriva a questo, voglio che

tu spari a Joseph in mezzo agli occhi e ti assicuri che sia morto. Non mi fido del fatto che se lo arrestano, rimarrà in prigione. Non con le sue conoscenze, a quanto pare anche quelle di suo padre. Non so dirti quante volte vorrei avere una pistola per poterlo uccidere con le mie mani."

Le sopracciglia di Ryder si sollevarono per le sue parole. "Non sei tu, amore. Non ti piace uccidere i topi che ogni tanto si fanno strada in palestra. Ho visto le trappole che hai preparato per loro."

"I topi non mi hanno mai fatto niente. Fanno solo quello che sono destinati a fare. Ma Joseph è un essere umano orribile. Merita di morire. Sul serio, Ryder. Tutto ciò che voglio è vivere la mia vita in pace, non credo che me lo lascerà mai fare finché sarà vivo. Promettimi che se ne avrai la possibilità, lo ucciderai. Ma solo se non ti metterai nei guai per farlo. Mi dispiacerebbe se *tu* finissi in prigione per esserti liberato di quello stronzo. Non credo che le visite coniugali sarebbero così soddisfacenti come quello che speriamo di fare stasera."

Ryder soffocò una risata. Era incredibile che la sua Felicity potesse passare in due secondi dal parlare di lui che uccideva qualcuno, al fare l'amore. "Se in qualsiasi momento hai bisogno di cambiare l'esito della serata, non devi fare altro che dirlo," disse Ryder, sentendosi in dovere di dirlo. Anche se, nel peggiore dei casi, si sarebbe ritrovato con il peggior caso di palle gonfie della storia.

Felicity si alzò in punta di piedi e gli prese la testa tra le mani. Gli sfiorò le labbra con le sue, con leggerezza. "Nulla potrebbe farmi *rinunciare* a seppellirti dentro di me, stasera."

Lui la baciò con passione quando ancora l'ultima parola le lasciava le labbra. Le loro lingue iniziarono subito a danzare, quella di Ryder anticipava quello che avrebbe fatto con il suo cazzo non appena l'avesse fatta sdraiare a letto.

Fu la mano di lei sul suo uccello duro come la roccia a riportarlo al punto in cui si trovavano e a quello che stavano facendo. Lui le afferrò saldamente il polso, spostandolo dal pacco e tirandolo verso l'esterno.

Lei si dimenò contro di lui, strofinandogli i capezzoli eretti contro la sua maglietta. "Ryder," gemette lei, "ti voglio."

"E mi prenderai. Ma non sarà nel parcheggio del The Pit. Comportati bene," le disse con severità, sapendo che la tenerezza nel suo sguardo smentiva le sue parole.

Lei gli baciò il mento. "Portami a casa," gli disse tranquillamente, tra un bacio e l'altro. "Facciamo l'amore."

Senza aggiungere una parola, Ryder afferrò la maniglia della portiera dell'auto. La spinse sul sedile e si mise a correre sul retro del veicolo, prendendo posto al volante. Si sedette e guardò la donna che presto sarebbe stata sua, in tutti i sensi.

Felicity era seduta con la cintura di sicurezza allacciata, con le gambe accavallate. Se avesse indossato una gonna, lui avrebbe potuto farle scivolare una mano lì e accarezzarla... Ma bloccò subito il pensiero.

Avevano circa un'ora di viaggio e lui doveva essere in grado di pensare a qualcosa di più che ad affondare in quel corpo caldo e bagnato. Ryder avviò il motore e sorrise a Felicity. "Parliamo."

"Di cosa?" chiese lei, facendogli scorrere le dita su e giù per la cucitura dei jeans in modo suggestivo.

"Di tutto tranne che di quante volte ti fotterò stasera," disse lui con fermezza.

Allora Felicity si mise a ridere. Una risata profonda, priva di qualsiasi paura. Nessuna preoccupazione. Era un suono che Ryder voleva sentire per il resto della sua vita. Mentre cominciavano a parlare del piccolo Nate, Ace e di quanto Grace fosse contenta che avrebbero dormito tutta la notte, Ryder sorrise.

Avrebbe dovuto preoccuparsi per Joseph e per quello che li aspettava, una volta tornati a Castle Rock, ma non ci riusciva. Quella sera avrebbe fatto sua Felicity Jones in tutto e per tutto. Niente avrebbe potuto rovinargli il suo buon umore.

CAPITOLO QUATTORDICI

BEH, si era sbagliato. Joseph Waters *poteva* rovinargli il buon umore. Ryder si fermò sul retro della palestra e parcheggiò accanto al PT Cruiser di Felicity. Una busta bianca, posta sotto il tergicristallo della macchina di Felicity, brillava come un faro.

Ryder riuscì a uscire dalla macchina e ad arrivare alla busta prima di Felicity. La prese attentamente per un angolo, per non cancellare tracce o impronte digitali che potevano esserci sopra, e diede un'occhiata.

Per un momento gli si fermò il cuore, che poi ripartì a battere due volte più veloce di prima.

Il viaggio da Colorado Springs era stato intimo e piacevole. Felicity si era rilassata, aveva fatto la civettuola. Non avevano parlato di nulla di serio per tutto il viaggio. Nessuno da uccidere. Non una parola su Joseph Waters o suo padre. Lei gli aveva raccontato altre storie su sua madre, anche lui aveva dato il suo contributo. Era tutto... normale. E gli era piaciuto.

Ma guardando il contenuto della busta capì, *eccome* se lo capì, che avrebbe sconvolto Felicity. Forse sarebbe ricaduta di nuovo nello stesso stato di terrore e allarme di quando l'aveva incontrata per la prima volta.

"Che cos'è?" chiese lei, con voce abbastanza tranquilla, ma priva della spensieratezza di qualche minuto prima.

"Non c'è bisogno che tu veda questa roba," le disse Ryder, chiudendo la busta e tirando fuori il telefono. Doveva chiamare la polizia. Continuare a denunciare la pazzia di Joseph non lo avrebbe fatto smettere, ma quando Ryder lo avrebbe ucciso, avrebbe aiutato ad assicurarsi che si trattasse di un chiaro caso di legittima difesa.

Felicity gli mise una mano su un braccio. La mano di lei era calda, lui alzò la testa per guardarla negli occhi.

"Ogni volta che ho ricevuto uno dei suoi 'regali', ero da sola. Non avevo nessuno su cui appoggiarmi. Non sono molto entusiasta di vedere cosa ha fatto questa volta, ma non è che non ce lo aspettassimo. So che sei arrabbiato, ma forse posso capire cosa ha in mente, vedendo quello che ha lasciato. Adora prendersi gioco di me." Fece spallucce. "È quello che fa di solito."

Ryder digrignò i denti e cercò di trovare un motivo per non farle vedere cosa ci fosse nella busta. Non voleva darle alcuna possibilità.

"Per favore, Ryder. Qualunque cosa ci sia lì dentro, non cambierà i nostri piani per la serata. Non gli permetterò più di arrivare a me. Ci occuperemo di questa merda, poi andremo di sopra e salteremo sul mio letto, proprio come abbiamo fatto tutte le sere nell'ultima settimana. Solo che questa volta riuscirò a fare tutte le cose che ho sognato di farti dal primo momento che ti ho visto."

Senza dire una parola, Ryder le accarezzò la testa e poi la baciò, aveva bisogno di lei come del proprio respiro. Era proprio così. Non aveva mai desiderato così tanto una donna come voleva Felicity Jones.

Si tirò indietro molto prima di essere pronto e sospirò. La tirò verso il fianco, preparato a qualsiasi tipo di reazione che avrebbe potuto avere, e tenne la busta aperta in modo che lei potesse vedere cosa c'era dentro.

C'era una pila di foto. Si vedeva solo quella in cima, ma fu sufficiente. Era una foto, scattata con uno zoom di alta qualità, di Joel e di altri due ragazzini che camminavano lungo un sentiero. La data sulla foto era di quel giorno.

Felicity inspirò profondamente, serrò le labbra abbastanza forte perché Ryder le vedesse diventare bianche per la pressione. Poi alzò semplicemente lo sguardo e disse: "Passami il tuo telefono e chiamerò la polizia per denunciarlo. Sarà meglio che sia io a farlo. Ha lasciato la busta sulla mia macchina."

Baciandole una tempia, Ryder le diede il suo telefono. Interiormente, sospirò con sollievo. Felicity aveva retto bene a quell'ennesimo tiro meschino. Non aveva dubbi che avrebbe avuto una reazione più tardi, ma per il momento non aveva dato di matto. Non stava programmando di fuggire nel cuore della notte. Era sufficiente.

———

Joseph Waters guardava fuori dalla sua auto noleggiata, poco distante nel grande parcheggio. Ingrandì la vista del suo binocolo su Megan, pregustando lo sguardo di orrore e di paura sul volto di lei, una volta resasi conto di ciò che le aveva lasciato. Avere quel cazzo di mercenario lì con lei era fastidioso, ma avrebbe potuto rendere le cose più interessanti. Se avesse potuto danneggiare qualcuno vicino a Megan, beh, tanto meglio.

Joseph si fece una risata quando vide Ryder usare il bordo della sua camicia per ritirare il *regalo*. Come se lui,

Joseph, fosse così stupido da lasciare il suo DNA o le sue impronte digitali. Mossa da dilettanti. Megan avrebbe capito che le foto erano da parte sua. Il sorriso sul suo viso crebbe quando vide la rabbia del mercenario dopo aver guardato dentro la busta.

Ma il suo sorriso si spense quando osservò la reazione di Megan. O la *non* reazione, per meglio dire. Stringendo le dita attorno al binocolo, Joseph non riuscì a crederci; la stronza era impassibile. Non si guardava intorno per paura, chiedendosi se la stesse guardando.

Prese il telefono del mercenario e se lo portò all'orecchio. E basta.

Stronza. Fottuta puttana.

Non pensi che lo farò, vero?

Lasciando cadere il binocolo, Joseph afferrò il volante con tutta la sua forza. La mente correva, con tutte le cose che voleva fare a Megan. Per mostrarle esattamente come ci si sentiva quando qualcuno ti rovinava la vita... proprio come aveva fatto lei con lui, tanti anni prima.

Joseph prese un respiro profondo per calmarsi, la mente gli turbinava di possibilità. Avrebbe giocato con lei per un'altra settimana o giù di lì, poi avrebbe fatto la sua mossa. Doveva solo aspettare il momento perfetto per colpire.

E poi sapeva cosa doveva fare.

Aveva degli accordi da prendere.

Megan avrebbe rimpianto il giorno in cui aveva osato interferire con la sua relazione con... come si chiamava... la tipa del college.

Avviando il motore, Joseph uscì dal parcheggio con calma per non attirare l'attenzione su di sé. Era molto più calmo, dato che tutto procedeva secondo i piani.

"Ancora una settimana, Megan. E tu mi apparterrai.

Anima e corpo. E ti garantisco che non ti piacerà. Neanche un secondo."

La sua risatina malvagia risuonò all'interno dell'auto, mentre si allontanava dal centro di Castle Rock.

———

Due ore dopo, Ryder e Felicity si rinchiusero finalmente sani e salvi nell'appartamento di lei. I poliziotti erano arrivati rapidamente, Ryder aveva la sensazione che il fatto di essere imparentato con gli Anderson avesse qualcosa a che fare con il loro rapido arrivo. Ma non gli importava. Non aveva problemi a usare qualsiasi collegamento possibile, se ciò significava ottenere risultati.

Per fortuna i detective avevano ascoltato Felicity, che aveva spiegato loro chi sospettava avesse lasciato la busta con le foto e perché, e avevano preso sul serio la minaccia. L'avevano incoraggiata a presentare richiesta per un ordine di protezione contro Joseph. Lei non si era opposta quando i detective le avevano detto di voler portare con loro la busta e le foto.

Ryder guardò Felicity mentre faceva cadere le chiavi nel cestino sul bancone della cucina e si diresse verso un armadietto. Prese un bicchiere e andò al distributore d'acqua. Lo riempì e immediatamente ne bevve metà. Fece un respiro profondo, poi finì il resto. Poi riempì di nuovo il bicchiere prima di rivolgersi a lui.

"Vuoi un po' d'acqua?"

Ryder sentì le proprie labbra tremare leggermente, riuscì comunque a bloccare il sorriso che voleva uscire. Era stato estremamente preoccupato per la sua mancata reazione alle foto lasciate da Joseph, in realtà era ancora preoccupato, ma vederla mantenere il suo rituale notturno dell'acqua lo tranquillizzò un po'. Scosse la testa. "No, grazie."

Felicity si alzò e si voltò per aprire un altro armadietto, dove teneva da mangiare. "Hai fame? Potrei preparare qualcosa prima di andare a letto."

Ryder si avvicinò a lei e le avvolse un braccio intorno alla vita, tirandola verso di lui. Lei si sciolse immediatamente nel suo abbraccio. Ryder usò la mano libera per prenderle il bicchiere che stringeva in pugno e lo mise con delicatezza sul bancone, prima di girarla verso di lui.

"Non voglio niente da mangiare. Voglio sapere a cosa stai pensando."

Felicity sospirò e lo strinse, prima tirarsi indietro e guardarlo. "Sto bene."

Ryder scosse la testa. "No, amore. Voglio sapere come stai. Vedere tutte quelle foto di Grace, dei suoi figli, di Joel, dei suoi amici e dei miei fratelli non deve essere stato facile."

Lei accennò un piccolo sorriso. "No. Sono incazzata e spaventata a morte. Non potrei sopportare se facesse del male a qualcun altro a causa mia. Ma cerco di non dare di matto. Tu sei qui. I tuoi fratelli sono consapevoli del pericolo, non ho dubbi che Logan veglierà su Grace e i bambini finché non troveranno Joseph. È tutto una merda ma, francamente, non mi sorprende. Mi ha già fatto cose del genere in passato. Mi ha seguito, ha messo delle mie foto in alcune buste e poi le ha lasciate da qualche parte perché le trovassi. Gli piace spaventarmi, e credimi, in passato ho perso la testa."

"Ora no?"

Felicity non rispose subito, pensando alla domanda. Alla fine, rispose: "Sono sconvolta, sì. Non mi piace il fatto che abbia seguito Alexis e Blake, o che abbia fatto foto a

Joel e ai suoi amici. Non sono affatto contenta che si sia avvicinato così tanto a Grace e ai suoi bambini per scattare quelle foto. Ma lei ha chiamato tutti e ha detto loro cosa è successo, così saranno tutti molto attenti. Devo credere che proteggeranno i loro cari con la vita."

Felicity abbassò lo sguardo, fissando il primo bottone della camicia di Ryder, mentre continuava. "Mia madre non aveva nessuno a vegliare su di lei. Forse, se avesse avuto un uomo che l'amasse quanto Logan ama Grace, o quanto Blake ama Alexis, o Nathan ama Bailey, non sarebbe morta."

Il cuore di Ryder si spezzò per la donna che teneva tra le braccia. Le mise una mano sotto il mento e la incoraggiò a guardarlo ancora una volta. Quando lei lo guardò, lui le accarezzò delicatamente una guancia. "Gli uomini come Joseph sono dei codardi. Si eccitano a spaventare quelli che pensano essere più deboli di loro. Quando scoprono che i loro bersagli non sono in realtà spaventati, di solito si tirano indietro."

"Joseph non si tirerà indietro," disse subito Felicity.

"Lo so. Ecco perché io e i miei fratelli non abbassiamo la guardia. Non solo, ma ora è coinvolta anche la polizia. Poi ci sono i miei amici di Colorado Springs. Sarò al tuo fianco finché non commetterà un errore, amore."

"Lo so." Felicity fece un respiro profondo e chiuse gli occhi. "Possiamo smettere di parlare di Joseph, adesso?"

"Assolutamente." Oh sì, le avrebbe dato tutto quello che voleva. "Di cosa vuole parlare, invece?"

Allora Felicity sorrise. Un sorriso seducente che colpì subito Ryder tra le gambe. Lei iniziò ad accarezzargli la schiena. "E se non parlassimo affatto?" Lentamente gli sfilò la camicia dai jeans e cominciò a sbottonarla. Gli sfiorò pancia e petto con i polpastrelli, mentre si muoveva verso l'alto. Dopo avergli aperto del tutto la camicia, Felicity gli appoggiò i palmi sul petto e li fece scorrere in modo seducente.

"Forse tu non avrai fame," disse lei a voce bassa e morbida, "ma improvvisamente, io mi sento famelica."

Ryder mosse le mani verso il sedere e le palpò i glutei formidabili. "Hai fame, eh?"

"Ah-ah," rispose lei. "*Muoio* di fame." Iniziò a far roteare i pollici sui capezzoli di lui, con un tocco ruvido.

Ryder sentì uccello e capezzoli diventare subito duri, al tocco di Felicity.

Le strinse ancora una volta le natiche, poi spostò le mani sul retro delle cosce. "Su," le ordinò.

Felicity si appoggiò a lui e gli fece scorrere il naso su e giù per il bordo della mandibola, poi si tirò indietro non appena udito l'ordine. "Cosa?"

"Salta su," ripeté Ryder, premendole contro le gambe per farle capire cosa intendesse dire.

Le apparve un luccichio di lussuria negli occhi azzurri, gli mise una gamba intorno alla coscia prima di dare un piccolo balzo.

Ryder la sollevò e mosse le mani per sostenerla dal sedere, mentre lei gli circondava la vita con le gambe. Prima ancora che lui potesse fare altro, lei gli si avvicinò all'orecchio.

"Sesso selvaggio?" gli sussurrò, appoggiandosi a lui e avvolgendogli le braccia attorno al collo. La lingua di lei si agitò pigramente intorno al lobo dell'orecchio di lui, Ryder si accovacciò di qualche centimetro quando lei gli prese il pezzo di pelle carnosa in bocca e lo succhiò.

Senza dire una parola, li condusse in camera da letto, direttamente verso il letto. La trapunta era tirata indietro da quando si erano alzati quella mattina. Senza preavviso, la lasciò cadere sulla schiena.

Felicity emise un gridolino di sorpresa, ma Ryder non le diede la possibilità di parlare. Le fu subito addosso, divorandola con un bacio passionale. L'aveva desiderata fin dal primo momento in cui l'aveva vista. Aveva trascorso molte ore sveglio ed eccitato, mentre lei dormiva fiduciosa tra le sue braccia. Aveva pensato che dopo la brutta sorpresa che Joseph le aveva lasciato, lei avrebbe potuto ritirarsi di nuovo nel guscio protettivo che lui aveva faticosamente superato nelle ultime settimane.

Ma avrebbe dovuto saperlo... La sua Felicity era una donna forte. Una volta deciso che aveva finito di avere paura dell'uomo da cui era scappata per la maggior parte della sua vita adulta, aveva finito davvero.

Ancora senza una parola, e non togliendo la bocca da quella di lei, Ryder si tirò indietro quel tanto che bastava per abbassarsi e sbottonarsi i pantaloni. Capendo l'antifona, Felicity fece lo stesso.

Si spogliarono, tenendo le bocche sempre incollate, staccandosi solo quando lei si sfilò la maglia dalla testa. Ovunque Ryder toccasse la pelle di Felicity, sentiva piccole scintille elettriche.

Una volta, durante una missione, era stato torturato. I suoi rapitori avevano usato dell'acqua e la batteria di un'auto per cercare di costringerlo a dire loro quello che volevano sapere. Le scariche di elettricità erano state dolorose; anche dopo essere stato salvato, Ryder era sicuro di poter sentire i colpi della corrente che gli attraversava il corpo, a intervalli casuali.

In quel momento sentiva quelle stesse scosse; solo che invece di essere dolorose, erano dannatamente erotiche.

Allontanò la bocca da quella di Felicity, con riluttanza, e si sdraiò su di lei. Le avvolse i piedi intorno alle caviglie. Sentiva i suoi capezzoli sfiorargli i peli del petto, gli facevano il solletico anche se lo tentavano. I loro corpi si toccavano interamente, dalla punta dei piedi alle bocche. Ryder l'aveva guardata senza troppa attenzione, ma non gli importava.

Lei giaceva ansimante sotto di lui, con gli occhi blu spalancati. L'umidità dei loro baci le brillava sulle labbra, lui sentì l'odore dell'eccitazione che si diffondeva tra i loro corpi.

"Ti voglio," le disse Ryder con dolcezza.

Felicity sorrise e spinse i fianchi più in alto possibile, il che non era molto. "Lo sento."

"Voglio *tutto* di te," chiarì Ryder, ignorando la battuta di lei. "Voglio il diritto di sdraiarmi accanto a te ogni notte. Voglio stare al tuo fianco mentre mostri a quello stronzo che non ti ha spezzato. Quando ti prenderò, entrerò nel tuo corpo e mi lascerai prendere *tutto* di te. Mi darai il diritto di dire agli uomini che ti guardano quel bel culo di andare a farsi fottere, il diritto di portarti a casa e di prenderti finché non saremo entrambi esausti."

La lussuria dagli occhi di lei si affievolì, sostituita da qualcos'altro. Desiderio.

"Questo non è solo sesso per me, amore. Neanche lontanamente. Mai e poi mai, con te. Mi farai entrare? Mi darai tutta te stessa?"

Felicity non rispose subito, Ryder non si scompose. Riusciva praticamente a vederle le rotelline in testa lavorare freneticamente. Voleva che lei riflettesse sulle sue parole. Voleva che prendesse la cosa sul serio, proprio come lui.

"Solo se mi restituisci gli stessi diritti," rispose lei.

"Non sono un fiore delicato, non importa cosa tu abbia visto la prima volta che mi hai incontrato."

"Affare fatto. E non ho mai pensato nemmeno una volta che tu fossi un fottuto fiore delicato, amore. Ti ho vista. Ho visto quel nucleo di ferro che c'è dentro di te. È quello che mi ha attirato verso di te, in primo luogo."

"Bene. Ora... abbiamo finito con questa conversazione stucchevole? Ho bisogno di te."

Ryder non le rispose a parole. Le lasciò andare le mani e le lasciò scendere il corpo fino a quando non si stese sul letto, con le mani sulle cosce di lei, aprendole le gambe.

Lei non oppose la minima resistenza, facendo cadere le ginocchia di lato e gemendo.

Ryder le fissò la passera per la prima volta. Con delicatezza, passò le dita sui peletti biondi tra le gambe di lei. Erano così fini e leggeri, quasi bianchi. "Cazzo, sei così bella," sussurrò lui.

"Sono solo peletti," ansimò Felicity.

"No, amore, sono *i tuoi* peletti," le rispose, poi si chinò e si mise al lavoro, mostrandole quanto amasse il suo colore naturale. Ryder non si rilassò, anzi, non riusciva a trattenere la lussuria che teneva a bada da settimane. Non con il profumo di lei nelle narici e con le grandi labbra aperte per lui.

La divorò come se fosse un uomo a digiuno da mesi. Il primo assaggio di lei sulla lingua non fece altro che alimentare il fuoco della passione. Spostandosi in ginocchio, in modo da avvicinarsi a lei e poterla raggiungere ancora meglio, si mise le gambe di lei sopra le spalle.

Grugniva, mentre le leccava la fessura più e più volte, ma non riusciva a fermarsi. Più la assaggiava, più la desiderava. Aprì gli occhi e guardò il corpo di Felicity contrarsi mentre le chiudeva le labbra sul clitoride e usava la lingua come vibratore sopra il piccolo fascio di nervi. Felicity gettò le braccia sopra la testa e inarcò la schiena, sempre più vicina al limite.

Teneva gli occhi chiusi mentre tremava tra le braccia di Ryder. Lui non si era mai sentito così potente come in quel momento. Aveva avuto delle donne prima, ma non ne aveva mai voluta una con quell'intensità. Si prendeva sempre il tempo di assicurarsi che chiunque fosse nel suo letto fosse soddisfatto, ma non aveva mai sentito il bisogno profondo di assicurarsi che lei delirasse completamente di piacere. Non ricordava di aver avuto l'uccello così duro. Tutta la sua attenzione era concentrata sulla donna che aveva tra le braccia e sotto la lingua.

Continuò a leccare furiosamente, raccogliendo il succo fresco che le colava tra le gambe.

"Ryder," gemette lei.

Poi lui le sollevò il sedere con una mano e fece scivolare l'indice dentro di lei. La passera si strinse intorno al suo dito, come se cercasse di tenerlo fuori, ma lui non si fermò finché le nocche non le sfiorarono l'esterno del corpo.

Ryder si guardò il dito lucido e se lo portò in bocca, incapace di resistere a quel gusto delizioso. In quell'istante la guardò negli occhi: aveva le pupille così dilatate che quasi nascondevano il blu.

"Fottutamente perfetto," mormorò prima di far cadere lo sguardo tra le sue gambe. Senza preavviso, le infilò due dita nella passera stretta, gemendo al tatto del suo corpo che si stringeva contro di lui.

"È... cazzo..." Felicity imprecò mentre lui tirava fuori le dita e poi le inseriva di nuovo, senza andarci piano. "È passato un po' di tempo per me," ansimò lei. Ma non si allontanò da lui, anzi, spinse i fianchi verso l'alto mentre lui ritirava di nuovo le dita.

"Quanto tempo?" chiese Ryder, sapendo che stava facendo il dispettoso, parlandole come se stesse guardando l'intera scena dall'alto del letto piuttosto che partecipare. La voleva dal momento in cui l'aveva vista, e averla lì sotto di lui era più di quanto avesse mai sognato.

"Uh..." ansimò lei in preda al piacere, "...non lo so."

"Quanto tempo?" ripeté Ryder, ruotando la mano mentre spingeva a fondo dentro di lei ancora una volta, in modo che il pollice le sfiorasse il clitoride.

Lei agitò i fianchi, lui le diede un colpetto sul sensibile fascio di nervi mentre aspettava la risposta.

"Anni. Forse... sei?" gemette lei.

Ryder non poté trattenere un sorriso soddisfatto. Avrebbe dovuto sentirsi in colpa, non era passato molto tempo per lui, ma era segretamente contento che lei non fosse stata con qualcuno, dopo essersi trasferita in Colorado.

"Ti sei sfogata in qualche modo?" ringhiò lui.

"Sì."

"Come?"

Ormai grugnivano le loro parole, ma a Ryder non importava.

"Il clitoride..."

"Vibratore?"

"Sul mio clitoride," continuò a gemere lei, mentre lui premeva più forte su quella parte del corpo. "Non posso..." lei si agitò, poi si sbrigò a concludere la frase, "...venire con la sola penetrazione."

Buono a sapersi. Ryder non era così presuntuoso da pensare che il suo uccello avrebbe avuto in qualche modo poteri magici, non appena l'avesse penetrata. Se Felicity aveva bisogno di una stimolazione diretta sul clitoride per venire, ci avrebbe pensato lui.

Le tolse le dita dalla passera e si afferrò l'uccello. Utilizzò la lubrificazione naturale per rendere i suoi movimenti più fluidi. Non smise mai di far ruotare il pollice, mentre si divertiva. Quando vide che Felicity era sul punto di esplodere, tolse a malincuore la mano dal corpo di lei.

Ryder si chinò e afferrò il preservativo che gli era caduto accanto al cuscino quando si era spogliato. L'aveva strappato dal portafogli prima di gettarlo, insieme ai suoi pantaloni, sul lato del letto. Se lo infilò rapidamente, voleva essere pronto a scoparsi Felicity non appena lei fosse *stata* pronta. Dopo il suo orgasmo.

Ryder voleva passare tutta la notte a coccolare e accarezzare Felicity, ma sapeva di non avere il controllo per farlo senza venire, così contrasse la mascella e si mise al lavoro. Le tenne il culo in aria e la divorò ancora una volta. Leccando, mordicchiando e imparando esattamente ciò che piaceva alla sua donna. Quando sentì che lei iniziava a tremare ancora una volta, le coprì il clitoride con la bocca e la succhiò, con forza. Lei gli conficcò le unghie in un braccio, ma Ryder non si fermò. Niente l'avrebbe fermato, in quel momento.

Lei cercò di scappare, agitando i fianchi, ma poi li spinse di nuovo verso l'alto. Guardando in basso, lui la fissò negli occhi. Continuò a leccare intensamente, rifiutandosi di distogliere lo sguardo da lei.

"Oh mio Dio, Ryder. Mi sento... cazzo, fa male, ma è così bello," ansimò lei.

Ryder non si arrese, le strinse il culo con forza mentre continuava.

Come se fosse dentro la testa di lei, sapeva che Felicity stava per venire. Ogni muscolo del suo corpo si era teso, lei gli spinse più forte in bocca. Poi aprì la bocca e ansimò in cerca d'aria.

Ryder l'aveva quasi piegata in due, tenendole il sedere con entrambe le mani, tutto il corpo di lei sulle spalle. Felicity aveva gli occhi chiusi, ma provò a mettersi seduta. Dopo un'altra succhiata, però, raggiunse il limite.

Le sue cosce tremarono, la pancia si appiattì e la bocca si aprì in un urlo silenzioso.

Ryder non le diede la possibilità di scendere prima di lasciarle andare il sedere e di posizionarsi sopra di lei, congratulandosi con se stesso per aver avuto la lungimiranza di mettere il preservativo prima, perché onestamente non pensava di potersi fermare a farlo in quel momento.

Guardando giù, vedendo le sue gambe aperte, il rosa delle sue labbra interne ricoperte di liquido proveniente dall'orgasmo, Ryder non pensò più. Le posizionò la punta dell'uccello tra le gambe e spinse.

Felicity sussultò, ma non si allontanò. Anzi, spinse i fianchi verso l'alto nello stesso momento in cui lui si era spinto all'interno. Ryder si ritrasse, afferrandosi l'uccello giusto in tempo per evitare di venire.

Lei tremava ancora per il precedente orgasmo. Lui strinse i denti e spinse ancora, andando ancora più a fondo dentro di lei. Con le braccia tese ai lati della testa di lei. Ryder incombeva sulla donna che amava con tutto il suo essere.

"Mia," ringhiò, incapace di dire altro.

"Mio," rispose lei ferocemente, sollevando le ginocchia per afferrargli la vita, e graffiandolo con le unghie sui fianchi.

Ryder aveva pianificato di essere gentile una volta entrato dentro di lei, per mostrarle quanto tenesse a lei. Ma con quelle feroci rivendicazioni, perse il controllo a cui era rimasto aggrappato da un filo.

Chiudendo gli occhi e buttando la testa all'indietro, Ryder le piombò addosso, scivolando facilmente nell'umidità tra le sue gambe. Il suono del loro amplesso era forte, nella piccola stanza. Rumori di cui forse si sarebbe potuto imbarazzare una volta, con un'altra donna, ma con Felicity no... erano perfetti.

Le palle le colpivano il culo ad ogni spinta verso il basso, il rumore umido del suo corpo che cercava di tenerlo dentro di lei ogni volta che si tirava indietro non faceva che aumentargli la sua lussuria e il desiderio.

Ryder sentiva il sudore sulla fronte mentre cercava disperatamente di trattenere il suo orgasmo. Voleva che la loro prima volta durasse per sempre, ma purtroppo sapeva che era solo una questione di secondi prima di esplodere.

Strinse di nuovo i denti e guardò Felicity. Lei gli sorrideva, lo guardava da vicino. La soddisfazione e la possessività di quello sguardo lo fecero impazzire. Lui spinse altre due volte, alla terza spinta cedette all'orgasmo.

Sentì il calore del suo seme riempirgli il preservativo attorno all'uccello, desiderò per un istante di riempire *lei*. Era pazzesco, non si era mai sentito così prima, ma voleva ricoprirla con la sua essenza. Rivendicarla.

Conscio del fatto che lei non fosse venuta durante la scopata, Ryder rimase dentro Felicity ma si appoggiò sui gomiti. Poi infilò una mano tra i loro corpi sudati e le stimolò il clitoride.

"Oh," esclamò lei, mentre lui iniziava a toccarle grossolanamente il fascio di nervi ancora una volta. "Ryder, io... Sono già venuta."

"Lo so. Fallo di nuovo. Questa volta voglio sentirlo. Dall'inizio alla fine. Vieni sul mio cazzo, questa volta."

Lei era ovviamente ancora carica dal suo orgasmo precedente; non ci volle molto prima che lui le sentisse i muscoli interni stringergli l'uccello che si ammorbidiva lentamente.

Che sensazione incredibile!

Sentì l'uccello contrarsi e ritornare in vita. Ryder aumentò la velocità del pollice e venne ricompensato con le reazioni di Felicity. Lei sentì l'erezione, godendo e agitandosi incontrollabilmente.

Ryder si tirò leggermente indietro per disfarsi del preservativo, continuando a stimolare il clitoride con l'altra mano. Dopo aver gettato il preservativo, infilò delicatamente due dita all'interno del suo corpo ancora caldo. Poi si spostò più in alto sul letto e si masturbò mentre lei accoglieva il suo secondo orgasmo.

Ryder non era sicuro di poter venire una seconda volta, a prescindere da quanto duro fosse, ma annusare la loro eccitazione e sentirla tremare sotto di lui ogni paio di secondi rendeva il tutto molto più piacevole.

Poi sentì la propria mano che veniva spinta via, e guardò in basso. Felicity gli fissava l'uccello e lo aveva preso tra le mani, facendogli la sega del secolo.

Toccò a lui gemere. "Cazzo, Felicity... Dio, le tue mani sono così belle."

"Mmm," mormorò lei. "Ti piacciono, eh..."

A quelle parole, zampillò uno spruzzo di liquido preeiaculatorio.

Lei ridacchiò, poi fece sul serio. Con una mano iniziò ad accarezzargli le palle, mentre l'altra aumentava di velocità.

Come se potesse leggergli la mente, sapeva esattamente quando accelerare i suoi movimenti e quanta pressione applicare.

Quando fu sul punto di esplodere, Ryder cercò di avvertirla. "Amore, ci sono quasi. Fammi tirare indietro."

Lei non rispose verbalmente, ma strinse la presa mentre si sdraiava sulla schiena. Ryder si sentiva come una foglia che le aleggiava addosso, mentre lei gli faceva una sega, ma non avrebbe potuto fermarla a quel punto, neanche se gli avessero puntato una pistola alla testa.

Cercò di tenere gli occhi aperti e su di lei mentre lei lo portava al limite, anche se all'ultimo attimo, gettò la testa all'indietro e si mise a gemere, con un grido lungo e rumoroso. Ryder cadde in avanti e atterrò su una mano, accanto alle spalle di lei, rabbrividì mentre uno spruzzo dopo l'altro gli usciva dall'uccello e colpiva il corpo nudo sotto di lui. Si sentiva svuotato ed esausto. Era passato molto tempo da quando era venuto più di una volta in una notte, e mai così vicino.

Rimase a lungo appoggiato sopra di lei, memorizzandone la vista. Era bellissima. Assolutamente bella. Alla fine, i loro sguardi si incrociarono. Brillavano di umorismo, grazie a Dio. Non era disgustata da quello che aveva fatto.

"Mio," gli disse dolcemente.

"Tuo," confermò lui. "Ma ora anche tu sei mia."

"Cazzo, sì. Tua," sorrise Felicity.

Poi aggiunse: "Pensi che abbiamo l'energia per arrivare alla doccia?"

Con poche parole, Ryder tornò sull'attenti. Il solo pensiero di Felicity bagnata dall'acqua che le scrosciava addosso come una cascata fu sufficiente a fargli riattivare l'uccello.

Sorpresa, mentre gli stringeva dolcemente l'uccello semiduro, Felicity chiese: "Davvero?" con un sopracciglio inarcato.

Ryder si limitò a ridere e si spostò. Gemendo per la perdita della sua mano su di lui, si disse che aveva il resto della sua vita con lei. Non aveva bisogno di scoparla fino a sfinirla la loro prima notte. Avrebbe rimediato molto presto. Si alzò in piedi accanto al letto, completamente a suo agio nella propria nudità, e le porse la mano. "Dai, facciamo la doccia, poi dormiamo un po'."

Lei gli prese la mano, lasciando che la tirasse verso l'alto. "Credi di poter dormire così?" indicò l'uccello completamente eretto.

Ryder si sentì arrossire, ma si limitò a fare spallucce mentre la conduceva verso il bagno. "Sì, amore, posso dormire così. Ero sempre così nelle ultime settimane."

Mentre aspettava che l'acqua della doccia si scaldasse, Ryder sorrideva a Felicity. Ne aveva passate tante, ma da quel momento tutto sarebbe andato a posto. Non poteva vivere senza di lei. Era serio prima, quando l'aveva avvertita che, se avessero fatto l'amore, non sarebbe stato in grado di lasciarla andare via. Lei gli apparteneva. Proprio come lui apparteneva a lei.

CAPITOLO QUINDICI

FELICITY ERA IN PIEDI, dietro il suo PT Cruiser, con le mani sui fianchi.

"Stai andando a... Cosa c'è che non va?" le chiese Ryder, andandole vicino.

Quindi sì, sul fronte delle relazioni, l'ultima settimana era stata fantastica. Ryder aveva fatto l'amore con lei tutte le sere... e anche un paio di mattine. Felicity non aveva mai avuto un amante così attento come Ryder... o così fantasioso.

Non solo, ma era premuroso, affettuoso e rispettoso. Oh, era anche prepotente, troppo attento alla sicurezza e possessivo, ma lei poteva ignorare tutti quei difetti, perché i pregi di Ryder superavano di gran lunga i suoi difetti.

Come il modo in cui le prendeva sempre un bicchiere d'acqua appena prima che andassero a dormire, non importava quanto fosse esausto, dopo che avevano fatto l'amore.

Come il modo in cui prendeva la giraffa di peluche e gliela dava, dopo aver finito di adorarle il corpo, prima di dormire.

Come il modo in cui chiamava Cole, per assicurarsi che la stesse aspettando nella sala d'allenamento al piano di sotto, prima di lasciarla scendere in palestra da sola.

Come il modo in cui cullava i piccoli Ace e Nate, mormorando loro dei dolci versetti per farli smettere di piangere.

Come il modo in cui chiamava Rex ogni giorno per vedere se il capo avesse ottenuto altre informazioni su Joseph.

Come il modo in cui ogni mattina, quando trovavano un altro fastidioso e inquietante regalo da stalker di Joseph, lui ringhiava sempre: "Ucciderò quel figlio di puttana."

Quella mattina non fece eccezione.

Il retro della bella PT Cruiser di Felicity era coperto di adesivi per paraurti. Non solo sul paraurti, ma anche sul lunotto posteriore e sul portellone posteriore. Gli adesivi erano tremendi ed estremamente offensivi. Slogan del partito nazista, il logo del Ku Klux Klan, immagini anti-lesbiche e anti-gay, e per finire... adesivi politici.

"Cazzo," sbraitò Ryder, allungando un braccio davanti a Felicity e costringendola a fare un paio di passi lontano dal veicolo. Poi sospirò. "Andrai ancora da Grace oggi?" chiese.

La mattinata era andata proprio bene, per Felicity. Si era allenata con Cole, Ryder nel frattempo le aveva preparato un'omelette mentre la aspettava nel *loro* appartamento. Avevano fatto una piacevole colazione e poi si erano fatti la doccia insieme. Ryder l'aveva spinta contro il muro, le aveva ordinato di masturbarsi mentre la scopava con un'intensità tale che l'aveva fatta venire quasi subito. Le piaceva quando Ryder era tenero e coccoloso con lei, ma lo adorava quando perdeva ogni controllo e le ordinava semplicemente ciò che voleva, ciò di cui aveva bisogno.

Mentre si vestivano dopo la doccia, avevano discusso i piani per il giorno successivo. Lei sarebbe andata a trovare Grace quella mattina, prima di tornare in palestra a sbrigare delle pratiche. Dopo l'imminente cattura di Joseph (così sperava), lei e Cole avevano deciso di fare un'altra serata psichedelica, visto che era passato un po' di tempo dall'ultima volta che ne avevano fatta una. Ogni volta si divertivano tutti quanti, era un modo semplice per mettere in evidenza la palestra e guadagnare nuovi soci.

Ryder doveva andare a casa di Blake. Sorprendentemente, i due erano diventati ottimi amici. Dopo aver risolto il dramma paterno, entrambi erano riusciti a lasciarsi il passato alle spalle, apprezzandosi a vicenda. Felicity desiderava che anche le donne fossero così... in grado di fare pace, una volta risolti tutti i conflitti.

Avevano in programma di incontrarsi in palestra più tardi, quel giorno. Ryder avrebbe dato a Cole una pausa dal "vegliare su di lei", come diceva Felicity. Odiava avere sempre bisogno di qualcuno intorno, anche se Felicity non era così stupida da rifiutare una guardia del corpo. Joseph era là fuori che aspettava di fare la sua mossa.

"Sì," gli disse, rispondendo alla sua domanda. "Visto che farò la babysitter alla fine di questa settimana, Grace voleva andare oltre le mille e una annotazioni che ha fatto per ogni bambino." Lei lo disse per scherzare, ma Ryder non sorrise nemmeno, per il riferimento al bisogno ossessivo di Grace di prendere appunti sulle presunte stranezze e sui bisogni dei suoi figli.

"Ci sarà anche Logan?"

"Non credo proprio. Ma Bailey sì. Voleva venire anche Alexis, ma credo che abbia dovuto rinunciare. Mi ha detto qualcosa a proposito di una sessione di formazione in tempo reale con quel tizio hacker con cui lavorava."

"Rimarrò fino a quando non sarai pronta ad andare, allora."

Felicity voleva protestare. Voleva dirgli che non aveva bisogno di una babysitter, ma poi ripensò a tutte le stronzate che Joseph aveva fatto di recente, come ad esempio l'annuncio stile persone scomparse con la sua foto e la sua descrizione, sparso in tutto il centro di Castle Rock. Santo cielo. Felicity pensava che Ryder avrebbe perso la testa, in quell'occasione. Non l'aveva mai visto così furioso. Quella mattina si era trovata faccia a faccia con il vero Mercenario. Vedere la rabbia sul suo volto le aveva fatto capire che non avrebbe mai voluto scatenare quella quantità di testosterone. Ma la faceva anche sentire al sicuro. Lui avrebbe ucciso per lei. Stranamente, la cosa la confortava.

Altre cose erano fastidiose, ma non così palesemente minacciose come quel poster "scomparsa". Fiori morti sul marciapiede fuori dalla palestra, la polizia che si era presentata più volte a causa della segnalazione di un disturbo, altre foto di lei che passava le sue giornate, una consegna di biscotti con ogni dolce decorato con un numero... se messi nell'ordine giusto, componevano il numero di cellulare di Ryder, avevano persino trovato un serpente a sonagli nello spogliatoio maschile della palestra.

Felicity sospirò. "Ma tu stavi per andare da Blake," protestò lei.

"Capirà," le disse Ryder. "Tu sei molto più importante di qualsiasi altra cosa io possa aver pianificato."

"Non possiamo passare ogni secondo insieme," sostenne Felicity.

"Perché no?"

"Perché no!"

Ryder sorrise "Non è una risposta, amore."

"Perché ci stancheremo l'uno dell'altra. Perché la maggior parte della gente ha un lavoro. Questo dà loro del tempo lontano dalla persona con cui escono."

"Non mi stancherò mai di te, assolutamente no. Entrambi lavoriamo... senza i soliti vincoli di orario. Siamo fortunati perché possiamo gestirci il nostro tempo."

"Hai un lavoro?" chiese Felicity, inarcando le sopracciglia con sorpresa. "Pensavo che avessi smesso di lavorare per Rex."

"Sì. Volevo parlare con Blake per entrare a far parte della Ace Security."

Felicity fissò Ryder per un attimo, prima di sorridere e di gettarsi su di lui.

Lui perse un attimo l'equilibrio, ma abbracciò la sua donna, recuperando stabilità. "Immagino che questo esprima la tua approvazione," le chiese.

"Oh mio Dio, sì!" esclamò lei. Si chinò e lo baciò, tenendogli le braccia intorno. "Non ci ho nemmeno pensato, ma è perfetto. E sono d'accordo che tu ti unisca a loro?"

"È stata una *loro* offerta," le disse Ryder. "Oggi avrei discusso maggiori dettagli con Blake, per poi vedere cosa ne pensi tu, prima di accettare ufficialmente."

Felicity inclinò il capo, confusa. "Avevi intenzione di *parlarne con me,* prima di accettare il lavoro? Perché?"

"Davvero?" chiese lui, con tono stupito.

"Uh... sì?"

"Sono il nuovo arrivato, Felicity. Tu ti sei già sistemata. Grace è la tua migliore amica. Questo è il tuo territorio. Non darti l'impressione sbagliata di essermi fatto strada nella tua cerchia familiare, se non mi volevi."

Incredula, Felicity gli chiese: "Sul serio?"

Ryder fece di tutto per non sorridere, ma fu inutile. "Sì."

"Per l'amor di Dio, non ho diciotto anni e non sono un'adolescente gelosa. Logan, Blake e Nathan sono la tua *famiglia*. Non direi mai che non voglio che tu non lavori con i tuoi fratelli, non importa cosa ci sta succedendo. Inoltre... da quello che ho visto... sei bravo. Potresti essergli molto utile nella loro squadra. Merda, con le tue conoscenze, potresti davvero aiutare la Ace Security ad arrivare al livello successivo... qualunque esso sia. Non so come funziona. Ma sarebbero fortunati, davvero fortunati ad averti nella loro squadra. E non solo perché siete parenti."

"Ho un appuntamento con un agente immobiliare la prossima settimana," disse Ryder. "Vieni con me?"

Felicity lo fissò. "Certo. Però mi mancherai nel mio appartamento."

"No, tranquilla."

"Sì invece, Ryder, mi mancherai eccome. Vivi con me da circa un mese. Sono abituata a vederti monopolizzare le coperte, lasciare la tavoletta del water alzata e a fare un casino ogni volta che cucini." Lei sorrise, per assicurarsi che lui sapesse che stava scherzando. Non gliene fregava proprio un cazzo di quelle cose, ma cercava di non fare l'imbronciata al pensiero che se ne andasse. "Ma tu mi porti l'acqua tutte le sere, e questo annulla ogni difetto."

"Non sentirai la mia mancanza perché voglio che tu venga a vivere con me," chiarì Ryder, ignorando le prese in giro. "Troveremo una casa che piaccia ad entrambi, speriamo non troppo lontana dal centro, in modo da poter essere vicini all'ufficio della Ace Security e alla palestra."

Lei si tirò indietro. Ryder aveva accennato a qualcosa su di lei che lo aiutava a trovare una casa, ma lei aveva pensato che fosse solo un commento casuale. O qualcosa che lui voleva che lei facesse più tardi... molto più tardi. Sentì gli occhi riempirsi di lacrime. Non era una frignona. Era dura e tosta, dannazione. "Davvero?" squittì.

"Davvero," confermò lui.

Felicity sorrise e gli seppellì il viso nel collo. "Sì. Cazzo, sì."

Ryder si chinò un po' e la abbracciò di nuovo, sollevandole i piedi da terra e camminando verso la sua auto sportiva.

Felicity ridacchiò, ma tenne la testa sepolta nella calda pelle del collo del suo uomo e si rilassò, lasciando che le gambe penzolassero e rimbalzassero contro di lui, mentre camminava. Non le importava dove la stava portando. Quando lui si fermò, lei sollevò il capo. Ryder la rimise a terra e lei si accorse che erano accanto alla sua macchina.

"Vuoi davvero che mi trasferisca da te? Sembra un grande passo, considerando il tempo che ci conosciamo," disse Felicity, sentendosi obbligata ad avvisarlo.

"Amore, nel momento in cui ti ho vista ho capito che dovevi essere mia. Ti avevo avvertito prima di prenderti per la prima volta: se mi avessi lasciato entrare nel tuo corpo, sarei entrato ovunque. Quindi non mi sembra un passo così grande. Tu sei mia. Io sono tuo. Mi trasferisco a Castle Rock perché tu sei qui. Così mi sembra una cosa naturale andare a vivere insieme".

Lei gioì visibilmente.

"E per darti un giusto avvertimento, ti chiederò di sposarmi. Presto. E tu prenderai il mio cognome. So che Bailey non crede nel matrimonio, Nathan ha preso il suo cognome, ma tu sei mia, e non voglio che ci siano dubbi su a chi appartieni."

"Porca puttana," sbottò Felicity, ma non elaborò il suo shock, si limitò a fissarlo con la bocca aperta.

Ryder sorrise di nuovo. "Cazzo, adoro sorprenderti."

Poi la baciò con intensa passione. Era una rivendicazione per lui, un riscatto per lei. Nel parcheggio dietro la Rock Hard Gym, sbatté Felicity contro la sua macchina.

A lei non gliene fregava un cazzo. Anche con la minaccia di Joseph che incombeva, Felicity era più felice di quanto lo fosse mai stata in vita sua. Non si sarebbe mai sognata che la sua vita potesse prevedere quella svolta. Un pensiero la colpì e lei si tirò indietro.

Ryder era riluttante a lasciarla andare, ma alla fine la lasciò fare.

Lei lo fissò negli occhi, rimasero abbracciati per un lungo momento prima che Felicity gli dicesse: "Ti amo."

"Bene."

Lei aggrottò le sopracciglia. "Bene? È tutto quello che hai da dire alla mia dichiarazione d'amore?"

Ryder sorrise. "Sì."

Felicity si divincolò per liberarsi dalle braccia del suo uomo, ma lui si rifiutò di lasciarla andare. "Se pensi che sposerò un uomo che non riesce ad ammettere di amarmi, sei pazzo. Non mi interessano le stronzate tipo 'sei mia'. La proprietà non è amore, non posso vivere la mia vita senza sentirlo. Sai che nessuno mi ha espresso amore, o affetto, fino all'età di otto anni? Fa schifo, e non lo farò più. Mi senti, Ryder? Potresti essere più sexy di qualsiasi altro attore che abbia mai visto e un grande mercenario cattivo, ma ho bisogno di quelle parole."

Fissò furibonda l'uomo che amava con tutto il cuore, ma era sincera. Se lui pensava di essere troppo virile per dirle che l'amava, lei non sarebbe stata in grado di stare con lui. Faceva schifo, ma le servivano *quelle* parole.

"Come ti ho chiamato praticamente dalla prima volta che ci siamo incontrati?

Felicity era confusa. Di cosa diavolo stava parlando? Lei gli stava aprendo il suo cuore e lui faceva domande strane. "Non lo so. Lasciami andare, Ryder. Devo andare da Grace."

"Ascoltami, le ordinò. "La prima volta che ci siamo incontrati, stavi discutendo con Cole e insistevi perché ti desse i soldi che avevi investito nella palestra. Grace, Logan e io siamo arrivati tutti insieme, e tu hai iniziato ad avere un attacco di panico. Ti ho aiutato a superarlo. Come ti chiamavo?"

Felicity smise di lottare e guardò Ryder nella confusione. "Non me lo ricordo."

"Mi sembra giusto. Ma pensa, Felicity. Qual è il tuo soprannome?"

Lei spalancò gli occhi, quando capì. "Ma... tu chiami tutti così."

Ryder ridacchiò. "Direi proprio di no. Solo tu, amore caro, solo tu."

Ed ecco le lacrime di nuovo in agguato negli occhi di Felicity. "Oh."

"Sì. *Oh*. Ti ho amato fin dal primo momento... Eri spaventata a morte e desiderosa di andartene, meravigliosa. Non ti stavi tirando indietro, non importava che fossi circondata da cinque uomini. Ma c'è di più. Era qualcosa che riguardava te. Era come se ti riconoscessi a prima vista, come mia. Sapevo nel profondo che avresti reso migliore la mia vita, semplicemente facendone parte."

"Ryder."

"Nel caso non fosse chiaro... Ti amo, Felicity Jones, o Megan Parkins, o come vuoi chiamarti. Tu sei mia, e so che è un po' da cavernicoli, ma anch'io sono tuo. Tu mi possiedi. Cuore, corpo e anima. Potresti farmi a pezzi il cuore, se mai mi lasciassi. Voglio passare il resto della mia vita con te al mio fianco."

Il cuore di Felicity si sciolse. Si sentiva vulnerabile, pensando di essere l'unica a condividere i suoi sentimenti, ma era evidente quanto si fosse sbagliata. "Era una proposta?"

"Cazzo, no," disse immediatamente Ryder. "Lo saprai, quando ti chiederò di sposarmi."

Sapeva sempre cosa dire per evitare che cadesse a pezzi in un pasticcio molliccio ai suoi piedi. Lei lo apprezzava. Voleva essere la dura Felicity Jones, non una debole e piangente massa di confusione. "Sei terribilmente sicuro di te. Forse *ti* chiederò io di sposarmi."

"Fallo e ti metto sulle ginocchia, ti faccio il culo rosso a forza di sculacciate."

Felicity sbatté le palpebre, poi ridacchiò. "Cosa? Perché?"

"Perché sono io l'uomo. L'uomo fa la proposta."

Felicity alzò gli occhi al cielo. "Come vuoi."

Ryder le mise una mano sulla guancia. "Assecondami, amore. Sarò il primo ad ammettere che le donne hanno tutti gli stessi diritti degli uomini, ma lasciami fare."

"Bene," sbuffò lei, non proprio arrabbiata, ma era divertente prendere Ryder per i fondelli. "Ma sarà meglio che sia una proposta da sballo."

Lui sorrise. "Sfida accettata. Ora che abbiamo parlato del fatto che ci amiamo e che ti stai trasferendo da me, possiamo per favore uscire da questo cazzo di parcheggio dove siamo bersagli facili per Joseph 'Stronzo' Water e portarti da Grace, dove puoi fare tanti versetti con i miei nipoti?"

"Chiamerai la polizia e denuncerai le nuove molestie?"

"Certo. Mi metterò anche in contatto con la società di sicurezza e vedrò se c'è un video di Joseph che mette quei cazzo di adesivi sulla tua auto. Anche se, per quanto mi dispiaccia ammetterlo, immagino che probabilmente sia stato abbastanza intelligente da rimanere nell'ombra e non mostrare mai il suo volto. Oh, e farò in modo che quella merda venga rimossa dalla tua macchina, già che ci sono."

"Fantastico. Grazie. Allora, sì, sono pronta ad andare da Grace, così posso fare i versetti ai miei angioletti. Guidaci, o supremo sovrano della nostra casa."

Ryder scosse la testa. Spostò la mano che le teneva sulla guancia, lungo i capelli, e poi sul retro del collo. Si avvicinò e le disse dolcemente: "Ti amo. Dalla base dei tuoi piedi fino alla punta dei tuoi bellissimi capelli neri."

"Mia madre me lo diceva sempre," sussurrò lei.

"Lo so. Me l'hai detto tu."

"E tu te ne sei ricordato," disse lei colpita.

"Ricordo ogni singola cosa," le disse, poi la baciò leggermente sulle labbra. "Ora sali, così possiamo andare."

Felicity sorrideva, mentre si allontanava e saliva sul lato passeggero della sua auto. Joseph Waters era pure uno stronzo sadico, ma alla fine l'aveva portata da Ryder. Lo stalker si sarebbe incazzato a morte, lei sperava di avere la possibilità di dirglielo.

———

Joseph guardò la 370Z uscire dal parcheggio, era seduto al volante dell'auto di merda che aveva noleggiato, e strinse i pugni. Aveva sperato di vedere Megan fare una scenata, nel trovare la sua amata auto coperta di adesivi offensivi, invece sembrava che avesse appena assistito all'incontro di una dolce coppietta.

Megan non si comportava come voleva lui.

Avrebbe dovuto essere spaventata.

Avrebbe dovuto fare i bagagli e lasciare la città.

Non era il suo piano originario, ma ne avrebbe approfittato e l'avrebbe rapita prima che lasciasse lo stato.

Ma lei stava rovinando tutto.

Quei due stavano rovinando le cose.

Quel maledetto Ryder Sinclair le stava dando un falso coraggio, convincendola che lui, Joseph, non le avrebbe messo le mani addosso. Sì, come no.

E come se non bastasse, lo aveva chiamato suo padre poco prima. Era furibondo.

"Devi dimenticarti di lei e tornare a casa."

"No. Deve pagare per aver interferito."

"Ascoltami, figliolo. Questa storia è andata avanti troppo a lungo. Pensavo che avessi rinunciato a quest'assurda ossessione. Ho ricevuto una chiamata da Rex, quello dei Mercenari di Montagna. Non è contento. E se Rex non è felice, *io* non sono felice. Mi ha dato una sola possibilità per sistemare le cose. Torna a casa. Oggi."

Devo sbrigarmi o mio padre si metterà in mezzo.

Annuendo a se stesso, Joseph avviò il motore della sua auto e si allontanò dal centro della città. Aveva ancora un po' di lavoro da fare prima di poter porre fine al suo piano. Non poteva lasciare a Megan nessun regalo per i prossimi due giorni, ma sperava che abbassasse la guardia in sua assenza. E quando sarebbe tornato, il gioco sarebbe ripartito.

CAPITOLO SEDICI

F ELICITY SBATTÉ I PIEDI, era uguale a un bambino di quinta elementare. "Ryder, *devi* andare."

"No."

"Dannazione. Sì, devi andare."

"Non lascerò te e i gemelli qui da soli."

"Stiamo *bene*," insistette Felicity. "Non succede niente da giorni."

"Questo non significa che Joseph non ci sia più," disse Ryder.

"Lo so, ma non sono una scema. Non metterò piede fuori da questo appartamento mentre tu non ci sei. I bambini dormono nella culla. È stata una lunga giornata e sono esausta. Mi siederò qui sul divano e guarderò la TV finché non tornerai."

Ryder si chinò, bloccando il corpo di Felicity tra il suo e il bancone dietro di lei. "Questo messaggio non mi piace."

Lei rise, senza umorismo. "Nemmeno a me. Ma Blake ha scritto che ha bisogno di te, ora non risponde al telefono, non riesco a far rispondere neanche Alexis. Logan e

Grace sono su a Denver a quel musical, Nathan e Bailey non hanno saputo nulla. Non puoi ignorarlo."

Alzò lo sguardo verso Ryder. Era stressato. Era palese. Era ovvio che non voleva lasciarla sola nell'appartamento, ma era altrettanto ovvio che voleva raggiungere suo fratello.

Stavano guardando la televisione sereni, quando era arrivato quello strano messaggio.

Ho bisogno di te. A casa mia. AL PIÙ PRESTO.

Nessun'altra informazione.

Poteva essere un inganno. O forse no?

"Non mi fido di Joseph. Sembra una montatura."

"Nemmeno io mi fido," disse Felicity, "ma che scelta hai? Il messaggio veniva dal telefono di Blake. Diciamo che non era lui e che Joseph ti stava prendendo per il culo. Deve aver preso il cellulare di Blake in qualche modo. E se fosse in casa e avesse sia lui che Alexis in ostaggio in questo momento? Non puoi rischiare."

"Non posso rischiare con *te*," ringhiò Ryder immediatamente. "Posso aspettare che arrivi Nathan e mi chiami per dirmi cosa succede. E se Joseph decidesse di bruciare la palestra con te dentro?"

"Al primo odore di fumo, prendo i bambini e me ne vado."

"E se ti sta aspettando?"

"Lo affronterò," insistette Felicity. "Ma questo non è il suo stile. Lo sai bene quanto me. Non mi ucciderà così facilmente."

Ryder digrignò i denti, irritato. Avevano parlato

proprio di quell'eventualità, la sera precedente, ipotiz-
zando che Joseph non sarebbe mai saltato fuori semplicemente per spararle. No. L'avrebbe portata da qualche parte
e l'avrebbe torturata. Che merda. Ma avrebbe dato a
Ryder, ai suoi fratelli e persino ai Mercenari di Montagna
il tempo di trovarla. Felicity non era esattamente ansiosa
di essere torturata, ma sapere che il suo uomo e i suoi
amici sarebbero andati a cercarla aveva reso le cose più
facili.

"Vai a controllare tuo fratello," insistette Felicity. "Sarò
qui ad aspettare il tuo ritorno. È tardi, non uscirò, non c'è
nessuno in palestra, al piano di sotto. Controllerò altre
case online e vedrò se ne trovo una che piaccia a entrambi.
Domani possiamo chiamare l'agente immobiliare e fissare
un appuntamento per andare a vedere quelle finora in
lista."

"Non aprire la porta a nessuno. A nessuno, amore, dico
sul serio," le ordinò Ryder.

"Non lo farò."

"E al primo segno di guai, mandami un messaggio e io
tornerò."

"Lo farò."

Ryder sospirò. "Questo messaggio non mi piace. Ma
devo controllare Blake."

"Vai, Ryder. Così puoi sbrigarti a tornare e possiamo
andare a letto."

"Ok."

"Ok," ripeté lei.

Ma nessuno dei due si mosse. Alla fine, Felicity si alzò
in punta di piedi e baciò Ryder con leggerezza, poi si portò
all'orecchio di lui e gli sussurrò: "Ti devo ancora quel
pompino di ieri sera. Non volevo addormentarmi, ma
quando mi hai mangiato con quei due orgasmi, non

riuscivo a stare sveglia. Se te la senti, salderò il mio debito quando tornerai a casa."

Lo sentì sorridere contro di lei.

Ma quando Ryder le prese la testa tra le mani per incontrare il suo sguardo, non sorrideva più. "Non mi devi niente, amore. Prenderò tutto quello che mi vuoi dare, ma non mi dovrai mai un cazzo di niente."

"Ok."

"Detto questo, se mio fratello sta bene, quando torno, ti voglio in ginocchio davanti a me a ingoiare il mio cazzo."

Felicity tremò per la carnalità delle sue parole e per l'immagine che le balenò subito in mente, di lei nuda ai suoi piedi, con Ryder che le scopava la gola mentre la guardava con ammirazione. "Affare fatto."

"Ti amo."

"Ti amo anch'io," rispose lei.

Ryder la baciò sulla fronte, poi la lasciò andare, girandosi per prendere un bicchiere dall'armadio. Erano stati fuori tutto il giorno, Felicity non aveva bevuto la sua solita quantità d'acqua giornaliera. Lo riempì con l'acqua del distributore e glielo porse.

Lei gli sorrise e prese il bicchiere. "Cosa c'è tra te e il mio rituale dell'acqua?" chiese.

"Mi piace prendermi cura di te. Hai iniziato a bere acqua ogni sera per mantenerti in salute, e quindi voglio assicurarmi che tu viva una vita lunga e sana." Poi fece spallucce. "Quindi mi assicurerò che tu abbia un grande bicchiere d'acqua ogni notte per il resto della nostra vita."

Felicity svuotò il suo bicchiere e glielo restituì con un sorriso.

"Ancora?"

"Sì, per favore. Voglio rimanere idratata per quello che verrà più tardi stasera."

Ryder riempì di nuovo il bicchiere e glielo consegnò. Lei ne bevve un sorso, poi glielo spinse sulla pancia. "Vai, vedi cosa vuole Blake. Controllerò i bambini, poi controllerò le case fino al tuo ritorno."

Lui annuì, la baciò ancora una volta sulla fronte, poi si girò e se ne andò.

Felicity chiuse la porta a chiave e poi andò a controllare Ace e Nate. Dormivano tranquilli. Rimase in piedi davanti alla porta della stanza degli ospiti, guardandoli dormire per un lungo momento. Logan e Grace erano andati a Denver per la serata a vedere una rappresentazione di *Cats* e non avevano esitato a lasciare i gemelli con Felicity e Ryder. La faceva sentire bene sapere che, anche con le stronzate di Joseph, si fidavano di lei per prendersi cura dei loro figli. E lei lo avrebbe fatto.

Felicity avrebbe protetto quei due piccoli esseri umani con la sua vita. Non sarebbe successo nulla, sotto la sua sorveglianza. Niente. Si sarebbe consegnata volentieri a Joseph pur di salvare i due neonati.

Soddisfatta che i bambini dormissero tranquilli, Felicity tornò nella zona giorno. Si assicurò che il baby monitor fosse acceso e prese il suo bicchiere mentre si dirigeva verso il divano. Sorseggiò l'acqua, la sete già ridotta dal bicchiere che aveva bevuto prima. Sentendosi tranquilla e un po' assonnata, tenne il bicchiere in grembo e si appoggiò ai cuscini per finire il programma forense che lei e Ryder stavano guardando, prima che lui ricevesse il messaggio da suo fratello. Una volta finito il telefilm, avrebbe tirato fuori il computer e guardato delle case.

———

Ryder non riusciva a scrollarsi di dosso la sensazione di paura che gli si era depositata sulle spalle come un sudario della morte da quando aveva ricevuto il messaggio da suo fratello. Qualcosa non andava. Ma non sapeva cosa.

Si introdusse nel vialetto di Blake e si avviò verso l'interno, salendo le scale a grandi passi fino alla porta d'ingresso della casa. All'inizio pensò che fosse strano che suo fratello vivesse nella casa in cui era cresciuto, dove era stato orribilmente maltrattato dalla madre, ma più conosceva Blake e Alexis, più si rendeva conto che per lui era catartico. Il fatto di vivere lì e di creare nuovi bei ricordi aiutava Blake a superare le ferite del suo passato.

Inoltre, lui e Alexis avevano fatto così tante migliorie alla casa che, a quanto pare, era difficile anche solo riconoscerla. Un'aggiunta sul retro, un giardino rinnovato, cucina e bagni completamente nuovi. Grace aveva commentato il processo "come una falena che si trasformava in farfalla".

Ryder estrasse una pistola e bussò alla porta, prima di mettersi di lato per non diventare un bersaglio per Joseph o per chiunque altro potesse sparare a lui attraverso la porta. La brutta sensazione che avvertiva poteva essere dovuta al fratello, che era nei guai. Non voleva correre rischi.

Si irrigidì quando sentì il rumore della ferraglia, poi la porta si aprì leggermente.

"Chi c'è?"

Era Blake.

Ryder abbassò la pistola, ma non la mise via. "Sono io, Ryder. Che succede?"

"Aspetta," gli ordinò Blake, poi chiuse la porta. La aprì subito dopo aver tolto la catena. "Ehi, Ryder."

Ryder aspettava con impazienza che il fratello gli dicesse perché lo avesse convocato, ma quando l'altro uomo lo fissò come se stesse aspettando che Ryder gli spiegasse perché *era* lì, Ryder imprecò. A lungo e con molta inventiva.

Prese il telefono e chiamò subito Felicity. Squillò quattro volte, poi partì la segreteria. Cristo santo.

"Ma che cazzo?" chiese Blake. "Ryder?"

Ryder alzò lo sguardo verso il fratellastro e vide che era in allerta. "Mi hai mandato un messaggio, circa venti minuti fa?"

"No." Fu la risposta concisa di Blake.

"Sei sicuro? Forse è stata Alexis?"

"Sono sicuro. Siamo stati... Ehm... occupati per l'ultima mezz'ora circa. Siamo scesi per preparare qualcosa da mangiare quando ho sentito bussare alla porta. Nessuno di noi ti ha mandato un messaggio."

"Cazzo," imprecò di nuovo Ryder. "Devo tornare da Felicity, ma prima posso vedere il tuo telefono?"

Blake si voltò immediatamente e scomparve dentro casa sua. Ryder entrò nell'ingresso, ma non andò oltre. Non era una visita di cortesia. Aveva bisogno di tornare in palestra. Immediatamente. Ma prima doveva controllare il telefono di suo fratello.

Blake tornò quasi subito alla porta, con Alexis al seguito. Era un po' più bassa di Blake, ma Ryder sapeva quanto fosse forte. Ricordava tutto quello che aveva passato, e vedere di persona quanto lei e suo fratello fossero felici gli fece sperare che qualsiasi cosa Joseph avesse pianificato per lui e Felicity sarebbe finita allo stesso modo.

"Eccolo qui," disse Blake, dando il telefono in mano a Ryder.

Lui lo prese ed esaminò rapidamente i messaggi. L'ultimo che Blake gli aveva inviato risaliva a due giorni prima, circa una breve conversazione sulle scartoffie per aggiungerlo all'attività della Ace Security.

Ryder si inviò un messaggio di prova. Nel giro di pochi secondi il suo telefono vibrò. Ryder confrontò quel messaggio con quello ricevuto in precedenza; entrambi inviati da Blake, stesso numero di telefono.

Scuotendo la testa, girò lo schermo e mostrò a Blake e Alexis ciò che lo aveva portato a casa loro.

Alexis fece per prendere il telefono, poi esitò. "Posso vederlo?" gli chiese.

Ryder glielo consegnò con impazienza. Aveva bisogno di tornare dall'altra parte della città, da Felicity. Se lo sentiva.

Alexis cliccò alcuni pulsanti, poi, come se si rendesse conto che Ryder era sul punto di esplodere, glielo restituì. "Se avessi più tempo probabilmente potrei rintracciare il mittente. Almeno da quale cellulare proviene il messaggio. Ma onestamente, basta un pochino di esperienza, non è difficile usare un telefono usa e getta e modificare il numero."

Ryder scosse la testa. Lo sapeva, ma non l'aveva nemmeno considerato, visto che c'era in ballo la sicurezza di suo fratello.

"Vai," gli ordinò Blake. "Ti seguo a ruota."

"Ti *seguiamo* a ruota," gli fece eco Alexis. "Chiamo la polizia e dico loro di raggiungerci lì."

Ryder non rimase oltre, Blake e la sua ragazza iniziarono a discutere. Lui non voleva che Alexis si mettesse in mezzo a qualsiasi cosa stesse succedendo in palestra, ma non voleva nemmeno che rimanesse a casa da sola. Se quello era l'inizio di qualsiasi cosa Joseph avesse pianificato, quel pazzo non si sarebbe lasciato sfuggire l'occasione di attaccare tutti gli amici di Felicity, sapendo che avrebbe ferito anche lei.

Non aveva esitato a usare sua madre per arrivare a lei, quindi era ovvio che avrebbe usato i suoi amici più o meno allo stesso modo. Felicity lo sapeva, era per quel motivo che voleva scappare, ma per qualche ragione Ryder non ci aveva pensato, quando aveva ricevuto il messaggio che si supponeva fosse di Blake. Scosse la testa per il rimpianto. Era un idiota, Rex gli avrebbe fatto il culo se avesse fatto una cosa così stupida in una delle sue missioni.

Ryder tornò subito in palestra. La casa di Blake non era lontana, ma era troppo lontana per la *sua* tranquillità. Calcolò che probabilmente non era mancato per più di mezz'ora, ma a Joseph sarebbero bastati anche due minuti per rapire Felicity.

Non si preoccupò di accostare nel parcheggio sul retro della palestra, infatti lasciò la macchina proprio davanti alla Rock Hard Gym. Fu sollevato, tutto sembrava esattamente come quando se n'era andato prima, ma aveva ancora quella brutta sensazione a mordergli il culo.

Stava aprendo la porta d'ingresso della palestra quando vide Blake fermarsi dietro la sua auto. La settimana precedente, Cole aveva dato a Ryder la chiave della palestra con un sorrisetto e una pacca sulla spalla. Gli aveva detto che gli doveva il mondo per aver convinto Felicity a restare. Ryder era contento di essere stato accolto così facilmente dall'amico di Felicity, ma in quel momento era ancora più grato perché non aveva bisogno di aspettare l'arrivo di Cole per aprire la porta.

Aveva provato a chiamare ancora una volta Felicity mentre tornava da lei, ma di nuovo il telefono aveva squillato a lungo prima di far partire la segreteria telefonica.

Con il cuore in gola, Ryder corse attraverso l'area di

accoglienza deserta fino al corridoio sul retro dello spazio. Fece gli scalini due alla volta, facendo irruzione nel corridoio in cima. Armeggiò con la chiave troppo a lungo prima di aprire la porta dell'appartamento di Felicity. Corse dentro e si fermò brevemente alla vista che lo accolse.

Tutto sembrava normale.

Felicity era sul divano. Dormiva.

Trattenne il fiato. Sperava che dormisse.

Ryder si avvicinò a lei e, quasi vedendo la mano di qualcun altro muoversi verso la gola di lei, le controllò il battito cardiaco.

Lo sentì. Lento e costante.

Sospirò, sollevato. *Grazie, cazzo.*

Sentì Blake e Alexis entrare nell'appartamento dietro di lui, ma li ignorò. Tendendo una mano verso il basso, strinse leggermente la spalla di Felicity. "Svegliati, amore."

Ma lei non si mosse nemmeno.

Ryder si accigliò. Sapeva che Felicity era stanca, ma di solito aveva il sonno leggero. Aveva trascorso in quel modo gli ultimi dieci anni della sua vita, in un modo o nell'altro.

La scosse di nuovo, più forte. "Felicity," ripeté più forte.

Lei continuò a dormire, ignara di tutto ciò che le succedeva intorno.

"Resta qui," ordinò Blake.

Ryder alzò lo sguardo, lo vide parlottare con Alexis. Blake aveva una pistola in mano e strisciò lungo il corridoio fino alle camere da letto. Ryder rimise la mano sulla gola di Felicity, il battito cardiaco di lei lo rassicurava che lei stava davvero dormendo tranquillamente e non era morta.

Blake tornò dopo meno di un minuto portando con sé il piccolo Ace.

Ryder si accigliò ulteriormente. "Dov'è Nate?"

Blake si bloccò. "Nate?"

"Sì. Felicity faceva da babysitter ad entrambi mentre Grace e Logan erano a Denver a quello spettacolo che volevano vedere."

"Non c'era," disse Blake a bassa voce.

Ecco.

Ryder sentì lo stomaco attorcigliarsi così tanto che serrò le labbra per non vomitare.

Guardò Felicity dall'alto in basso e si accigliò.

"La polizia sta arrivando," disse Blake.

Ma Ryder non lo stava ascoltando. I suoi occhi vagavano per la stanza, cercando qualsiasi cosa fosse stata usata per mettere al tappeto Felicity. Perché era decisamente fuori combattimento. Non avrebbe mai dormito, se Joseph fosse entrato nell'appartamento e avesse rapito Nate.

Ryder sapeva di non essere stato via così a lungo. Forse Joseph si era fatto strada con l'inganno nell'appartamento e aveva usato il cloroformio per stordire Felicity. Scosse mentalmente la testa. No, lei non avrebbe aperto la porta a nessuno.

Guardò le foto che aveva fatto mettere a Felicity nel soggiorno, dopo averla incoraggiata. C'erano alcune foto di Grace e lei. Grace con i bambini. Una foto di gruppo di Alexis, Bailey, Grace e lei. Ogni singola foto era sdraiata a faccia in giù, sul proprio ripiano.

Poi notò qualcosa che non aveva mai visto prima. La sua giraffa. La sua amata giraffa di peluche giaceva al centro del pavimento, con la testa strappata dal corpo. Ryder non riuscì a toglierle gli occhi di dosso per un lungo momento.

"Quello stronzo è stato qui dentro," sussurrò Ryder.

"Come l'ha drogata?" chiese Blake, venendo vicino al

divano. Aveva passato Ace ad Alexis, che ora si trovava davanti alla porta dell'appartamento in attesa che arrivassero gli agenti di polizia. "Avrà spruzzato del gas sul posto? Avrà messo un tubo nel condotto dell'aria condizionata o attraverso una finestra?"

"Ace sta bene," disse Ryder a denti stretti, indicando il bambino ormai sveglio che piangeva tra le braccia di Alexis.

"Potrebbe averla drogata con qualcosa allora? Voglio dire, tu stai bene. Cosa ha mangiato che tu non hai mangiato?"

Gli occhi di Ryder andarono al bicchiere sul tavolino da caffè. Il bicchiere vuoto. Quello che aveva riempito d'acqua per lei. Due volte. "Cazzo. L'acqua. È il suo rituale. Beve un bicchiere pieno ogni sera. *Ogni* sera. È una cosa sua."

"E tu no?" chiese Blake, guardando il distributore d'acqua.

Ryder scosse la testa. "No."

"Come faceva a saperlo?"

Ryder scosse la testa ancora una volta, sempre scrutando la sala. Non sapeva cosa stava cercando. "Non ne ho idea. Le telecamere? Guarda attraverso le finestre? Non ne ho la minima idea."

I fratelli si guardarono a lungo prima che Blake dicesse: "Dobbiamo chiamare Logan. Dirgli di suo figlio."

Ryder fece un respiro profondo e guardò Felicity. Non solo l'aveva delusa, ma aveva deluso anche suo fratello e sua cognata. Sentiva l'odio crescere dentro di sé. Aveva già odiato prima, ma non così. Mai così.

Una cosa era salvare una donna che era stata tenuta prigioniera come schiava sessuale e scoprire che era stata ridotta a un guscio di ciò che probabilmente era prima.

Una cosa era irrompere in una stanza dove una donna era tenuta prigioniera da un ex amante che le puntava un coltello alla gola. Una cosa era prendere in braccio un bambino così spaventato che ogni muscolo del suo corpo si irrigidiva al suo tocco, anche se delicato.

Un'altra cosa era drogare la *sua* donna, rapire *suo* nipote e aspettarsi di passarla liscia. A Ryder scattò qualcosa dentro, non era sicuro di poter essere di nuovo lo stesso. L'odio era ben radicato dentro di lui, così denso e viscoso da rendergli difficile la respirazione. Joseph Waters era un uomo morto. Ryder si sarebbe assicurato che la sua morte fosse lenta e dolorosa. Lo avrebbe portato in un posto speciale usato dai Mercenari di Montagna e avrebbe compiuto la sua vendetta sulla carne di quel coglione centimetro per centimetro, cazzo. Quel tizio avrebbe presto desiderato non aver mai sentito il nome di Felicity, prima di morire.

Felicity.

Ryder guardò la donna che amava. Aveva gli occhi chiusi, ma era viva. Si sedette sul divano e la prese tra le braccia. In quel momento doveva fare qualcosa. Parlare con Logan. Cercare di chiamare Rex. Incontrare gli agenti di polizia. Qualsiasi cosa.

Ma l'unica cosa che riuscì a fare fu seppellire il volto tra i capelli di Felicity e ringraziare Dio che fosse viva e illesa. Mentre i sentimenti di odio si scontravano con i sentimenti di sollievo scaturiti dalla donna che teneva tra le braccia, Ryder organizzò il suo piano.

Joseph avrebbe contattato Felicity; ne era sicuro. Doveva solo essere pronto quando l'avrebbe fatto.

CAPITOLO DICIASSETTE

FELICITY SENTIVA VOCI basse tutto intorno a lei. Era estremamente intontita, ma aprì gli occhi lentamente. Non riconobbe il luogo in cui si trovava. La stanza era illuminata da un bagliore che entrava da una porta semiaperta nelle vicinanze, vide Ryder in piedi in fondo al letto su cui era sdraiata, intento a parlare con Blake.

"Ryder?" disse, le uscì un gracchiare più che una parola vera e propria.

In pochi secondi, le era accanto. "Ehi."

"Dove siamo?"

Lui non le rispose per un secondo, poi disse: "In ospedale."

Felicity spalancò gli occhi. *In ospedale?* Non si ricordava nulla. "Stai bene?"

Gli vide tremare le labbra, non per ridere. "Sto bene. Siamo qui per te. Ti ricordi cos'è successo ieri sera?"

Lei scosse subito la testa, ma chiese: "Joseph?"

La rabbia e la frustrazione erano facili da vedere negli occhi nocciola di Ryder, mentre annuiva. "Ti ricordi che ho ricevuto un messaggio da Blake?"

Felicity ci mise un attimo, ma poi annuì. "Sì. Eri preoccupato per lui." Vide Blake avvicinarsi con la coda dell'occhio, ma non distolse lo sguardo da quello di Ryder.

"Beh, era un tranello, proprio come pensavo all'inizio. Non avrei dovuto lasciarti sola."

"Mi ha violentata?" chiese Felicity, non volendo davvero sentire la risposta, ma allo stesso tempo spaventata di non saperlo.

"No." La risposta di Ryder fu rapida e succinta.

"Ma?"

"Ti ha drogata. Con ketamina e Rohypnol. Nella tua acqua."

Felicity assorbì la notizia. Ecco perché non ricordava nulla. "Perché? Solo per dimostrare che poteva?"

Ryder si passò una mano tra i capelli, per la prima volta distolse lo sguardo. Felicity si era già svegliata confusa e nervosa, ma non era niente in confronto a come si sentiva in quel momento. Sentiva una voragine nello stomaco, le tremavano le mani. "Che cosa è successo?" chiese sottovoce.

Ryder la guardò e Felicity sentì la mano di Blake premerle sul polpaccio, così si fece forza.

"Nate è sparito."

Felicity sbatté le palpebre. "Cosa?"

"Nate. Joseph ti ha drogato, poi è entrato nel tuo appartamento e ha preso Nate. Sappiamo che è stato lui, perché le telecamere esterne lo hanno mostrato chiaramente. Lo stronzo si è persino sforzato di guardare in alto, dritto nell'obiettivo, e ha sorriso mentre se ne andava."

"Ma l'avete trovato, vero?"

Ryder scosse la testa.

Felicity lo fissò per un momento, poi il suo sguardo si

voltò verso Blake. "Joseph ha chiamato, però, non è vero? Per dire quanti soldi vuole?"

Sentì il dito di Ryder sul mento, mentre la costringeva gentilmente a guardarlo. "Joseph non ha chiamato, amore. Nate è scomparso da venti ore. Non sappiamo dove sia e non abbiamo indizi."

Felicity sbatté di nuovo le palpebre. Poi cominciò a iperventilare. Si era materializzata la sua peggiore paura: ferire qualcuno a lei caro, per colpa di quel coglione di Joseph. Grace e Logan dovevano essere devastati. Santo cielo, si doveva occupare dei gemelli e li aveva delusi. Completamente. Iniziò a piangere, incapace di trattenersi. Senza nemmeno provare a nascondere le lacrime, Felicity guardò Ryder impotente.

"Respira," le disse con fermezza. "Rallenta il respiro o starai male."

Lei ci provò, ma era impossibile. Non c'era abbastanza aria nella stanza. Stava soffocando.

Ryder le prese la testa e portò il volto a pochi centimetri dal suo. "Respira con me. Guardami. Ecco fatto. Dentro... Fuori...Dentro... Fuori. Bene. Di nuovo."

Felicity fece come ordinato, imitando il respiro di Ryder fino a rallentare le inspirazioni abbastanza da far entrare un flusso costante di ossigeno nei polmoni. Era consapevole del fatto che Ryder le toglieva le lacrime con i pollici, ma lo sentiva a malapena attraverso il suo dolore.

"Grace mi odierà."

"Non ti odia," disse Blake. "Per niente."

"Devo andare da lei." Felicity non sapeva se la sua migliore amica avrebbe voluto vederla, ma doveva esserci, per lei.

"Appena il dottore arriva e ti controlla, andiamo a casa loro," le disse Ryder.

Felicity annuì. Si accasciò contro il cuscino e chiuse gli occhi. Sentì la mano di Ryder afferrarla e si sentì più forte semplicemente perché lui era lì con lei. Non cercò di dirle che tutto sarebbe andato bene. Le tenne semplicemente la mano.

A un certo punto, in attesa dell'arrivo del medico per andarsene, il dolore di Felicity si trasformò in rabbia. Joseph non aveva alcun diritto di drogarla, o di entrare nel suo appartamento senza invito. Sicuramente non aveva il diritto di rubare un bambino indifeso. Era abbastanza. L'aveva terrorizzata per anni. Aveva ucciso Colleen. Aveva ucciso sua madre. Chissà quanta altra gente aveva ferito. Ma ormai Felicity ne aveva abbastanza.

"Ora basta," disse, asciugandosi le lacrime dal viso.

"Cosa?" chiese Ryder.

"Non mi nasconderò più da lui. Sono stufa di fargli credere di essere in vantaggio." Allungò una mano e afferrò l'avambraccio di Ryder, che giaceva sul letto accanto a lei. "Farò tutto il necessario per farlo cadere. Farò da esca. Guiderò fino a Chicago, fino a casa di suo padre. Non mi interessa."

"Lo troveremo e ci riprenderemo Nate," le disse Ryder.

"Certo," ringhiò con fermezza Felicity.

A quelle parole, Ryder abbozzò un sorriso.

"Non c'è niente da ridere," si infuriò lei.

"Lo so. Ma credimi... sono così fottutamente felice che tu non stia più piangendo. Preferisco di gran lunga che tu sia arrabbiata, piuttosto che a pezzi."

"Sono furibonda," gli disse.

"Anch'io, Felicity. Anch'io."

Lei aprì la bocca per rispondere, ma il medico la interruppe entrando nella stanza.

Nel giro di un'ora, Felicity era stata dimessa, Blake se

ne andò per tornare a casa di Logan. Nathan era già lì con Alexis, Bailey e suo fratello Joel.

Felicity e Ryder andarono alla stazione di polizia. Logan non voleva lasciare Grace, così chiese a Ryder di parlare con l'agente al suo posto. Siccome Felicity non voleva stare da nessuna parte se non al fianco di Ryder e aveva ancora paura di andare a trovare Grace, andò con lui alla stazione di polizia.

"Come ti senti?" le chiese Ryder.

Felicity lo guardò. Erano nell'area di accoglienza della stazione di polizia, in attesa del detective. "Sto bene."

Quando Ryder non disse nulla, ma digrignò i denti abbastanza forte da fargli vibrare i muscoli, Felicity gli mise una mano sul braccio. "Sto *bene*," ripeté.

"Ha messo abbastanza ketamina e Rohypnol nella tua acqua da ucciderti," disse Ryder.

"Ma non l'ha fatto," gli fece notare lei, poi aggiunse: "Guardami."

Lui si voltò per guardarla, lei quasi trasalì nel vedere il dolore e la rabbia emanate da quegli occhi color nocciola. Aveva visto scorci del Mercenario in passato, ma in quel momento Ryder sembrava pronto ad uccidere chiunque si mettesse in mezzo. "Non l'ha fatto," gli ripeté in un sussurrò.

"Ti ho passato quel bicchiere," disse Ryder con dolcezza, placando per un istante la rabbia nello sguardo omicida. "Ti ho servito quell'acqua avvelenata su un piatto d'argento."

"Non dire così," gli ordinò Felicity. "Non lasciarti travolgere."

"Troppo tardi," le rispose con una risata. Ma non c'era alcun divertimento. Era autoironico e pieno di derisione, tanto che Felicity si sentì di nuovo un groppo in gola.

Si alzò dalla sedia e si inginocchiò sul pavimento, davanti a Ryder. Gli cullò il viso tra le mani, come lui aveva fatto spesso con lei. "Lo ucciderai," gli disse dolcemente, in modo che nessun altro potesse sentirla. "Troverai Nate e lo porterai a casa da Grace e Logan. Non lasciare che la tua rabbia si metta in mezzo."

Per la prima volta da quando si era svegliata, Felicity vide nel volto del suo uomo un'emozione diversa dalla furia assoluta. "Avrebbe potuto ucciderti."

"Ma non l'ha fatto. Quello è stato il suo errore." Colse l'occasione per dirlo, ma era quello che pensava da quando si era resa conto di ciò che era successo. "Avrebbe potuto uccidermi e farla finita. Invece ha preso Nate solo per fare lo stronzo. Ma lui vuole farmi infuriare perché ha preso il bambino. Mi contatterà, presto. Lo so, e lo sai anche tu. Ho bisogno che tu sia abbastanza lucido da sostenermi. Se sei troppo accecato dalla rabbia, non puoi farlo efficacemente. Mi hai sentito?"

Ryder aveva chiuso gli occhi a metà del breve discorso, ma alla domanda li aprì, poi inclinò la testa in una delle mani di lei.

"Ti sento, amore," le disse dolcemente. "Puoi fidarti di me."

Felicity sospirò sollevata. Era la prima volta che lui tornava affettuoso, da quando si era svegliata. Aveva quasi paura di averlo perso. Ma il suo Ryder era tornato.

"Bene. E sai cos'altro?"

"Cosa?"

"Ti devo ancora quel pompino." Aveva detto quell'ultima cosa solo per cercare di alleggerire il momento. Non era esattamente in vena di fare sesso, ed era ovvio che non lo fosse nemmeno lui, ma le sue parole funzionarono. Infatti, Ryder fece un piccolo sorriso.

"Ovvio."

Si guardarono a vicenda per un bel po' di tempo, finché una voce non chiamò: "Felicity Jones e Ryder Sinclair?"

Felicity si voltò e vide il detective in piedi sulla porta della sala d'attesa. Fece fatica ad alzarsi, ma Ryder era lì pronto ad aiutarla a rimettersi in piedi. Camminarono mano nella mano nella zona posteriore della stazione di polizia di Castle Rock.

Dopo essersi sistemati sulle sedie davanti al detective Chris Baker, questi disse loro perché li aveva chiamati. "Giusto per essere sicuri che non ci fosse alcun collegamento tra il rapimento del suo figlioccio e quello che è successo circa un anno fa, abbiamo chiamato il penitenziario di stato e abbiamo controllato i genitori di Grace. Sono stati interrogati hanno dichiarato di non sapere nulla del rapimento del loro nipote."

Felicity sussultò. Non aveva nemmeno pensato al coinvolgimento di quei due bastardi. Certo, non sarebbe stata sorpresa, erano persone davvero terribili. Probabilmente avrebbero voluto vedere il nipote in pericolo. "Conoscono in qualche modo Joseph?"

Il detective Baker sembrò a disagio per la prima volta. Armeggiò con una penna sulla scrivania di fronte a lui e si rifiutò di incontrare i loro occhi prima di dire: "Dopo aver parlato con entrambi, non pensiamo che siano coinvolti. Margaret non ha avuto alcuna reazione al nome di Joseph, quando ha saputo della scomparsa di suo nipote, è sembrata sinceramente sorpresa. Poi si è messa a ridere. Ha detto che sua figlia se lo meritava. Walter non sembrava aver avuto alcuna reazione. Non se la passa bene in prigione. Gli altri detenuti non hanno una grande considerazione di lui."

"Ha riso?" chiese Felicity con tono incredulo.

"Sì, signora."

"Quella *stronza*," sbottò lei. "Sapevo che era senza cuore, ma Dio, quel bimbo è sangue del suo sangue."

Ryder le mise una mano sulla gamba e la strinse. "Non le importava minimamente di sua figlia, perché dovrebbe importarle di suo nipote?"

"Non lo so, ma comunque. Questo è solo... Non so cosa sia."

Ryder le strinse la gamba ancora una volta, poi si voltò verso il detective. "L'ha detto a mio fratello, o a Grace?"

Baker scosse la testa. "No. Stavo per dirglielo, quando siete arrivati qui."

Felicity guardò Ryder con preoccupazione. Se Logan avesse sentito quello che Margaret Mason aveva detto di sua figlia, avrebbe perso la testa. Né lui né Grace avevano bisogno della negatività di quella stronza, in quel momento. Fu molto contenta di essere andata in centrale al posto di Logan e Grace, per parlare con Baker.

Il detective continuò. "Quindi, con i genitori esclusi, stiamo ancora controllando la videosorveglianza nel centro della città per vedere se riusciamo a trovare altre prove. Abbiamo in programma alcuni interrogatori e..."

Felicity smise di ascoltare il detective e guardò Ryder. Entrambi sapevano cosa avrebbe trovato la polizia: niente. Il giorno prima avevano saputo che la donna delle pulizie della palestra, la signora Hanley, era stata trovata assassinata in casa sua. Non avevano idea che fosse scomparsa, perché la palestra veniva ancora pulita regolarmente. Da chi, non avevano prove concrete, ma avevano un'ipotesi piuttosto buona. Pensavano che la morte della donna fosse il modo più probabile in cui Joseph aveva avuto accesso alla palestra.

No, i poliziotti non avrebbero scoperto nulla di

nuovo guardando i video di sorveglianza di Joseph che ruba il piccolo Nate dall'appartamento di Felicity e dalla palestra. Sapevano già chi era stato. Tutto quello che dovevano fare era aspettare che lo stronzo si facesse vivo e finisse il suo inseguimento decennale, una volta per tutte.

Come se fosse giunto alla stessa conclusione, Ryder si alzò in piedi di scatto. "Grazie per avercelo fatto sapere," gli disse bruscamente.

"Non... non c'è di che," balbettò il detective. Strinse la mano a Ryder, e subito dopo Felicity si accorse che il suo uomo la stava portando fuori dalla soffocante stazione di polizia.

Il viaggio di ritorno verso casa di Logan e Grace trascorse in silenzio. Ryder le prese di nuovo la mano quando arrivarono. Felicity aveva bisogno di quel legame. Cercava di essere dura e coraggiosa, ma era difficile.

"Rex ha detto qualcosa?" chiese Felicity a Ryder prima che arrivassero alla porta d'ingresso.

Lui scosse la testa. "No."

"Ma ci sta provando, vero?"

Ryder la guardò, mettendole le mani sulle spalle. Lei fu di nuovo colpita dall'intensità del suo sguardo. All'esterno era calmo, ma l'assassino letale era ormai uscito allo scoperto.

"Stanno facendo tutto il possibile per trovare Nate, amore. Rex ha chiesto favori, i ragazzi hanno contattato i loro agganci. Lo troveremo."

Felicity si morse un labbro. "Joseph vorrà che lo incontri. Mi sbatterà in faccia che lui sa dov'è il bambino e io no."

"Non andrai con quello stronzo. Non se ne parla. Non posso perderti, Felicity."

Lei lo guardò con gli occhi pieni di lacrime. "Anche se significa far morire tuo nipote?"

Ryder allora chiuse gli occhi, la frustrazione e l'impotenza fin troppo chiare nel suo sguardo. Ma quando riaprì gli occhi subito dopo, Felicity sussultò per la luce intravista.

"Non si arriverà a questo. Non lo permetterò. Felicity, devi sapere che *sei* la mia prima preoccupazione. Lo sarai sempre, da qui in poi. Tu vieni prima di tutti. Ti amo, Felicity. Più di quanto abbia mai pensato di poter amare qualcuno in tutta la mia vita. Smuoverei mari e monti per assicurarmi che tu abbia abbastanza da mangiare, un tetto sopra la testa, qualsiasi cosa materiale di cui hai bisogno, e che tu sia al sicuro."

"Ryder..." iniziò lei, ma lui la interruppe.

"Detto questo, sto cercando di rimanere fiducioso che Rex troverà Nate. Se non lui, allora la mia squadra. Se non loro, Alexis scoprirà qualcosa nelle sue ricerche. Ha quel guru del computer che la sta aiutando. Joseph è intelligente, ma non lo è *così tanto*. Ha commesso un errore. Me lo sento nello stomaco."

"Quindi non pensi che abbia ucciso Nate?" chiese Felicity. Era la sua più grande paura.

Ryder scosse immediatamente la testa. "No, è proprio come hai detto tu. Vuole controllarci con il fatto che lui sa dove si trova il bambino, e noi no."

"Perché ci mette così tanto a contattarmi?"

"Non lo so. Ma lo farà. E presto."

"Lo spero".

"Fidati. Presto metteremo fine a questa storia."

Felicity fece un passo avanti, appoggiando la fronte sul petto di Ryder. Lui la abbracciò e rimasero così per alcuni lunghi minuti. Assorbendo l'amore l'uno dell'altra.

Furono interrotti quando Nathan aprì la porta d'ingresso. Anche lui, Bailey e Joel erano a casa di Logan. Logan voleva che ci fossero anche Blake e Alexis, sostenendo che sarebbero stati più al sicuro se le famiglie fossero state tutte insieme, ma loro si erano rifiutati. Alexis stava usando freneticamente le sue capacità informatiche per vedere cosa poteva trovare su Joseph e aveva detto che sarebbe stata più efficace a casa sua o negli uffici della Ace Security.

"Logan ha appena ricevuto una chiamata. Il numero indicato era il tuo, Ryder... È lui. Vuole parlare con Felicity."

Entrambi si irrigidirono.

"Il mio numero?" chiese Ryder, rivolgendosi immediatamente a suo fratello.

Anche se era completamente concentrato su ciò che diceva Nathan, lo stomaco di Felicity si strinse quando Ryder allungò la mano e le afferrò la sua, intrecciando le dita, mostrandole che stava ancora pensando a lei nonostante il dramma in corso.

Lei gli strinse forte la mano mentre entravano.

"Sì. Pensiamo che stia ancora usando un aggeggio per manipolare il numero del chiamante."

Ryder annuì e si diresse verso Logan, che si trovava al tavolo della sua sala da pranzo. Per il momento ne avevano fatto il loro quartier generale. Il tavolo era pieno di carte, tazze da caffè vuote e tre portatili.

Grace era in piedi accanto al tavolo con Ace in braccio. Come se il bambino sapesse che qualcosa non andava, scrutava costantemente l'ambiente circostante con gli occhietti. Felicity non sapeva molto dei bambini, men che meno dei gemelli, ma immaginava che il piccolo fosse alla ricerca di suo fratello. Erano stati insieme fin dal grembo materno. Doveva essere un po' strano che Nate non fosse più al suo fianco.

La migliore amica di Felicity sembrava esausta. Aveva delle occhiaie profonde e non si era fatta la doccia quella mattina. I capelli castani le pendevano pesanti e spenti intorno al viso, i suoi occhi avevano perso lo scintillio che avevano avuto da quando i suoi genitori erano stati messi in prigione.

Logan non aveva un aspetto migliore. Anche lui aveva profondi segni intorno agli occhi. Il suo corpo era teso, saltava al minimo suono. Sembrava anche che non riuscisse a stare lontano dalla moglie e dal figlio, come se non tenerli nel suo campo visivo li avrebbe in qualche modo fatti sparire in una nuvola di fumo, come era successo con Nate.

Nathan tornò verso Bailey. Felicity non era sicura di dove fosse Joel, probabilmente al piano di sopra a giocare a un videogioco.

Logan diede il suo telefono a Ryder senza dire una parola.

Ryder si rivolse a Felicity e si mise il telefono contro il petto, in modo che Joseph non sentisse le sue parole.

"Ti ricordi cosa abbiamo detto, vero?" le chiese con voce sommessa.

Felicity annuì e recitò doverosamente il piano. "Non inimicarmelo. Ascoltare e acconsentire a tutto ciò che vuole. Cercare di convincerlo a dimostrare che ha preso Nate."

"Bene," annuì Ryder. Poi la tirò verso di lui e le baciò la fronte. La girò in modo da averla contro il petto e poi la cinse con le braccia, tenendo il telefono tra le mani in modo che fosse di fronte ad entrambi.

La posizione era intima, Felicity si sentiva circondata

da Ryder. Le dava il coraggio che aveva quasi perso in quel momento. Sentì Ryder farle un respiro profondo contro la schiena, e lei fece lo stesso. Non poteva mandare tutto all'aria. C'era in gioco la vita di Nate.

Ryder cliccò sul pulsante dell'altoparlante e Felicity disse: "Pronto?"

"Megan. È proprio bello sentire la tua voce dopo tutto questo tempo," disse Joseph.

Felicity chiuse gli occhi. Non riusciva a fermare i tremori che la attraversavano. Era passato un decennio da quando aveva sentito la voce di Joseph, ma sapeva che non l'avrebbe mai dimenticata. "Dov'è Nathan?"

"Tsk, tsk, tsk, tsk," la sgridò Joseph. "Nemmeno un saluto civile?"

"Dov'è? Voglio sentirlo."

"Non sei tu che comandi qui," le disse Joseph, subito aggressivo. "Sono io. E se mai vuoi rivedere quel monello, modera il tuo tono, sii un po' più educata e fai esattamente quello che ti dico. È il minimo che tu possa fare, visto che ho qualcosa che vuoi. Tu, e solo tu, mi incontrerai al Clear Creek Canyon Park." Poi ridacchiò, emettendo un suono malvagio che fece accapponare la pelle di Felicity. "Credo che gli Anderson conoscano esattamente il posto di cui parlo, perché è dove la piccola Alexis ha passato un po' di tempo sepolta fino al collo. Ma dico sul serio, Megan, solo tu. Incontriamoci lì e ti porterò dal monello."

"Come faccio a sapere che stai dicendo la verità?" chiese Felicity. "Come so che Nate è ancora vivo?"

"Ora dovrai fidarti di me, vero?"

"Fidarmi di te?" chiese Felicity, incredula. Lottava per trattenere le sue parole, ricordando che non doveva inimicarsi Joseph, ma non ci riuscì. "Non hai fatto altro che rendere la mia vita un inferno negli ultimi dieci anni. Perché dovrei fidarmi di te adesso?"

"Perché sì!" urlò Joseph. "Sono un uomo! Le puttane mentono, non i veri uomini. Tutto quello che le donne sanno fare è mentire, cazzo. Apri la bocca ed ecco una bugia. Non avete integrità e siete tutte fottutamente deboli. Ti presenterai lì tra tre ore, o questo prezioso bambino non vedrà mai più i suoi genitori. Crescerà senza mai sapere il suo vero nome, senza sapere che ha un gemello da qualche parte, nel mondo."

Ovviamente, sentendo il rantolo di Felicity, aggiunse: "Esatto, Megan. L'ho nascosto in un posto sicuro, non lo rivedrai mai più se non seguirai le mie indicazioni alla lettera. Fatti vedere da sola, stronza, o la povera piccola Grace non vedrà mai più il suo bambino."

Detto ciò, Joseph riagganciò.

Ci fu un lungo silenzio nella stanza, prima che Grace scoppiasse in lacrime.

Logan prese sua moglie tra le braccia, facendo il possibile per consolarla, ma tenne gli occhi su Ryder e Felicity.

Ryder chiuse la schermata della chiamata e fece cadere le braccia. Felicity rabbrividì per la perdita del suo calore corporeo, ma lui la girò immediatamente.

"Non andrai lassù da sola," le disse.

"Certo che no," rispose subito Felicity.

Ryder apparve sorpreso. "Non voglio stare vicino a Joseph Waters," gli disse. "È pazzo da legare, ha ucciso mia madre, non gliene frega un cazzo di nessuna donna e non esiterebbe a farmi del male. Non mi fido di lui, per quanto mi riguarda. Quindi sì, non ho intenzione di andare nel bel mezzo del deserto del Colorado a incontrare l'uomo da cui sto scappando da solo dieci anni. So che ha detto che dovrei andare da sola, ma non può davvero pensare che lo farò."

"Ma ha detto che non ti avrebbe detto dov'era Nate se non fossi stata da sola," disse Grace, ansimando accanto a loro.

Ryder le rispose prima che Felicity potesse dire qualcosa. "Non le dirà dove *si* trova tuo figlio anche se lei si presenta da sola. Avrà bisogno di essere convinto."

"E come pensi di farlo?" chiese Bailey. Era stata zitta fino a quel momento, ma quella era una buona domanda.

Felicity guardò l'uomo che amava con tutto il cuore. Odiava il fatto di aver portato Joseph Waters nella vita della sua migliore amica, ma se c'era qualcuno che poteva aiutarla a porre fine al regno del terrore di Waters e salvare Nate, quello era sicuramente Ryder.

"Il mio amico Black è un grande interrogatore. Non avrà problemi a ottenere informazioni da un codardo come Joseph Waters. Quello stronzo si è sempre visto consegnare tutto su un piatto d'argento. È uno dei motivi per cui si comporta come un ragazzino viziato, quando si tratta di Felicity. Le acrobazie che ha fatto nell'ultima settimana sono state più fastidiose che minacciose. Ma ha superato il limite prendendo Nate. Rex è incazzato. Il capo dei Mercenari di Montagna è un uomo che è meglio avere come alleato, che come nemico."

Poi si rivolse a Grace. "Troveremo Nate," le disse con assoluta convinzione.

"Vengo con voi," disse Logan.

"Anch'io," disse Nathan.

Ryder annuì. "Andremo a prendere Blake lungo il tragitto."

Felicity guardò Ryder e i fratelli Anderson. L'atmosfera nella stanza era intensa, ma non aveva dubbi che con quei quattro uomini alle sue spalle, Joseph Waters non sarebbe stato più un problema.

"Parleremo di strategia durante il viaggio," disse Logan. "Abbiamo solo tre ore. Dobbiamo andare."

Ryder annuì. Poi si avvicinò a Grace, si fermò davanti a lei e portò una mano al neonato che aveva in braccio. Si chinò per parlare all'orecchio di Ace. "Troverò tuo fratello, Ace. Te lo giuro."

Come se il bambino avesse capito le parole dello zio, agitò le braccine in aria e gli rispose con dei versetti.

Felicity allora versò una singola lacrima. Ryder aveva proprio tante sfaccettature della sua personalità, lei le amava tutte. C'era il lato premuroso che la trattava sempre con rispetto. Poi c'era il lato romantico, potevano fare l'amore per ore senza altre preoccupazioni al mondo. Il lato lussurioso che la prendeva come voleva, in qualsiasi posizione volesse. Il lato tosto che avrebbe sfoderato la forza letale, se ciò significava tenerla al sicuro. E infine c'era il lato tenero che si era preso il tempo di rassicurare un bimbo sul futuro del fratellino scomparso. Sarebbe stato un padre meraviglioso. Un marito meraviglioso. Lei lo voleva. Voleva *tutto* di lui.

Le sue lacrime si asciugarono man mano che la sua determinazione si rafforzava. Joseph non le avrebbe mai portato via Ryder. Assolutamente no. "Andiamo," sussurrò. "Andiamo a porre fine a questo incubo una volta per tutte."

CAPITOLO DICIOTTO

L A 370Z DI Ryder rimbalzava sulla strada sterrata. Avevano svoltato fuori dalla Route 6, sulla triste parvenza di una strada. Le rocce raschiavano la parte inferiore della sua auto sportiva, ma a Ryder non interessava. Poteva sostituire l'auto. L'attenzione era tutta concentrata sul confronto imminente.

I suoi fratelli lo seguivano nella macchina di Logan. Non sapeva come si sentisse Blake a tornare dove Alexis era quasi morta, ma onestamente non riusciva nemmeno a pensarci, in quel momento.

Ovviamente Joseph aveva fatto le sue ricerche sugli Anderson e aveva scelto quella location apposta per cercare di buttarli giù emotivamente, ma non avrebbe funzionato. Ryder conosceva ormai i suoi fratelli abbastanza bene da sapere che tutti i loro pensieri si concentravano su ciò che poteva accadere nei prossimi minuti.

La vita di Nate dipendeva dal fatto che facessero tutto bene.

Ryder si fermò alla fine della strada e fece cenno a Felicity di scavalcare la leva del cambio e di scendere dalla sua parte. Non voleva rischiare che Joseph cambiasse idea e decidesse di spararle subito. Non pensava che fosse quello il suo piano, ma non era nemmeno disposto a rischiare la vita della sua donna.

Lui e Felicity pensavano che Joseph volesse portarla via in un luogo nascosto, dove poterla torturare a suo piacimento. *Quello* non sarebbe mai successo.

Ryder sapeva che i suoi fratelli erano ben armati, proprio come lui. Aveva una pistola in una fondina alla schiena, un'altra in una fondina sul fianco e tre coltelli nascosti. Felicity voleva portare una pistola, ma lui l'aveva dissuasa. Aveva la massima fiducia in se stesso e nei suoi fratelli, per poterla proteggere. L'ultima cosa che voleva era che Joseph si impossessasse in qualche modo di qualsiasi arma che Felicity potesse avere. Inoltre, l'assassino era Ryder, non lei. Avrebbe fatto qualsiasi cosa per tenerla lontana dal rimorso di uccidere, non importava quanto fosse sicura di poter gestire l'uccisione di Joseph, se fosse stato necessario.

Ryder strinse saldamente la mano di Felicity mentre la aiutava a uscire dal lato del guidatore della sua auto. Ryder si guardò intorno cercando Joseph, ma non lo vide. Ebbe di nuovo la solita sensazione spiacevole, lo stronzo era lì, semplicemente non si vedeva ancora.

Tirando Felicity verso di sé per renderla meno esposta, Ryder attese che si avvicinassero i suoi fratelli.

"È qui?" chiese Logan a bassa voce.

Ryder annuì. "Sì, lo sento che è in agguato da qualche parte."

"Anch'io," concordò Blake.

Proprio allora Joseph uscì allo scoperto, dietro alcuni alberi a circa venticinque metri di distanza.

"Le donne non sanno mai seguire le indicazioni," disse, rivolgendosi al gruppo.

"Dov'è Nathan?" gridò Felicity.

"Allontanati da loro," le ordinò Joseph, avvicinandosi.

Felicity si mosse, ma Ryder le tenne la mano per un lungo momento. "Non fare l'eroina," l'avvertì. "Non credere a niente di quello che dice."

Lei lo guardò con impazienza. "Non lo farò. E fidati di *me*," disse seria, "non farò la stupida."

Ryder fece la cosa più difficile che avesse mai fatto in vita sua. Lasciò andare la mano di Felicity.

———

Felicity poteva sentire il cuore che le batteva selvaggiamente nel petto. Lasciare andare la mano di Ryder era stato come penzolare da un burrone di cento metri e lasciare andare l'unica cosa che le impediva di sprofondare verso la morte.

Si allontanò di quattro passi da Ryder e dai suoi fratelli, guardandosi indietro per vederli in fila dietro di lei. Le lacrime minacciavano di impedirle la vista dei fratelli che le coprivano le spalle, ma chiuse gli occhi. Aveva bisogno di essere lucida e di essere attenta a tutto ciò che Joseph aveva in serbo per lei. Ovviamente aveva in mente qualcosa. Quell'uomo era un perdente ferito e non l'avrebbe voluta lì, in mezzo al nulla, senza un qualche tipo di piano.

Felicity guardò lo stronzo che la perseguitava e la terrorizzava da quando aveva vent'anni. Per molti versi, aveva lo stesso aspetto che aveva al college. Aveva sempre la stessa aria di superiorità, un'aria che indossava come un mantello. I suoi capelli castano scuro, quasi neri, erano molto corti.

Aveva un po' più di rughe in viso, rispetto a quando era più giovane.

I suoi occhi azzurri e luminosi erano tanto penetranti di intensità quanto lo erano stati allora, ma Felicity poteva scorgere anche un accenno di inquietudine. Probabilmente si aspettava che Ryder si facesse vivo, forse anche Logan, ma l'arrivo di tutti e quattro i fratelli Anderson, che sembravano incazzati da morire, lo aveva scosso.

"Ebbene?" gli chiese. "Sono qui. E adesso?"

"Dovevi essere da sola."

"Sì, beh, scusa, ma non sono così stupida. Non sarei mai venuta a incontrarti da sola. Non mi fido di te, così come tu non ti fidi di me."

Joseph incrociò le braccia sul petto, come se si stesse preparando per una lunga conversazione. "Allora, Megan, come ci si sente ad avere qualcuno che si intromette nella propria vita? Fa schifo, vero?"

Lei digrignò i denti. Odiava il modo in cui Joseph pronunciava il suo vecchio nome. "Il mio nome è Felicity, adesso."

La ignorò. "Mi ci è voluto molto tempo per trovarti, ma devo dire che gli ultimi sei mesi sono stati piuttosto divertenti. Se avessi saputo fino a che punto saresti rimasta nascosta, avrei lasciato che questo giochetto continuasse ancora per un po'."

"Che cosa significa?" chiese Felicity, odiando il fatto che probabilmente gli stava chiedendo esattamente quello che lui voleva, ma dannazione, aveva il diritto di saperlo.

"Significa che se avessi saputo quanto eri disperata, quanto spesso ti muovevi, quanto non ti facevi degli amici, non utilizzavi il credito, non avevi nemmeno una vera patente di guida... Avrei potuto farmi da parte e lasciarti continuare a vivere in fuga. Ma d'altra parte è stato estremamente gratificante fare l'unica cosa che sapevo ti avrebbe fatto tornare a Chicago."

Felicity strinse i pugni. Si rifiutò di chiedergli cosa intendesse dire, lo sapeva già.

"Sì, dolce piccola Megan. Tua madre. Avrei dovuto ucciderla anni prima. Tutto questo avrebbe potuto essere fatto molto prima, ma ero occupato. Non è facile essere il figlio di Garrick Watson. Mio padre mi teneva occupato, ma sono stato comunque in grado di costruire il mio impero proprio sotto il suo naso."

Poi scoppiò a ridere, senza alcuna gioia, facendo rabbrividire Felicity.

"Potrebbe interessarti sapere che ho fatto del mio meglio per farmi dire da tua madre dove diavolo eri. Ha resistito abbastanza bene. Non ha implorato per la sua vita fino alla fine." Fece spallucce. "Avrei giocato più a lungo, ma lei si è mossa sotto il mio coltello nel momento sbagliato e sono scivolato. Le ho tagliato la gola molto prima di essere pronto."

"Fottuto bastardo," Felicity fece un passo verso Joseph prima di rendersi conto di quello che stava facendo. "Non ti ha mai fatto niente."

"Al contrario," ringhiò lui. "È una fottuta donna. Non mi serve *nessuna* di voi. Se facessi a modo mio, sareste tutte tenute chiuse in casa. Non al lavoro. Non a sputare le vostre stronzate 'Sono brava come un uomo'. Perché, indovina un po', non lo sei. Nessuna donna sarà *mai* brava quanto un uomo."

"Basta con le stronzate," urlò Ryder, ovviamente al limite della pazienza. "Dov'è Nathan?"

A quelle parole, Joseph si mosse improvvisamente, tirando fuori una pistola e puntandola verso Ryder.

"Chiudi quella cazzo di bocca. Sono io che comando, qui. Ho in mano *tutte le* carte."

Come in una coreografia, tutti e quattro i fratelli tirarono fuori le loro pistole e le puntarono contro Joseph nello stesso momento.

"Indietro, Felicity," le ordinò Ryder.

"No, non farlo, *Megan,*" sibilò Joseph. "Resta dove sei o potresti finire con una pallottola nella rotula... per cominciare." Il pazzo tirò fuori un'altra pistola e la puntò contro di lei.

Felicity rimase immobile. Alzò le mani in segno di resa. Le girava la testa. Si sentiva come nel mezzo del Far West. Non le piaceva particolarmente avere quattro pistole puntate da dietro... beh, non erano puntate contro di lei, ma non era nemmeno convinta di essere completamente fuori dalla linea di fuoco.

Una goccia di sudore le scivolò lungo il viso, ma la ignorò. "Non mi muovo," disse dolcemente. "Voglio solo assicurarmi che Nate stia bene."

"Cammina verso di me," ordinò Joseph. "Vieni con me e ti porterò dal bambino."

Non gli credette neanche per un secondo.

"Non muoverti, Felicity," ringhiò Ryder da dietro, più vicino. Lei non distolse lo sguardo da Joseph per controllare, ma le sembrò che il suo uomo si fosse avvicinato da sinistra, quindi tentò un passo in quella direzione.

"Smettila di muoverti," gridò Joseph, vedendo anche i movimenti di Ryder.

La sua pistola oscillava da destra a sinistra. "Anche tu, stronzo. Se pensi che non ti veda muoverti, sei stupido quanto Megan."

Poi le puntò addosso entrambe le pistole. Felicity

guardò le canne delle pistole, poi gli occhi chiari di Joseph. Era furioso.

"Non doveva essere così difficile," sbraitò Joseph. "Tutto quello che dovevi fare era seguire una semplice istruzione. Venire da sola. Ma no, certo che no. Nessuna puttana fa quello che le viene detto. Nemmeno la tua cazzo di coinquilina di tanti anni fa. Tutto quello che volevo era che facesse quello che le dicevo, ma non poteva farlo. Mi assillava, giorno dopo giorno. Non potevo sopportarlo, cazzo. È mio diritto, come uomo, di mantenere la disciplina in casa mia. Non facevo altro che prenderla a schiaffi e lei non la smetteva di piangere, cazzo. Tutta la notte. Implorando che aveva bisogno di vedere un dottore. Urlando che si era rotta il braccio. Una fottuta piagnucolona del cazzo. Le ho detto di stare zitta più e più volte e l'ho avvertita che se non l'avesse fatto se ne sarebbe pentita. Alla fine, non ho avuto altra scelta che farla stare zitta io stesso. Cazzo, il suono benedetto del silenzio quando ha esalato l'ultimo respiro e ha smesso di piagnucolare... era quasi eccitante."

Felicity ascoltò con orrore Joseph che descriveva gli ultimi momenti di Colleen.

"Joseph, posso..."

"No! Fottiti!" ruggì, poi sparò un colpo.

Il terreno davanti a lei esplose in una nuvola di polvere e Felicity sentì i detriti che le colpivano le gambe. Per fortuna i suoi jeans ridussero al minimo i danni, ma qualcosa la colpì duramente. Si costrinse a stare in piedi, sapendo istintivamente che se si fosse accartocciata a terra, Ryder avrebbe sparato a quello stronzo e avrebbero perso la possibilità di trovare Nate.

Stringendo i denti rimase in piedi, portando tutto il suo peso sulla gamba destra. Così com'era, poteva sentire il ringhio che veniva da dietro di lei. Tutti e quattro gli uomini erano pronti a combattere.

"Vieni subito qui, cogliona!" urlò Joseph.

"Non credo proprio," rimbombò una nuova voce nella radura.

Scioccata, dal momento che non aveva sentito l'arrivo di nessun altro, Felicity girò la testa quanto bastava per tenere d'occhio Joseph, non gli avrebbe certo dato la possibilità di colpirla, girandosi del tutto; intravide un uomo mai visto prima gettarsi nella mischia come se non avesse una sola preoccupazione al mondo.

———

Ryder non aveva mai voluto uccidere nessuno così tanto quanto voleva uccidere Joseph Waters. Aveva già pensato di volerlo morto in passato. Ma in quel momento era una certezza. Aveva sparato alla sua donna. Aveva sparato a lei, cazzo. L'unica cosa che gli impediva di riempire l'uomo con un intero caricatore di proiettili era la consapevolezza che non avrebbero mai saputo dove fosse Nate, se l'avesse fatto. Doveva tenerlo in vita e portarlo da Black. Il suo amico e compagno di squadra avrebbe fatto cantare quello stronzo usando qualsiasi mezzo necessario. Una volta ottenuta la posizione di Nate, Black gli avrebbe restituito Joseph e Ryder avrebbe potuto avere la sua vendetta. Per lui, per Felicity e per Nate.

Proprio quando cominciò a premere il grilletto per far esplodere il ginocchio di Joseph, guardò incredulo mentre un uomo si lanciava in piena linea di fuoco come se non si accorgesse nemmeno delle sei pistole puntate l'una contro l'altra.

"Garrick Watson," disse sottovoce, facendo sapere ai suoi fratelli chi fosse il nuovo arrivato.

Rex gli aveva inviato una foto di quell'uomo dopo essere stato informato dell'intera situazione. Non assomigliava per niente a un boss della mafia. Non era molto alto, un paio di centimetri sotto il metro e ottanta. Aveva capelli neri lunghissimi, che gli passavano sulla fronte come quelli di Justin Bieber. Lo stile sembrava ridicolo, per un uomo della sua età. Indossava un paio di jeans attillati e una polo bianca abbottonata fino al mento. Una giacca nera completava l'outfit.

Ryder avrebbe potuto crederlo effeminato, se non fosse stato per l'assoluta mancanza di emozioni sul volto di quell'uomo. Era uno sguardo spietato che Ryder aveva visto sul volto di molti assassini. Era un uomo senza scrupoli e senza tenerezza. Aveva letto il fascicolo su Garrick Watson e sapeva che quell'uomo non era esattamente Madre Teresa, ma anche se non avesse letto il fascicolo sullo sconosciuto appena arrivato, avrebbe capito con un solo sguardo che era meglio non farselo come nemico.

Probabilmente era diventato così potente a Chicago per quel motivo. Mancanza di rimorso, mancanza di compassione, non aveva difficoltà a sbarazzarsi dei problemi in modo permanente, il tutto combinato per renderlo uno spaventoso figlio di puttana.

Sapendo che Garrick non si era teletrasportato nella radura, Ryder si voltò e vide una Lincoln Town Car lucida ed elegante parcheggiata dietro i loro veicoli sulla strada sterrata. Due uomini muscolosi le stavano davanti, con le braccia incrociate. Tornando alla scena di fronte a sé, Ryder sapeva che le cose si sarebbero messe male in fretta, se fosse successo qualcosa a Garrick, perché le sue guardie del corpo non avrebbero esitato a sparare per uccidere, ma per il momento, Joseph e suo padre erano la sua unica preoccupazione.

Il dito di Ryder si mosse di nuovo sul grilletto della pistola. Voleva davvero tanto far fuori sia Joseph che Garrick, ma si trattenne, doveva vedere come si sarebbe risolta la situazione.

Come se anche lei avesse avuto gli stessi pensieri di Ryder, Felicity cominciò lentamente a zoppicare all'indietro verso di lui. Ryder mantenne l'attenzione divisa tra Joseph e suo padre, ma sospirò con sollievo quando Felicity lo raggiunse. Ryder la spinse dietro di sé con forza e aspettò.

"Joseph, cosa ti avevo detto?" chiese Garrick a suo figlio, prendendo il punto esatto dove era stata Felicity, ovvero tra gli Anderson e Joseph. A quanto pare non si preoccupava dei quattro uomini con le pistole puntate alla schiena.

"Papà, cosa ci fai qui?" piagnucolò Joseph.

"Sistemo la tua merda... di nuovo," rispose Garrick, con tono tagliente.

Ryder guardò Logan per una frazione di secondo. Quando questi ricambiò lo sguardo, si limitò a scrollare le spalle, indicando che non era sicuro di come sarebbe andata a finire e che dovevano stare all'erta.

"Non c'è niente da sistemare, papà," disse Joseph, la finta spavalderia facile da sentire nella sua voce.

"Col cazzo che non c'è," rispose Garrick. "Hai idea con chi hai a che fare?"

"Ha bisogno di imparare la lezione," ritentò Joseph.

"Che si fotta, non è importante," disse suo padre.

A Ryder non piaceva sentir dire che la donna che amava non era importante, ma si morse la lingua.

"Il nome 'Mercenari di Montagna' ti dice qualcosa?"

urlò Garrick a suo figlio. "Non hai sentito una sola fottuta cosa che ho detto, in questi anni, sulla discrezione?"

"Tu non capisci," squittì Joseph. "Si è intromessa nella mia vita e deve imparare a stare al suo posto. Le donne non contano. L'hai detto tu stesso. È per questo che tu e gli zii non siete sposati. Perché le donne sono cittadine di seconda classe e non sono degne della nostra attenzione."

"Allora perché le stai *dedicando* così tante attenzioni?" chiese Garrick.

Ryder tenne la pistola su Joseph. Al momento, era più pericoloso di suo padre.

"Deve pagare," disse ancora Joseph, insistendo sul suo punto di vista.

"Se non metti giù le armi e non vieni con me, rovinerai tutto quello che ho costruito negli ultimi trent'anni," disse Garrick con un pizzico di acciaio nella voce. "Di' al signor Anderson dove diavolo hai nascosto suo figlio e la faremo finita. Tornerai a Chicago con me, lo compenseremo per qualsiasi angoscia mentale tu abbia fatto passare a lui e alla sua famiglia, e fine della storia."

"No!" esclamò Joseph. "Non lo farò."

Garrick fece un passo verso il figlio. "Dov'è il bambino?" chiese a voce bassa.

Gli occhi di Joseph guizzarono da suo padre a Felicity.

Ryder allungò una mano per assicurarsi che lei fosse ancora dietro di lui. Era lì, immobile. Lasciava che lui la proteggesse. Si fidava di lui. Anche se la situazione faceva schifo, Ryder fu travolto da un'ondata d'amore.

"Guardami, figliolo." Quando Joseph fissò il padre, Garrick continuò. "Non vogliamo i Mercenari di Montagna a morderci il culo. Capito? Dimmi dov'è il bambino."

"No." Joseph suonava petulante, ma assolutamente inflessibile.

"Non so dove ho sbagliato con te," disse Garrick scuotendo la testa. "Quando sei nato, avevo grandi speranze. Eri curioso e intelligente. Ma quando eri in quinta elementare, mostravi già i primi segni del bullo. Non hai mai capito che governare le persone attraverso il rispetto e un po' di paura è molto più efficace che rimproverarle costantemente e usare il ricatto."

"Ho cercato di insegnarti che c'è un tempo e un luogo per la violenza, ma tu sembravi adorarla. Quando eri al liceo ho dovuto pagare quel giudice per tirarti fuori da quell'accusa di aggressione, pensavo che avessi imparato la lezione. Ma poi sei dovuto andare a fare di nuovo casino con quella stronza al college, e ho dovuto ripulire anche quel casino." Garrick scosse di nuovo la testa e andò avanti. "Sei una vergogna. *Una vergogna.* Non so dirti quanti dei miei uomini sono venuti da me negli anni a lamentarsi di te. Per dirmi tutti i modi in cui hai fatto un casino. A questo punto, penso che sarei stato meglio senza un figlio."

"Ho sempre fatto tutto quello che mi hai detto," protestò Joseph. Strinse la pistola in mano così forte che le sue nocche stavano diventando bianche. "Ma non sei mai stato soddisfatto. Mai. Sei stato tu a dirmi che le donne sono spazzatura. Che erano buone solo per scopare. Ti guardavo quando ero ancora alle elementari, ti vedevo con le puttane che assumevi. Non te la sei fatte mai sfuggire, quando ti mancavano di rispetto. Ho fatto solo quello che mi hai insegnato, papà. E questa puttana mi ha mancato di rispetto. E non gliela farò passare liscia."

Garrick si avvicinò al figlio. "Ti ho anche insegnato la discrezione. Ma non hai mai imparato quella cazzo di lezione. Non si uccide una puttana e non si scarica il suo corpo per essere trovati dalla polizia nel proprio quartiere. Non colpisci le puttane dove le loro urla possono essere sentite dagli altri. Te la sei voluta tu. Ti ho detto più volte di lasciar perdere, che niente di quello che lei diceva di te sarebbe mai rimasto, ma tu non hai voluto ascoltare. Proprio come non ascolti mai." Garrick scosse ancora la testa e sbuffò con esasperazione. "Per una volta nella tua patetica vita, ascolta quello che ti dico. Dimmi dov'è il bambino."

"Vaffanculo," disse Joseph a suo padre, la voce resa tremante dall'odio. "Vai all'inferno."

"Oggi sarai tu l'unico ad andare all'inferno," ringhiò Garrick. Poi, senza dire altro, tirò fuori una pistola da sotto la tuta e sparò a suo figlio in mezzo agli occhi.

Joseph cadde all'indietro, colpendo il suolo con un tonfo. I suoi occhi azzurri fissavano, senza più poterlo vedere, il bellissimo cielo del Colorado.

"No!" urlò Logan.

Ryder sentì Felicity scattare dietro di lui, ma tolse gli occhi di dosso a Garrick. L'uomo aveva sparato a suo figlio a sangue freddo, senza un attimo di esitazione. Chissà cos'altro avrebbe potuto fare.

L'uomo più anziano si voltò verso di loro, tutti e quattro i fratelli puntarono le pistole contro il boss della mafia.

Garrick teneva le braccia sollevate. Una mano era aperta, l'altra teneva ancora la pistola che aveva usato per uccidere il figlio, ma il dito non era sul grilletto. Per la prima volta, guardò Felicity. "Mi scuso a nome di mio figlio per i guai che hai dovuto sopportare negli ultimi dieci anni," le disse in tono formale. "Gli ho detto di smetterla, di lasciarti in pace, pensavo mi avesse ascoltato, ma mi sbagliavo. Sarai ricompensata per i guai che hai passato e sarai libera da qualsiasi tipo di punizione o attenzione da parte mia o del resto della mia famiglia."

Ryder sentì Felicity ansimare dietro di lui. Non sapeva se fosse per indignazione o per sorpresa, ma si concentrò sui movimenti delle mani dell'uomo. Se avesse mosso l'indice verso il grilletto della pistola che teneva ancora in mano, gli avrebbe fatto saltare le cervella.

Garrick si rivolse a Logan. Il fratello maggiore degli Anderson aveva entrambe le mani che impugnavano la pistola, puntata proprio in mezzo agli occhi di Garrick. Entrambi rimasero immobili.

"Farò tutto ciò che è in mio potere per trovare suo figlio e restituirglielo. Io e la mia famiglia non abbiamo nulla contro lei e i suoi fratelli."

"Forse tu non ce l'hai con noi, ma noi ce l'abbiamo con te," sbraitò Logan. "Quello stronzo di tuo figlio ha rapito il mio."

Garrick fece spallucce. "Non è la prima volta che mi odiano, non sarà l'ultima. Ma onestamente, non è la *tua* rabbia quella che mi preoccupa." Poi si rivolse a Ryder e abbassò la pistola, come se non fosse successo niente.

Fino a quel momento il boss della mafia non aveva mostrato alcuna emozione, ma le sue parole successive furono quasi imploranti. Sembrava più sconvolto di quando aveva chiesto al figlio di mettere giù le armi. "Ryder, per favore, di' a Rex che mi scuso per mio figlio. Stava agendo per conto suo. Rex sa che non approvo le azioni di Joseph. Assicurati che sappia che ciò che ha fatto *non* è stato deciso da me o dai miei fratelli."

"Come facevi a sapere dove saremmo stati?" chiese Ryder.

Garrick scrollò le spalle. "Rex mi ha chiamato e mi ha

informato. Ero già a Castle Rock per recuperare mio figlio, ma era un po' troppo tardi."

Ryder era sconvolto. Aveva chiamato il suo ex capo dei Mercenari per aggiornarlo, ma Rex non aveva detto nulla riguardo al fatto di chiamare il padre di Joseph. *Ma che cazzo?*

"Allora, glielo dirai?" insistette Garrick.

"Non gli dirò un cazzo finché non riavremo mio nipote," disse Ryder con calma. "Se vuoi tenere i Mercenari di Montagna lontano dal tuo culo e fuori dal tuo cortile, allora trova Nathan Anderson e riportalo a casa sano e salvo. *Poi* lo prenderò in considerazione."

Ryder sapeva che stava sfidando la sorte, ma l'uomo di fronte a lui non era stupido. Era spietato e aveva appena ucciso il proprio figlio. In più, voleva disperatamente tenere Rex fuori dai suoi affari.

"Affare fatto," disse, poi annuì a Ryder. Ignorò gli altri uomini e passò accanto a loro diretto verso l'elegante Lincoln Town Car nera su cui era arrivato. Le sue enormi guardie del corpo armate lo stavano aspettando.

"Non possiamo lasciarlo andare via," disse Logan, chiaramente agitato, mentre Garrick tornava in macchina. "Non sappiamo dove sia Nate."

Blake mise la mano sul braccio del fratello. "Lui non sa dove si trova."

"Come fai a saperlo?" gridò Logan, stringendo la mano a Blake. "Forse è stato coinvolto per tutto il tempo. Forse prenderà mio figlio al posto del suo."

"Penso che sia stato onesto," disse Nathan.

"Cazzo," imprecò Logan. "Cazzo, cazzo, cazzo. Non posso andare a casa e dire a Grace che Nate è ancora là fuori da qualche parte, e che l'unica persona che sapeva dove si trova è morta. Non posso proprio." Alzò lo sguardo verso Ryder, implorandolo con gli occhi per fargli fare qualcosa... qualsiasi cosa.

Ryder si sentiva male. L'unica leva che avevano a disposizione era la paura che Garrick aveva di Rex. Non sapeva se il boss della mafia di Chicago avrebbe davvero cercato il piccolo Nate, ma doveva crederci. Lo avrebbe fatto mettere sotto pressione da Rex.

"Mi dispiace, Logan. Mi dispiace tanto."

Tutti guardarono la Town Car fare manovra e sfrecciare lungo la strada sterrata. Mentre l'auto spariva, in lontananza suonavano delle sirene. Ryder sapeva che Logan aveva chiamato il detective Baker, che a sua volta aveva probabilmente chiamato la squadra speciale degli SWAT di Denver. I fratelli si voltarono a guardare Joseph. Era disteso nel punto in cui era caduto, per terra.

Felicity si mise al fianco di Ryder, che le mise subito un braccio intorno alle spalle. Era contento, perché finalmente Felicity era libera di vivere la sua vita dove e come voleva, senza doversi mai preoccupare che Joseph le facesse passare di nuovo l'inferno. Ma a quale prezzo? Sapeva, come se lei glielo avesse detto ad alta voce, che Felicity avrebbe preferito farsi ancora perseguitare da Joseph, se solo questo avesse significato far tornare a casa il piccolo Nate con i suoi genitori e il fratello gemello.

I cinque rimasero immobili in silenzio ad aspettare l'arrivo della polizia.

Logan pianse lacrime silenziose e nessuno disse una parola, perché nessuno sapeva cosa dire.

CAPITOLO DICIANNOVE

CI VOLLE UN BEL PO' di tempo per poter lasciare la scena. Il detective Baker voleva informazioni sul rapimento, anche la polizia di Denver aveva un sacco di domande su Joseph e su quello che era successo. Felicity non li biasimava. I cadaveri non erano esattamente rari, ma non erano nemmeno eventi quotidiani.

Il piano originario era che Ryder portasse via Joseph dalla zona, prima che la polizia arrivasse al punto d'incontro. Lo avrebbe portato a Colorado Springs e al resto dei Mercenari di Montagna. Lì, Joseph sarebbe stato interrogato, soprattutto da Black. Il piano era che gli altri fratelli e Felicity avrebbero incontrato gli ufficiali e detto loro che Joseph era scappato e che Ryder era sulle sue tracce.

Ma tutto ciò era andato a puttane, dal momento che dovevano spiegare quel cadavere.

Logan, Blake e Nathan lasciarono parlare Ryder. Annuirono nei momenti giusti, alla fine il detective della polizia di Denver permise a tutti di tornare a Castle Rock. Apprese che il piccolo Nate era ancora disperso e rassicurò tutti che la polizia di Denver avrebbe fatto tutto il possibile per trovare il bambino, dato che era stato rapito nella loro giurisdizione.

Logan tornò a casa con Felicity e Ryder.

Fu un viaggio per lo più silenzioso. Felicity aveva così tante emozioni e adrenalina in corpo che aveva la nausea. Sollievo. Terrore. Disgusto. Shock. E preoccupazione. Tanta, troppa preoccupazione.

Si fermarono nel vialetto di Logan, e lui disse dolcemente. "Vi prego, lasciatemi un momento da solo con Grace, così posso dirglielo."

"Vuoi che ce ne andiamo?" chiese Ryder.

"No," rispose subito Logan, Felicity sospirò sollevata. Non voleva andare da nessuna parte. Voleva stare al fianco della sua migliore amica finché il suo bambino non le fosse tornato tra le braccia.

"Allora staremo qui finché non avrete bisogno di noi," disse Ryder al fratello.

Logan scese dall'auto sportiva, con le spalle basse, e si diresse verso la porta d'ingresso. Felicity rimase immobile. "Non l'ho mai visto così giù," disse Felicity in un sussurro. "Anche quando Grace era scomparsa per un paio d'ore, era più determinato che spaventato. Ed è stato molto bravo con Blake quando era sulle tracce di Alexis. Ma ora... Crede che non rivedrà mai più suo figlio." Felicity si voltò per affrontare Ryder. "Pensi che Joseph lo abbia ucciso?"

Ryder scosse la testa. "No, credo che abbia fatto proprio quello ha detto. L'ha scaricato da qualche parte e aveva intenzione di tornare a prenderlo. Penso che volesse davvero torturare Logan con la consapevolezza che suo figlio sarebbe cresciuto da qualcun altro per far parte del mondo di Joseph."

Ryder portò una mano sul viso di Felicity e le passò

lentamente un pollice su una guancia. "È finita, amore. Non devi più avere paura."

Lei si lasciò sfuggire un singhiozzo, ma si coprì gli occhi con una mano e fece del suo meglio per controllarsi. Se si fosse messa a piangere in quel momento, non si sarebbe fermata. Non riteneva giusto sentirsi così dannatamente sollevata, sapendo quanto dolore provassero Logan e Grace.

"Dio, odio tutto questo," disse Ryder a voce bassa.

Felicity annuì, ma non si tolse la mano dagli occhi.

Una bussata al finestrino di Ryder le fece alzare lo sguardo. Era Blake. Ryder aprì la portiera. "Ora possiamo entrare," disse tristemente.

Felicity aprì la portiera e incontrò Ryder sul davanti della macchina. Lui le afferrò la mano e lei fece del suo meglio per controllare le lacrime ancora una volta. Anche tenergli la mano le sembrò diverso, ora che non doveva mai più preoccuparsi che Joseph la rintracciasse.

Entrarono in casa dietro Blake. Appena entrati, sentirono Grace piangere come se tutto il suo mondo fosse andato in pezzi... in effetti era proprio così che si sentiva.

Si fecero strada nell'ampio soggiorno e videro Grace e Logan seduti sul pavimento, al centro della stanza. Sembrava che Grace fosse crollata quando suo marito le aveva dato la brutta notizia sul bambino.

Bailey era in piedi di lato, teneva in braccio Ace, Joel aveva le braccia attorno alla sorella, pensieroso.

Nell'istante in cui entrarono in scena, il volto in lacrime di Grace si rivolse a Felicity. "È colpa *tua*. Se non fosse stato per te, avrei ancora il mio bambino."

Felicity ansimò e si portò una mano al petto. Era come se la sua migliore amica l'avesse appena pugnalata con un coltello, quelle parole le fecero troppo male. Le lacrime che aveva trattenuto a malapena le sgorgarono dagli occhi. Fece un passo indietro, desiderava fuggire. Voleva essere ovunque tranne che lì.

Ma Ryder non voleva lasciarle la mano. Felicity si avvicinò e cercò di strappare le dita, ma lui non fece altro che stringere più saldamente. "Oh mio Dio, ti prego, lasciami andare," lo implorò. Non riusciva a gestire la situazione. *Era* colpa sua. Se fosse fuggita quando aveva pianificato, Nate sarebbe stato ancora lì, sarebbe stato con la sua famiglia.

"Mi dispiace! Non dicevo sul serio!"

Felicity alzò lo sguardo attraverso le lacrime e vide Grace che si alzava a fatica. La fissava e scuoteva la testa.

"Leese. Ma per favore. Non dicevo sul serio. Non è colpa tua. Non lo è."

A quel punto, quando Felicity tirò la mano, Ryder la lasciò andare.

Fece un paio di passi stentati verso Grace, e caddero l'una nelle braccia dell'altra. Entrambe singhiozzarono istericamente.

"Mi dispiace, mi dispiace tanto," singhiozzò Felicity.

"No, dispiace *a me*," le rispose Grace, appena comprensibile per i suoi ansimi e le sue lacrime. "So che non è stata colpa tua. È stata *sua*. Di nessun altro. Mi hai sempre detto di non scusarmi per le cose che facevano i miei genitori, quindi ti sto dicendo la stessa cosa. Logan troverà nostro figlio. Lo so."

Felicity sentì una mano sul gomito che guidava sia lei che Grace verso il divano, ma non alzò la testa dalla spalla della sua migliore amica. Si tenne stretta il più possibile. Crollarono sui cuscini, aggrappandosi ancora l'una all'altra, continuarono a piangere.

In breve tempo, sentì qualcuno alle sue spalle. Era

Bailey. Stava avvolgendo le braccia sia di Felicity che di Grace. Felicity alzò lo sguardo e vide anche Alexis seduta dietro a Grace, con le braccia intorno a lei. Le quattro donne si rannicchiarono sul divano per almeno mezz'ora, parlando tranquillamente tra un pianto e l'altro.

Nathan preparò una cena leggera, ma nessuno, a parte Joel, aveva davvero voglia di mangiare.

Quando fuori fece buio, Ryder si mise accanto a Felicity. "È ora di andare a letto, amore."

Felicity annuì. Abbracciò Grace e Bailey un'altra volta, diede la buonanotte agli uomini e seguì Ryder, con la mano stretta nella sua. Lui li condusse di sopra, nella stanza in cui dormivano da quando lei era uscita dall'ospedale e chiuse la porta tranquillamente dietro di loro. "Vai a prepararti. Mi cambierò e farò le mie cose quando avrai finito."

Felicity annuì e andò nel piccolo bagno annesso.

Quando uscì, Ryder indossava un paio di boxer e camminava avanti e indietro per la stanza. La baciò sulla fronte mentre si dirigeva verso il bagno.

Felicity si mise una canottiera nera e si tolse jeans. Si sistemò sotto la trapunta e attese.

L'attesa non fu molto lunga. Ryder aprì la porta del bagno un minuto dopo, si avvicinò al muro e spense la luce, lasciando la stanza al buio. Lei lo sentì fare il giro del letto e poi sentì il letto inclinarsi leggermente, mentre lui ci saliva dall'altra parte.

Poi andò tra le sue braccia, finalmente libera di rilassarsi.

Era stata tesa tutto il giorno. Non aveva dubbi che Ryder avrebbe impedito a Joseph di prenderla, ma era stata comunque una situazione molto stressante. Poi, quando Grace l'aveva incolpata del rapimento di Nate, aveva sentito fermarsi il cuore. Aveva avuto la stessa sensazione quando la sua sensibile migliore amica aveva ritrattato immediatamente la sua accusa e si era sentita sinceramente in colpa per averla pronunciata.

Si sciolse tra le braccia di Ryder. Seppellendo il naso nella calda pelle del collo di lui, poteva sentire la barba contro la guancia. Sopraffatta dalle sensazioni, pianse di nuovo.

Ryder non le disse una sola volta di smettere. La strinse più forte e la lasciò piangere.

Dopo un po', Felicity si calmò, tirando su con il naso. Che vita difficile.

Ridacchiando, Ryder si chinò e prese un fazzoletto dal suo comodino. Glielo consegnò senza dire una parola.

Non sentendosi per nulla imbarazzata, anche se probabilmente avrebbe dovuto esserlo, Felicity si asciugò gli occhi e si soffiò il naso. Gettò il fazzoletto usato verso il proprio comodino e si rannicchiò di nuovo contro Ryder senza controllare di aver centrato il cestino.

"Cazzo," disse Ryder a bassa voce. "Sono felice di essere qui con te."

Felicity annuì. "Anch'io."

"Sono combattuto," continuò. "Sono devastato per Logan e Grace. Sono incazzato da morire con Garrick, e anche con Rex per averlo mandato all'incontro. Ma sollevato come non mai perché tu sei libera."

Felicity non poteva che annuire di nuovo. *Sì*. Sentiva le stesse emozioni, e molto di più. Alzando la testa, gli sussurrò: "Ti amo."

"E io amo te. Tanto, cazzo," disse Ryder. "Voglio scoparti a morte per festeggiare il fatto che finalmente puoi andare dove vuoi e fare quello che vuoi, ma purtroppo questo non è né il momento né il luogo."

Quelle parole la fecero agitare, nemmeno lei si sentiva pronta a fare l'amore. "Pensi che Garrick lo troverà?"

Ryder sospirò. "Non lo so. Non lo so e basta. Se non riusciva a controllare suo figlio quando era vivo, non sono sicuro che sarà in grado di capire cosa Joseph avesse pianificato, specialmente ora che è morto. Vorrei che Black avesse potuto mettere le mani su di lui. Avremmo scoperto con certezza se Nate fosse vivo o morto."

Ryder fece una pausa e dopo un paio di minuti disse: "Non prendere sul serio quello che ha detto Grace."

Sapendo esattamente cosa volesse dire, Felicity gli rispose tranquillamente: "Sto cercando di non farlo. Voglio dire, in realtà, il rapimento di Nate *è stata* colpa mia. Mi stavo prendendo cura di loro. Joseph era in città per colpa mia. Voleva arrivare a me facendo del male a quelli che amo."

"Felicity," disse Ryder burbero, "non farlo."

"Ma sia come sia," continuò rapidamente lei, "so che alla fine ho fatto la cosa giusta tanti anni fa, chiamando la polizia. Joseph ha ucciso Colleen. Era uno stronzo violento a cui piaceva fare del male alle donne. L'hai sentito. Ci considerava esseri umani di second'ordine. Se non fosse stato Nate, avrebbe fatto del male a qualcun altro. A Joel, forse. O a Bailey, o ad Alexis. Non si può dire cosa avrebbe fatto. Non mi dispiace che sia morto," disse con ferocia. "Non pensare che mi dispiaccia. Vorrei solo che fosse morto più lentamente e più dolorosamente."

"Penso che sia per questo che Garrick ha fatto quello che ha fatto. Sapeva che se i Mercenari di Montagna gli avessero messo le mani addosso, avremmo saputo tutto sulla sua operazione a Chicago. E Joseph *era* suo figlio, anche se era una spina nel fianco. Così lo ha ucciso nel modo più misericordioso possibile."

"Ryder?"

"Sì, amore?"

"Voglio restare qui finché Nate non torna a casa. Ma so che probabilmente non..."

"Non finire quella frase," disse Ryder con durezza. "Io vado dove vai tu. Se tu sei qui, ci sono anch'io. Ho dormito accanto a te per circa un mese. Non farmi smettere ora. Non quando sei libera di essere mia, senza alcuna barriera."

"Ok," disse Felicity a bassa voce. "Ryder?"

Lui ridacchiò, rilassandosi, dato che lei gli aveva permesso di restare sempre al suo fianco. "Sì?"

"Mi sposerai, vero?"

"Sì, ma non ti è permesso chiedermi di sposarti. Ricordi?"

Felicity annuì. "Me lo ricordo. Ma ho scelto il nome Jones solo perché era generico, ci sono così tante persone con quel cognome che speravo Joseph non mi trovasse. Non ci sono affezionata. Francamente, lo odio."

"Cosa ne pensi di Sinclair come cognome?" chiese Ryder, stringendo le braccia attorno a lei.

"Lo adoro. Felicity Megan Sinclair."

"Bello," mormorò lui.

"E allora?"

"E allora cosa, amore?"

"Allora, hai intenzione di fare la proposta?"

"Sì. Quando troveremo Nate e tutto si calmerà, avrai la tua proposta. Poi andremo a sposarci in tribunale. Nessuna lunga attesa. Ok?"

"Mi sembra una buona idea. Ho già sprecato abbastanza della mia vita in fuga."

"Bene."

"Ora dormi, amore. Non so cosa porterà il domani.

Dobbiamo seguire i movimenti di Joseph da quando ha preso Nate fino ad oggi. È scomparso dopo averlo preso, deve essere stato quando lo stava nascondendo da qualche parte. Rex e i miei compagni di squadra scopriranno tutto quello che possono. Penso che Logan e Grace dovranno rilasciare qualche intervista e forse qualche conferenza stampa. Più attenzione riusciamo a portare su Nate, meglio è. Il detective Baker ha detto che farà partire anche un allarme generale. Grace avrà bisogno di te più che mai."

"Sì." Felicity abbracciò Ryder ancora più forte. "Ti amo."

"Ti amo anch'io. Ora dormi."

Felicity pensava che non si sarebbe mai addormentata, ma ci riuscì nel giro di dieci minuti, cedendo alle emozioni della giornata.

Non avrebbe mai saputo che Ryder era rimasto sveglio per più di due ore, semplicemente tenendola tra le braccia. Non avrebbe mai saputo delle lacrime che lui aveva pianto, o sentito quelle parole sussurrate: "Grazie a Dio sei salva, cazzo."

CAPITOLO VENTI

A MIGLIAIA DI chilometri di distanza, in una zona malandata e pericolosa di San Antonio, Maria Gonzalez era seduta in una minuscola e angusta camera da letto all'interno di un piccolo appartamento. La porta della sua camera da letto era di solito chiusa a chiave dall'esterno, ma dopo essersene andato, Maldad non l'aveva chiusa a chiave.

L'uomo che le aveva reso la vita un inferno non le aveva mai detto il suo nome, Maria aveva cominciato a chiamarlo Maldad nella sua testa, dopo la sua prima settimana nell'appartamento della prigione. *Malvagio.* Si adattava a quell'uomo, in tutti i sensi.

Aveva lasciato mille dollari insieme al suo "regalo" e le aveva detto di andare a casa.

A casa.

Non era sicura di quanto tempo fosse passato da quando aveva lasciato la sua città natale, Fresnillo, nello stato di Zacatecas, in Messico, probabilmente cinque anni.

Era stata estremamente stupida. Pensava di sapere tutto quello che c'era da sapere sul mondo, a diciotto anni.

Era stanca di badare ai suoi fratelli e sorelle minori, per non parlare dei cugini, voleva trovare di meglio che lavorare nelle miniere, come facevano i suoi genitori, le zie e gli zii. Quando aveva letto l'annuncio sul giornale rivolto a ragazze che avevano bisogno di trasferirsi negli Stati Uniti per lavorare in una nuova e imminente industria, aveva ignorato gli avvertimenti di sua madre e se n'era andata nel cuore della notte dalla loro fatiscente casa.

All'inizio sembrava tutto a posto. Lei e altre quattro donne si erano incontrate in un bar del posto. Avevano ricevuto vestiti nuovi e più soldi di quanti ne avessero mai avuti in tutta la loro vita. Erano salite su un camion ed erano state portate al nord.

Ma da qualche parte lungo la strada, le cose erano cambiate. L'uomo che era stato così gentile con loro a Fresnillo era scomparso, sostituito da un vecchio imbronciato che non diceva loro più di due parole.

Quando si erano avvicinati al confine, le aveva chiuse in alcune casse. Maria era rimasta chiusa per ore in quella piccola cassa di legno. Pensava di morire lì dentro, ma non era andata così. Ripensandoci, *magari* fosse morta.

Era stata portata lì, in quell'appartamento, dove aveva incontrato Maldad per la prima volta. Non aveva idea di cosa fosse successo alle altre ragazze che avevano viaggiato da Fresnillo con lei, ma supponeva che non le importasse. Probabilmente erano state chiuse in una stanza, proprio come lei, costrette a fare le stesse cose che era stata costretta a fare lei.

Maria all'inizio aveva combattuto, ma alla fine si era arresa. Maldad la possedeva. Era libero di farle tutto ciò che voleva, era suo diritto lasciare che chiunque altro facesse di lei ciò che voleva.

E così faceva.

E così facevano.

Era stata picchiata e maltrattata in modo così orribile nel corso degli anni, che ormai era solo un guscio della giovane donna idealista che era stata una volta.

Ma poi, circa una settimana prima, Maldad era tornato da lei, inaspettatamente. Le aveva aperto la porta e, invece di stuprarla, le aveva rifilato un fascio di coperte. Poi aveva gettato un passaporto americano e un mucchio di soldi a terra, accanto al materasso sporco e macchiato, e le aveva detto: "Vai a casa, ragazza." La chiamava sempre "ragazza". Tutti gli uomini che le facevano visita la chiamavano così. Nessuno le aveva mai chiesto quale fosse il suo nome, perché semplicemente non gliene fregava un cazzo.

"Vai a casa, ragazza," le aveva detto. "Prendi il bambino e non tornare più. Mai più. Non dire a nessuno dove l'hai preso o cosa è successo qui. Se lo fai, ti troverò e ti ucciderò. Lentamente e dolorosamente."

Se n'era andato di fretta dopo essere arrivato, non curandosi del piccolo che le aveva tirato addosso, sicuramente non gli importava di un cazzo.

Maria guardò il neonato. Era adorabile. I suoi capelli castani erano lunghi, per l'età che dimostrava. Era paffuto, come solo i bambini sani possono essere. I fratelli e le sorelle di Maria non erano mai stati così belli come quel bambino. Avevano sempre fame a casa, non avevano mai abbastanza da mangiare, i loro occhi spenti e le pance sporgenti lo dimostravano.

Ma erano stati amati.

Proprio come quel bambino.

Maria se ne accorse subito dalla costosa tutina e dal colorito perfetto della sua pelle.

Il primo giorno aveva sorriso per tutto il tempo e non

aveva avuto paura di lei. Solo un bambino mai stato ferito da altri sarebbe stato così apertamente affettuoso.

Maria all'inizio aveva troppa paura a lasciare la sua prigione. Aveva paura che fosse una trappola e che se avesse messo piede fuori dalla sua stanza, Maldad sarebbe spuntato dal nulla e le avrebbe fatto del male per aver cercato di scappare. Aveva già provato a scappare una volta, una settimana dopo essere stata rinchiusa nella sua prigione. Una settimana dopo essere stata ripetutamente violentata da Maldad e dai suoi amici. Avevano riso, quando lei aveva pianto e li aveva supplicati di lasciarla andare, di smettere di farle del male. La punizione per aver tentato di fuggire era stata cento volte peggiore di quella che aveva sopportato la prima settimana. Non avrebbe mai commesso l'errore di tentare di scappare di nuovo. Aveva imparato la lezione nel modo più duro, tanti anni prima.

Ma dopo un po' di tempo, il bambino aveva fame. Si era sporcato. Maria non aveva niente con cui fare un pannolino, tranne una maglietta strappata lasciata da uno dei suoi aguzzini. Così si era fatta strada con cautela dalla sua stanza aperta verso la cucina. Non c'era nessuno in agguato a picchiarla perché aveva messo piede fuori dalla sua prigione. Non c'era cibo per bambini, ma era riuscita a schiacciare i piselli da una lattina nella dispensa. C'era del latte in polvere, che aveva cercato di diluire, ma il bambino non lo voleva.

Disperata, Maria aveva finalmente trovato il coraggio di lasciare l'appartamento e di camminare per strada, con il bimbo in braccio. Non voleva lasciarlo da solo, con il rischio che uno degli amici di Maldad si facesse vivo e gli facesse del male.

Così comprò delle pappe, una piccola scatola di pannolini e una scatola di cereali da una stazione di servizio.

Il bambino non sembrò apprezzare il pasto ma probabilmente era così affamato da non avere la forza di lamentarsi troppo forte.

Il modo in cui i suoi occhietti frugavano costantemente nella stanza, il modo in cui una delle sue manine continuava ad aprirsi e chiudersi, come se cercasse qualcosa, o qualcuno, la innervosiva.

Desiderosa di informazioni sul mondo esterno che le era stato negato per così tanto tempo, Maria aveva guardato per ore il canale spagnolo sulla piccola televisione. Apprese di aver vissuto per tre anni nel piccolo appartamento. Era passata da una diciottenne innocente e desiderosa di fuggire dalla povertà della sua terra natale a una ventunenne che sognava la vita semplice ma sicura che conduceva in passato.

Con il neonato che si agitava tra le braccia, Maria guardò il telegiornale affascinata. Tante cose erano cambiate negli ultimi tre anni. Ma quando sentì la storia di un bambino scomparso dal Colorado, rimase sconvolta. Fissò la televisione come un'immagine del neonato che balenò sullo schermo. Smise di ascoltare le parole della giornalista, mentre scorrevano altre immagini.

Immagini dei suoi genitori sconvolti.

Immagini dei suoi zii.

Ma fu la foto del fratello gemello a catturare la sua attenzione.

Il bimbo scomparso e cercato da tutti era attualmente tra le sue braccia e piangeva. Aveva un gemello. Ecco cosa cercava con gli occhi e con le manine. Istintivamente gli mancava il fratello e lo cercava.

Maria guardò il prezioso fagotto. Se fosse stata la madre di quel bambino, sarebbe stata frenetica nel riaverlo, così come sapeva che anche sua madre stava soffrendo. Anche se non era più una bambina, sapeva nel profondo delle sue ossa che la sua mamma *non* avrebbe rinunciato a cercare di scoprire cosa le fosse successo.

Il denaro che Maldad le aveva lanciato era ancora sul bancone della cucina. Maria non vedeva nessuno da diversi giorni. Non era mai stata via così a lungo senza essere violentata o aggredita. Improvvisamente, l'impulso di lasciare l'appartamento fu travolgente. Forse era un trucco. Forse gli agenti di frontiera sapevano a colpo d'occhio che il passaporto che Maldad le aveva dato era falso. Ma non era meglio essere catturati alla frontiera, piuttosto che restare lì? Passare del tempo in prigione ed essere deportata dove voleva andare sarebbe stato il paradiso rispetto all'essere violentata ogni giorno e trattata come un oggetto.

Ma il bambino...

Maldad voleva che lei lo portasse con sé oltre il confine. In Messico. Quell'uomo non aveva fatto una sola cosa carina per lei in tre anni. Di certo non avrebbe cominciato in quel momento. Doveva aver fatto qualcosa di brutto per avere il bambino. Se avesse portato il bimbo oltre il confine, avrebbe partecipato a qualche orribile progetto di Maldad.

Ma d'altra parte, i sorrisi e le coccole del bimbo erano stati i primi gesti amichevoli ricevuti da quando era stata rapita. Era un bambino indifeso, aveva bisogno di lei. Maria guardò la televisione. Anche se stavano mostrando una pubblicità per qualche inutile gadget, tutto quello che vedeva era la frenetica preoccupazione sui volti dei genitori del bambino, che avevano supplicato il pubblico per qualsiasi informazione sul loro figlio rapito.

Muovendosi con un senso di urgenza, e rimproverandosi mentalmente per aver aspettato tanto a seguire gli ordini di Maldad, corse nella sua ex prigione e prese la coperta che aveva usato per tanto tempo. Fasciando con cura il neonato fino a quando non si trovò in un bozzolo di velluto, continuò a prepararsi a partire. Le uniche scarpe che aveva erano un vecchio paio di ciabatte da uomo. Le aveva indossate al negozio e le avevano fatto male ai piedi, ma non le importava. Aveva bisogno di andarsene. In quel momento.

Maria Gonzalez uscì dall'appartamento più o meno nello stesso modo in cui vi era entrata anni prima... silenziosamente e inosservata dagli spacciatori, dalle prostitute e dai membri delle gang che si aggiravano in giro.

A casa.

Stava andando a casa.

Maria non era sicura di dove fosse o di come arrivare al confine, ma aveva in tasca i soldi, un bambino che contava su di lei, e un rinnovato senso di urgenza. Avrebbe trovato il valico di frontiera o sarebbe morta nel tentativo.

––––––––

Il vigile del fuoco arrivò in caserma più tardi, quel giorno. Stava per aprire la porta, quando pensò di aver sentito qualcosa alla sua destra. Aveva recentemente avuto qualche esperienza con la sua donna che lo rendeva particolarmente consapevole di ciò che lo circondava. Girò la testa, sperando di non vedere un coyote o un altro animale selvatico, guardò attentamente nel cespuglio con una mano sulla maniglia della porta e sbatté gli occhi un paio di volte per ciò che vide.

Aprì la porta e chiamò i suoi amici. Non aspettandoli, si chinò e prese quella che all'inizio pensava fosse una semplice coperta sporca. Ma quando sentì il debole suono di un pianto proveniente dal cespuglio, capì cosa stesse guardando. Cullò il prezioso fagotto tra le braccia e lesse il biglietto nascosto in una piega, sul petto del bambino.

Bambino scomparso. In televisiòne. In Colorado. Nate. Portalo a casa.

Le parole erano brevi e concise, il vigile del fuoco intuì, a causa del segno dell'accento sopra la lettera *o* nella *televisiòne*, che probabilmente era stato scritto da qualcuno che parlava spagnolo.

"C'è un bambino", disse ai suoi colleghi pompieri mentre li incontrava all'interno della grande caserma. "Forse quel bambino che è stato al telegiornale, sparito dal Colorado. Chiama la polizia. Se è lui, la sua famiglia deve essere avvisata al più presto."

Il pompiere diede un'ultima occhiata al cortile, come se potesse trovare chi aveva lasciato il bambino. Non vedendo nulla, e in qualche modo sapendo che la ricerca non solo sarebbe stata inutile, ma forse pericolosa per chi aveva lasciato il bambino, il vigile del fuoco chiuse tranquillamente la porta.

Non aveva visto la giovane donna magra che si nascondeva in una fila di cespugli dall'altra parte della strada, riluttante ad andarsene, prima di assicurarsi che il piccolo Nate fosse al sicuro. Aveva preso alcune pessime decisioni nella sua vita, ma non quella. Maria uscì dal suo nascondiglio e tornò al fast-food dove era stata lasciata dal taxi che aveva chiamato vicino all'appartamento in cui era stata tenuta prigioniera.

Il suo piano era di prendere un altro taxi e di andare verso sud.

A casa.

———

Il detective Baker fece un respiro profondo e suonò il campanello. Appena ricevuta la notizia, si era precipitato a casa Anderson. Non gli capitava spesso di dare buone notizie, in casi simili.

Quando aveva sentito per la prima volta che i tre gemelli Anderson stavano tornando a Castle Rock, non era esattamente contento. Si ricordava di come fossero i fratelli, quando andavano al liceo. Non erano stati esattamente dei piantagrane, ma erano sicuramente nel mirino della polizia locale.

Ma avevano fatto più bene di quanto persino il detective Baker probabilmente sapeva, da quando erano tornati. Da soli avevano quasi fatto fuori una delle bande più famose di Denver, e avevano aiutato innumerevoli persone che avevano bisogno di protezione.

Così, non appena aveva saputo che il piccolo Nate era stato trovato, sano e salvo, era stato più che felice di andare a casa di Logan e Grace per dare loro personalmente la notizia.

La porta si aprì, il detective guardò il volto preoccupato di Logan. Solo in quel momento si rese conto che avrebbe potuto prendere la sua presenza di persona nel modo sbagliato.

Guardando dietro Logan, il detective vide che c'era tutta la famiglia Anderson riunita. Blake e Alexis. Nathan e Bailey. C'erano anche Felicity e il fratellastro degli Anderson, Ryder. La moglie di Logan, Grace, stava al suo fianco con l'altro loro figlio, Ace, in braccio.

Non volendo tenere oltre sulle spine la famiglia, il detective Baker sorrise e annunciò: "L'abbiamo trovato."

EPILOGO

"SEI sicura che non ti dispiaccia condividere il giorno del matrimonio con Blake e Alexis?" chiese Ryder a Felicity.

Lei sorrise e scosse la testa. Lui glielo aveva chiesto molte volte negli ultimi mesi, ogni volta lei gli aveva dato la stessa risposta. "Assolutamente no. È tuo fratello e voglio bene ad Alexis. Certo che non mi dispiace."

Felicity si meravigliava della stretta relazione che Ryder aveva instaurato con Blake, considerando quanto fosse stato difficile il loro primo incontro.

Avevano persino comprato una casa nello stesso quartiere di Alexis e Blake. Felicity non poteva passare un'altra notte nell'appartamento sopra la palestra. Non poteva proprio. Aveva troppi brutti ricordi legati a quel luogo. Non solo per essere stata perseguitata da Joseph, ma anche per l'orrore di scoprire che Nate era stato rapito proprio sotto il suo naso. Era rimasta con Ryder in un appartamento che lui aveva affittato a breve termine, fino all'acquisto della loro nuova casa.

La proposta con cui Ryder l'aveva tanto presa in giro era arrivata circa un mese dopo il ritorno a casa di Nate.

Ryder l'aveva portata a Colorado Springs per uscire con i suoi amici e per giocare a biliardo al The Pit.

Si era divertita tantissimo. Gli amici di Ryder erano simpatici e lei aveva bevuto troppo. Dopo aver perso la decima partita a biliardo e dopo aver riso a crepapelle per la sua buffonaggine, Ryder le aveva consegnato una busta piena di carte.

Felicity l'aveva aperta, completamente confusa su ciò che aveva trovato.

Dentro c'erano documenti del tribunale che cambiavano ufficialmente il suo nome da Felicity Jones a Felicity Megan Sinclair. C'erano anche una patente di guida, un passaporto e un codice fiscale con il suo nuovo nome. Ryder aveva anche incluso un estratto conto bancario, con entrambi i loro nomi, e un contratto per la casa su cui avevano deciso di fare un'offerta.

Sollevando lo sguardo dai fogli, vide Ryder in ginocchio.

Davanti a tutti i suoi amici e senza il minimo imbarazzo le aveva chiesto: "Mi vuoi sposare?"

E lei? Aveva detto il fatidico sì? No, essendo ubriaca aveva detto: "Ma tu hai già cambiato il mio nome con il tuo."

Si erano tutti messi a ridere, poi Ryder si era messo a spiegarle con pazienza: "Ho tirato qualche filo. Dopo che sei stata scagionata dalla polizia di Chicago per qualsiasi coinvolgimento nella morte di Colleen, di tua madre e anche di quelle false accuse di droga, ho pensato a quanto sarebbe stato doloroso cercare di ottenere tutti i nuovi documenti di identificazione. Così ho chiesto ai ragazzi di occuparsene. Hanno spezzato la fastidiosa burocrazia e ti hanno procurato un nuovo documento d'identità. Ho pensato che per sposarci sarebbe stato più opportuno cambiare il tuo nome adesso, piuttosto che dopo il matrimonio."

Ridendo, lei si mise le mani sui fianchi e disse: "Ma non ho detto di sì!"

"Lo farai," disse Ryder in modo burbero. Poi le chiese di nuovo. "Vuoi sposarmi, amore? Vuoi vivere con me e rendermi l'uomo più felice del mondo?"

Non c'era modo che lei potesse resistere. Felicity accettò, ed eccoli lì. A dieci minuti di distanza dal grande passo.

Avevano deciso che, poiché nessuno dei due aveva genitori, sarebbero entrati insieme, a braccetto. Proprio come volevano passare il resto della loro vita.

"Saremmo dovuti scappare," mormorò Ryder, facendole scorrere le mani lungo il materiale setoso e liscio dell'abito bianco. Non era un tipico abito da sposa, solo un tubino con le maniche di seta. Niente pizzo. Ma Felicity lo adorava. Le maniche scendevano fino ai polsi, collo alto. Dal davanti sembrava modesto e pudico, copriva ogni centimetro della sua pelle. Ma la parte posteriore del vestito scendeva in basso... Molto in basso.

Felicity si sentiva sexy e molto femminile. Ryder l'aveva vista con il vestito per la prima volta quando era entrato per sbaglio nella sua stanza. Aveva ordinato a Grace e Bailey di uscire e aveva proceduto a mostrarle quanto gli piacesse.

Felicity fece spallucce al suo commento di fuga d'amore. "Forse. Ma devo ammettere che adoro il fatto che stiamo condividendo questo momento con tuo fratello e Alexis. E con tutti i nostri amici."

"Sì, anch'io," le rispose. "Ho qualcosa per te. Non è molto, so che hai detto che non importava, che eri un'adulta, ma l'ho fatto comunque."

Felicity allungò una mano, curiosa, mentre lui le porgeva un sacchetto regalo con una tonnellata di carta velina che sporgeva dalla parte superiore. Lei sbirciò dentro e spinse l'involucro di lato. Quando vide cosa c'era dentro, spalancò gli occhi. Tirò fuori la *sua* giraffa. Quella che Joseph aveva decapitato. Con tutto quello che era successo, non aveva avuto il tempo di pensarci. In fondo, si era sentita stupida ad essere triste per un animale di peluche distrutto.

La tirò fuori dal sacchetto e la abbracciò al petto per un momento. "Grazie," gli sussurrò.

Ryder le baciò dolcemente la fronte. "È importante per te, quindi è importante per me."

"Anch'io ho un regalo per te," squittì Felicity, rimettendo con cura la sua giraffa nel sacchetto.

"Ho già ricevuto il mio regalo," disse Ryder con un luccichio di lussuria negli occhi. "Ho fatto l'amore con la mia fidanzata, e più tardi farò l'amore con mia moglie... nello stesso giorno! Non potresti farmi un regalo migliore."

Lei sorrise, ricordando come lui le aveva tirato su la gonna del vestito, poco prima, facendola impazzire. Procurarle un orgasmo era il modo perfetto per farla rilassare prima della cerimonia.

"Aspetta qui," gli ordinò.

Non sembrava che volesse perderla di vista, ma Ryder si limitò a incrociare le braccia sul petto e le sorrise in modo indulgente.

Felicity uscì dalla piccola stanza sul retro della chiesetta e si diresse verso il luogo dove aveva nascosto la sorpresa di Ryder. Probabilmente avrebbe dovuto aspettare fino a dopo la cerimonia, ma non poteva. Era troppo importante.

Ryder camminò nella piccola stanza mentre aspettava che Felicity tornasse con il regalo che gli aveva preso. Era un po' seccato perché avevano deciso di non scambiarsi i regali prima della cerimonia. La giraffa che aveva fatto riparare non contava davvero, ai suoi occhi. Voleva regalarle un ciondolo di diamanti, o un braccialetto da gran dama, o qualcosa del genere, ma si era astenuto perché avevano deciso di non farsi regali. Si prese mentalmente a calci, cercando di decidere se potesse mandare qualcuno al negozio a prendere qualcosa da regalarle dopo la cerimonia, ma in quel momento si aprì la porta.

Si voltò, aspettandosi di vedere entrare la sua futura moglie. Ryder rimase assolutamente immobile e fissò la donna che apparve dalla porta. Felicity gli aveva detto di avere una sorpresa per lui, ma non poteva certo immaginare qualcosa del genere.

Fissò la sua fidanzata che entrava dietro l'altra donna, la oltrepassava e lo raggiungeva. "Come..." gli morirono le parole in gola.

Per fortuna, Felicity comprese lo stesso. "Sapevo che non l'avresti mai cercata, così ho chiesto ad Alexis di domandare al suo amico hacker se potesse trovarla." Indicò la donna in piedi accanto a loro con un cenno. "L'ha fatto."

Afferrando la mano di Felicity come se fosse l'unica cosa che lo teneva ancorato a terra, Ryder fissò la bella sconosciuta. L'avrebbe riconosciuta ovunque. Era ormai adulta; erano passati anni dall'ultima volta che l'aveva vista, ma era come se il tempo non fosse passato.

I capelli neri le arrivavano alle spalle e oscillavano liberamente mentre si muoveva. Era snella e sana. Ryder non piangeva quasi mai, ma iniziò a sentire le lacrime scorrergli sul viso. Vedere Zariya davanti a lui... che gli *sorrideva*, era più di quanto potesse sopportare.

L'ultima volta che l'aveva vista era un'immagine fin troppo nitida. Spaventata a morte. Furiosa. Sanguinante. Sorpresa.

"Zariya," le disse con un singulto.

Lei allungò una mano e Ryder la prese con le sue. Lei gli sorrise e non protestò quando lui non la lasciò andare. "È così bello rivederti," gli disse con un accento melodioso.

Ryder la fissava e voleva sapere tutto, ma aveva paura di chiedere.

Felicity mise una mano sul braccio Ryder. "Grazie per essere venuta, Zariya. È così bello parlare con te di persona."

Ryder si voltò a guardarla. "Le hai parlato?"

Felicity annuì. "Beh, certo." Poi guardò l'altra donna. "Non potevo proprio farle una soffiata. Così l'ho chiamata dopo aver avuto il suo numero. Vive in South Carolina. Le ho detto chi ero. Abbiamo parlato molto e lei ha accettato di venire a trovarti."

All'improvviso, avendo bisogno di far uscire le parole che non aveva potuto dirle tanti anni prima, Ryder disse: "Mi dispiace tanto, Zariya."

Lei gli strinse le mani, poi finalmente gli rispose. "Non essere dispiaciuto. Quel giorno mi hai salvato la vita, Ryder."

"Io... Non capisco."

"Felicity mi ha detto quello che pensavi potesse succedermi, e che probabilmente sarebbe successo, se non fosse stato per un soldato. Non uno di quelli che erano con te quel giorno, ma uno diverso. I miei genitori sono venuti a prendermi e mi hanno detto che ero un fallimento, che il mio dovere era quello di sposarmi. Avevano un altro uomo pronto, anche più vecchio, pronto a sposarmi. Ma prima dovevo essere punita per averli umiliati. Ero legata a un paletto, tutti avevano dei sassi da lanciarmi contro, ma un soldato mi è saltato addosso e mi ha afferrata. Non ha battuto ciglio quando i miei genitori gli hanno urlato contro. Mi ha riportato alla base e si è rifiutato di far avvicinare qualcuno. Ero terrorizzata, ma alla fine ho capito che mi avevi salvato da un destino terribile."

"Ma io non... Lui... Io..." Ryder scosse la testa per la frustrazione.

"Quel soldato... mi ha fatto venire negli Stati Uniti. Sono stata adottata. Ho vissuto in South Carolina negli ultimi nove anni. Sono felice. Ed è grazie a te, Ryder. Ho pensato a te molte volte, nel corso degli anni. I ricordi del mio tempo da bambina nel villaggio sono svaniti, come quello che mi è successo, ma non ho mai dimenticato il soldato che si è preso il tempo di sorridermi. Di portami delle caramelle." Le cadde una lacrima da un occhio. "Che mi faceva la treccia."

Ryder non ce la faceva più. Sentì il tocco delicato di Felicity, sempre lì al suo fianco, che lo sosteneva. "Ti prego, ho bisogno di abbracciarti."

Senza una parola, Zariya gli si buttò tra le braccia. Ryder alzò lo sguardo verso il soffitto mentre faceva del suo meglio per non far cadere altre lacrime dagli occhi. Santo cielo. In un milione di anni, non si sarebbe mai aspettato quel ricongiungimento. Senza lasciare andare la bambina trasformata in donna, Ryder si voltò e guardò Felicity.

"Ti amo," le sussurrò.

Lei gli sorrise e gli dichiarò il suo amore.

———

Il matrimonio non fu niente di esagerato. I fratelli avevano invitato solo amici intimi. C'erano il detective Baker e il detective Peterson della polizia di Denver, così come alcuni compagni di classe di Joel. La famiglia di Alexis era presente, compreso il fratello Bradford, che aveva trovato del tempo libero dal suo nuovo lavoro di direttore di crociera su una nave enorme. Aveva portato il suo compagno, entrambi gioiosi per Alexis in prima fila, in chiesa.

C'erano tutti gli uomini della carrozzeria di Clayson, dove lavorava Bailey. Duke, Henry, Ozzie, Bert e il capo si erano presentati in tuta. Ma si erano affrettati a far notare che era la loro tuta *buona,* non macchiata di grasso.

Brian e Betty Grant, i genitori di Alexis, non avevano smesso di sorridere da quando erano arrivati, tre giorni prima. Avevano insistito per pagare la cena di prova e avevano generosamente pagato la luna di miele non solo per la figlia e Blake, ma anche per Ryder e Felicity.

Francesca Scarpetti era in piedi sul retro della chiesa; non appena terminata la cerimonia, sarebbe tornata di corsa al suo ristorante per assicurarsi che tutto procedesse senza intoppi per il ricevimento, che si svolgeva proprio nel suo locale, Scarpetti. Quando aveva saputo del doppio matrimonio, aveva insistito.

Bailey e Grace erano in piedi sulla sinistra e facevano da damigelle d'onore, Logan e Nathan erano dall'altra parte come testimoni. Grace teneva Nate e Logan teneva Ace. Entrambi i bambini dormivano tranquilli, come se l'eccitazione del momento non li interessasse minimamente.

Il matrimonio filò liscio, Felicity ridacchiò solo una volta, quando il pastore le chiese se lei, Felicity Sinclair, volesse prendere Ryder Sinclair come suo legittimo sposo. Lui aveva sicuramente fatto un salto nel buio e aveva causato confusione a tutti, dandole ufficialmente il suo nome prima che si sposassero. Ma Felicity non poteva negare che ciò le avrebbe reso la vita più facile. Era contenta di non doversi preoccupare di cambiare il suo nome... di nuovo... dato che si erano ufficialmente sposati.

Più tardi, quella sera, mentre Felicity ondeggiava avanti e indietro sulla pista da ballo improvvisata di Scarpetti, tra le braccia del marito, alzò lo sguardo verso di lui e gli disse: "Sono felice."

Ryder le accarezzò la schiena, appena sopra il sedere. Lei voleva sentire le sue dita sulla pelle... Si morse il labbro, lo desiderava... di nuovo, lo guardò.

"Anch'io sono felice, amore. Sei tutto quello che ho sempre voluto nella mia vita. Tutto quello che ho sempre voluto."

Che dolcezza. Ma Felicity non voleva la dolcezza. Voleva la passione. La sveltina che avevano fatto al ricevimento non le era bastata. Ryder si era fermato a casa loro, l'aveva portata oltre la soglia, se l'era scopata nel loro ingresso e poi l'aveva riportata alla sua macchina e al ristorante Scarpetti prima che avesse avuto modo di pensare. Sarebbe stata imbarazzata, ma Blake e Alexis erano arrivati mezz'ora dopo di loro, era ovvio che anche Blake aveva le stesse idee di Ryder. Alexis aveva uno sguardo sognante e soddisfatto, mentre seguiva il marito nel ristorante.

Cercando di distogliere la mente da quanto desiderasse Ryder, Felicity si guardò intorno nello spazio poco illuminato. Intravide Zariya seduta in un angolo, con Ro al suo fianco. Sembrava che stessero parlando animatamente. Fece un cenno verso il duo. "Cosa ne pensi?" chiese al marito.

Ryder seguì il suo sguardo e capì di chi stesse parlando. La guardò con un enorme sorriso sul viso e scrollò le spalle. "Non posso mentire. Sarei al settimo cielo se funzionasse. Vedere Zariya felice e con un uomo che stimo e ammiro, sarebbe un miracolo. Ma non illuderti. Ro è un uomo difficile da conoscere davvero, non vedo l'ora che si sistemi."

"Hmm," Felicity era d'accordo. "Voglio solo che sia felice."

"Lei *è* felice," disse Ryder. "Grazie ancora per averla rintracciata e averla portata qui. Vederla viva, felice e in salute è un miracolo."

Felicity gli sorrise, poi inclinò la testa di lato quando Ryder le portò le labbra all'orecchio. "Basta chiacchiere. Credi che siamo stati qui abbastanza a lungo perché Francesca non ci dia il colpo di grazia se ce ne andiamo?"

"Abbiamo tagliato la torta, abbiamo ballato il nostro primo ballo e abbiamo fatto i brindisi. Non mi importa se ci bandisce a vita. Voglio andare a casa e scoparmi mio marito," mormorò Felicity, sentendo la pelle d'oca correrle lungo le braccia, al sentire il caldo respiro del marito contro il collo per le sue parole audaci.

Senza dire altro, Ryder le prese la mano e la portò via dalla pista da ballo. Ignorò i richiami e le bonarie prese in giro dei suoi amici e fratelli.

———

Più tardi, quella notte, Ryder prese tra le braccia la sua sposina e sospirò. La sua vita era molto più bella, con Felicity al suo fianco. Le guardò i capelli. Erano tutti scompigliati, dopo aver fatto l'amore con entusiasmo. Una settimana prima era stata da un parrucchiere e si era fatta tingere i capelli di nuovo con un colore che, secondo lei, era più vicino al suo colore naturale. Era stato un po' difficile abituarsi alle ciocche bionde, ma Ryder le adorava. Era lei, e si adattava alla sua nuova vita. Più leggera. Più libera.

"Pensi di avere abbastanza foto nuove per la casa, amore?"

Felicity gli ridacchiò nel fianco. "Sì, Ryder, penso che le tremila e quarantatré foto che il fotografo ha scattato dovrebbero essere sufficienti."

Ryder sorrise. Felicity aveva riempito la loro nuova casa di foto. Siccome non doveva preoccuparsi di dover fare le valigie e scappare, o che qualcuno scoprisse chi fosse veramente, si era data all'arredamento. In ogni stanza della loro casa c'erano delle foto. Sulle pareti. In cornici sui tavoli. Infilate in ogni angolo. Ryder non poteva guardare da nessuna parte senza vedere i ricordi dell'amore della moglie per i suoi amici.

Una delle sue foto preferite era quella di lei che teneva in mano la sua lettera di accettazione all'Università di Denver. Ryder l'aveva incoraggiata a contattare l'università per il trasferimento dei suoi crediti e per il conseguimento della laurea. Anche se lei non aveva intenzione di cercare di ottenere un lavoro in ingegneria, lui era molto orgoglioso di lei perché aveva deciso di terminare la laurea. Il sorriso sul viso di Felicity, nella foto, mostrava esattamente quanto fosse contenta della sua decisione. Joseph Waters aveva tentato di far crollare la sua donna, ma alla fine lei lo aveva sconfitto con la sua forza e con la sua intelligenza.

Felicity aveva persino incluso immagini di entrambe le loro madri, nella sua frenesia decorativa. Ryder amava vedere il volto della propria madre, ma amava ancora di più vedere le foto di Felicity e di sua madre. Quel giorno, le due signore non erano presenti al loro matrimonio, ma lui sentiva ancora il loro amore... e sapeva che anche Felicity lo sentiva.

Altra aggiunta al loro muro era il nuovo accordo firmato tra Cole e Felicity per quanto riguardava la Rock Hard Gym. A quanto pare, Cole aveva visto il suo avvocato e aveva fatto aggiungere il nome di Felicity non appena saputo che Ryder le aveva cambiato il nome. L'aveva fatta incorniciare e gliel'aveva regalata. Cole le aveva detto di appenderlo al muro per non farle dimenticare che lui si era rifiutato di lasciarla andare via, mesi prima.

"Ti amo, Felicity Sinclair," sussurrò Ryder alla moglie.

"Ti amo, Ryder Sinclair."

Lui sentì l'uccello svegliarsi a quelle parole, ma non si mosse. Avevano il resto della loro vita insieme. Poteva darle un'ora di tregua.

Come se potesse leggergli la mente, Felicity borbottò: "Dammi un attimo... poi sarò pronta a ripartire."

Lui ridacchiò, sapendo che non avrebbe avuto il coraggio di svegliarla, più tardi. Aveva trascorso giornate emozionanti. Meritava un po' di riposo. Senza rispondere verbalmente, Ryder si chinò, le baciò la fronte e la strinse più forte contro il suo fianco.

Si addormentò insieme alla neo-sposina, contento di sapere che la sua donna era al sicuro e... finalmente sua, anche legalmente.

———

Nathan baciò la fronte di Joel e si alzò in piedi. Si avvicinò in punta di piedi alla porta e si fermò a guardare il ragazzino che ormai considerava suo figlio. Chiuse la porta e corse subito verso Bailey.

La tirò tra le braccia e la portò all'indietro lungo il

corridoio verso la loro stanza. Sorridendole, le disse: "C'è qualcosa nei matrimoni che mi eccita tantissimo."

Bailey alzò gli occhi al cielo. "*Tutto* ti fa eccitare," finse di lamentarsi.

Lui rise e annuì. "Vero." Poi si chinò e la sollevò, gettandosela sulle spalle.

Attenta a non urlare troppo forte per non svegliare il fratello, Bailey finse di picchiargli la schiena mentre la portava in camera da letto. Nathan chiuse la porta in silenzio e andò verso il letto. Si chinò, lasciò cadere Bailey sulla schiena e si sdraiò immediatamente su di lei. Si spostarono fino a trovarsi distesi al centro del letto.

Nathan diventò serio. "Sei sicura che non ti dispiace se non siamo sposati legalmente?"

Bailey scosse la testa. "Ne abbiamo già parlato. Sai che non credo molto nel matrimonio. Inoltre, viviamo insieme, hai preso il mio nome, condividiamo un conto in banca. Secondo lo Stato, siamo sposati anche se non abbiamo il documento firmato."

"Volevo solo assicurarmi che la cerimonia di oggi non ti rendesse triste, in alcun modo."

"Triste? Non credo proprio. La cerimonia è stata bellissima, e sono più felice di quanto riesca ad esprimere. Felicity e Alexis sono soddisfatte e contente delle loro relazioni. A *te* sta bene?"

"Assolutamente. Non me ne potrebbe fregare di meno di quello che pensano gli altri. Tu sei mia. Io sono tuo. Joel è nostro. Sono felice."

"Che ne pensi di dare a Joel un nipote o una nipote?"

Il respiro di Nathan si bloccò e le mise una mano sulla pancia piatta. "Sei... Cosa stai dicendo?"

"Non sono incinta," gli disse Bailey, mettendo una mano sopra quella di lui. "Ma non mi opporrei. Ho passato abbastanza tempo con Nate e Ace per capire che mi piacerebbe avere il tuo bambino. Mi piacerebbe che insegnassimo a un bambino cos'è il vero amore."

"Sì," disse subito Nathan. "Sono pronto quando lo sei tu."

"Adesso?" chiese Bailey, sbattendo più volte le palpebre all'uomo sopra di lei.

"Adesso è perfetto," le disse Nathan, si mise immediatamente in ginocchio e si sfilò la camicia dalla testa.

Sorrideva mentre Bailey ridacchiava. Una volta, aveva pensato a se stesso come al nerd Anderson. Ma stare con Bailey lo aveva cambiato... in meglio. Amava ancora i numeri e la matematica, ma quando vedeva gli sguardi invidiosi che gli uomini gli lanciavano quando era fuori con Bailey, era proprio una bella sensazione. Lei era sua.

Quando sentì le mani di Bailey iniziare ad armeggiare con la cintura dei pantaloni, sorrise ancora di più. Sì, la sua donna sapeva esattamente quello che voleva, e grazie al cielo voleva proprio lui.

Blake Anderson lavorò lentamente per slacciare il retro del vestito di sua moglie. Prima lei aveva insistito che non avevano il tempo di spogliarsi, ma lui era così pronto a farla diventare ufficialmente sua, sia col corpo che sulla carta, che avrebbe accettato qualsiasi cosa lei avesse chiesto.

Ma in quel momento, poteva prendersi il suo tempo.

Adorarla.

Mostrarle quanto era fortunato a essere suo marito.

"Bradford sembrava contento stasera, non credi?" chiese Alexis.

Blake alzò gli occhi al cielo. Non poteva parlare della famiglia, dai.

"E Felicity e Ryder erano davvero felici."

Lui grugnì in tutta risposta, concentrandosi su quelli che sembravano migliaia di piccoli bottoni che le andavano dal collo al sedere. Erano troppo piccoli per le sue grandi mani, ma lui continuava a lavorare diligentemente, cercando di stare attento a non strapparle l'abito da sposa.

"Mia madre e mio padre mi hanno detto stasera che hanno organizzato una grande festa post-matrimoniale per noi, nella loro casa di Denver. Hanno invitato tutti i loro amici. Sarà un evento straordinario." Quando Blake non disse nulla, Alexis chiese: "Mi stai ascoltando?"

"No," rispose onestamente Blake.

"Blake!" esclamò Alexis, scocciata.

Alla fine, mentre si slacciava l'ultimo bottone, Blake fece girare la moglie e la baciò. Le spinse grossolanamente il bel vestito sulle spalle. Sollevandola, lasciando cadere il vestito sul pavimento, fece i pochi passi verso il loro enorme letto a baldacchino. Girandola, la piegò sul letto, era l'altezza perfetta per prenderla da dietro. Con il piede tirò uno sgabello che tenevano a portata di mano proprio per quel motivo, anche mentre le slacciava il reggiseno di pizzo. Alexis aveva bisogno di un'altezza in più, in modo che Blake potesse prenderla come volevano entrambi. Senza dire una parola, Alexis si sollevò e aprì le gambe. Si appoggiò sui gomiti e guardò Blake.

"Scopami, marito."

"Con piacere, moglie," rispose subito Blake. Invece di toglierle le mutandine d'avorio, le spostò di lato. Si assicurò che lei fosse pronta per lui prima di immergersi all'interno con una sola rapida spinta. Entrambi gemettero.

Fu un amplesso rapido. Entrambi raggiunsero il limite in pochi minuti.

Più tardi, dopo che l'aveva presa altre due volte ed erano quasi addormentati, Blake disse: "La prossima volta che proverai a parlare della tua famiglia a letto, ti metterò in ginocchio."

"Come se *fosse* un deterrente," borbottò Alexis.

Ridacchiando, Blake si girò su un fianco, spostando Alexis fino a farla mettere a cucchiaio. Le strinse una mano al seno e l'altra sotto il collo. Lei arricciò entrambe le mani intorno all'avambraccio di lui e sospirò felice.

"Ti amo,"

"Ti amo anch'io, Alexis."

———

Logan Anderson guardava sua moglie che si occupava dei loro figli. Dormivano ancora in una culla accanto al letto matrimoniale, ma a lui non importava. Sapeva che ci sarebbe voluto un po' di tempo, prima che Grace potesse dormire in un posto diverso da quello in cui si trovavano i suoi figli. Se doveva essere onesto con se stesso, neanche lui voleva stare lontano da Ace e Nate.

La settimana in cui suo figlio era scomparso era stata la peggiore della sua vita. Peggio degli abusi che aveva subito da ragazzo. Peggio di alcune delle missioni che aveva svolto oltreoceano quando era nell'esercito. Non aveva mai conosciuto un dolore simile al chiedersi se suo figlio fosse vivo o morto.

Anche guardare Grace lottare con la stessa paura era stato devastante. Aveva sofferto, non c'era niente che lui potesse fare per lei se non starle accanto, amandola.

Grace si chinò e baciò ancora una volta entrambi i

bambini, poi si girò verso il letto. Si tolse la maglietta che indossava e si sdraiò accanto al marito.

Logan aprì le braccia e sospirò di sollievo quando Grace lo abbracciò. Sembrava che il trauma che avevano subito li avesse avvicinati ancora di più. Logan sapeva che avrebbe potuto facilmente succedere il contrario. Giurò allora che non avrebbe mai dato per scontata sua moglie. Non che l'avesse mai fatto in passato, ma non sapere dove fosse il loro figlio, se fosse ferito o morto, lo rendeva ancora più determinato a far sì che Grace e i loro figli avessero la migliore vita possibile.

"Dove pensi che fosse?"

Logan sapeva di cosa parlava Grace. Non ne avevano ancora parlato. Era felice che lei si stesse aprendo, finalmente. "Non lo so, Smarty. Ma credo con tutto il cuore che chiunque l'abbia avuto lo abbia trattato come meglio poteva."

"Il detective Baker ha detto che il pompiere che l'ha trovato pensava che l'avesse lasciato una donna."

Logan annuì contro Grace. "Sì, lo penso anch'io. La scritta sul biglietto era piuttosto femminile."

"Pensi che stia bene?" chiese Grace, alzando la testa e guardandolo negli occhi.

Il cuore di Logan si sciolse a quella domanda. La sua donna si preoccupava per le altre persone, più di quanto non facesse per se stessa, a volte. "Non lo so," le rispose onestamente.

"Se Joseph la conosceva, non poteva essere un bene."

Logan aveva pensato la stessa cosa. Sapeva più cose su Joseph Waters di quante ne sapesse sua moglie o le donne dei suoi fratelli. Quello stronzo aveva una rete di schiave sessuali che teneva in giro per il paese. A quanto pare le aveva comprate da trafficanti di esseri umani e le teneva rinchiuse in appartamenti schifosi di diverse città. Aveva contatti che potevano usare le donne come volevano in cambio della loro fedeltà. Era nauseante, Ryder aveva detto che il suo capo, il misterioso Rex, si era incaricato di rintracciare e liberare ogni singola donna schiavizzata da Joseph.

"Penso che se è stata abbastanza coraggiosa da lasciare Nate in quella caserma dei pompieri, deve essere scappata."

"Lo spero." Grace si mosse. Si girò, si mise a cavalcioni sulla vita di Logan e lo guardò dall'alto in basso. "Ti amo."

"Ti amo anch'io, Smarty."

Lei cominciò ad abbassarsi.

"Grace," mormorò Logan, ma il resto delle sue parole andò perduto quando la moglie si chinò e glielo prese in bocca. Era passato un po' di tempo da quando lei gli aveva concesso un simile trattamento. Era stato un periodo difficile per la loro vita amorosa. Tra la preoccupazione per il figlio e la sua paranoia che fare l'amore nella stessa stanza avrebbe in qualche modo segnato i loro figli per tutta la vita, non erano stati da soli per un bel po' di tempo.

A Logan non dispiaceva. Qualsiasi cosa Grace volesse, lui era felice di dargliela. Anche se ciò significava non fare l'amore.

Ma ultimamente sua moglie aveva ritrovato la fiducia in se stessa. Lui adorava guardarla sbocciare ancora una volta. "Grace," gemette di nuovo mentre lei gli mostrava con entusiasmo quanto lo amasse. "Se avessi saputo l'effetto che ti scatena un matrimonio, ti avrei sposata molto prima."

La sentì ridacchiare, quel suono gli faceva vibrare l'uccello. Dovette concentrarsi per non venirle subito in bocca.

"In effetti, penso che d'ora in poi troverò una cerimonia a cui portarti ogni fine settimana. Controllerò l'orario della chiesa."

Poi non riuscì più a pensare né a parlare. Grace si spostò e lo cavalcò con passione, calda e bagnata, come se la sua vita dipendesse da quell'atto carnale. Alzando lo sguardo verso di lei, perso nelle deliziose sensazioni amorose, Logan pensò tra sé e sé di essere un bastardo fortunato.

———

Era tardi, ma Cole non riusciva a dormire. Essere al matrimonio della sua migliore amica e vederla finalmente liberarsi dalla morsa che Joseph Waters aveva avuto su di lei per anni era stato un miracolo. Felicity meritava tutta la felicità del mondo.

Appoggiato contro lo schienale della sedia, nel suo ufficio di casa, Cole rilesse l'e-mail che aveva ricevuto da Logan. La Ace Security stava lavorando a un caso particolarmente spiacevole che coinvolgeva una donna di nome Sarah Butler. Viveva a Castle Rock e il suo ex marito era uno stronzo di prima categoria. Invece di andare avanti con la sua vita dopo il loro divorzio, come Sarah stava apparentemente cercando di fare, il coglione si presentava al lavoro e fuori dal suo appartamento per molestarla. Logan aveva inviato un'e-mail a Cole, voleva sapere se Cole avesse qualche posto nel corso di autodifesa per donne che era appena iniziato.

Non c'era posto, ma dopo aver letto l'ordine restrittivo che Logan aveva inviato insieme alla sua richiesta, la decisione di aiutare Sarah era stata quasi ovvia.

Cole cliccò su "Rispondi" e digitò un breve messaggio.

*   *   *

Logan,

Onestamente non c'è posto nella mia classe di difesa personale, ma sarò felice di impartire lezioni private a Sarah. Le persone come lei sono il motivo per cui ho iniziato questi corsi. Mandami i suoi recapiti e mi metterò in contatto per organizzare la prima lezione.

Cole

———

A pochi chilometri di distanza, presso il penitenziario femminile di Denver, Margaret Mason giaceva sanguinante e morente sul pavimento sporco della cucina della prigione. Le era stato affidato il compito di fare il turno del mattino, il che significava che doveva alzarsi alle quattro per iniziare a preparare la colazione per centinaia di detenute. Odiava le mattine.

Non era facile la vita, dietro le sbarre. Si era comportata nell'unico modo che conosceva, ovvero cercando di comandare tutti. Ma anche se ci era riuscita con suo marito e con sua figlia, le criminali incallite che la circondavano non avevano apprezzato il suo atteggiamento.

Era stata in infermeria più di una mezza dozzina di volte negli ultimi sei mesi, con ferite ricevute per essere stata picchiata da altre prigioniere. Il personale le aveva finalmente dato una cella tutta sua, anche se il sovraffollamento del carcere era dilagante.

Il giorno in cui era stata interrogata sulla scomparsa del nipote era stato un punto culminante della sua altrimenti miserabile esistenza dietro le sbarre. Quando il detective aveva iniziato a parlare del fratellastro del genero, Margaret voleva ridere e dire a quello stronzo di un poliziotto che lo conosceva già. Voleva gongolare perché sapeva del fratellastro di Logan molto prima di chiunque altro, nella squallida città di Castle Rock, persino prima di Rose Anderson. Un giorno Margaret stava facendo shopping a Colorado Springs e aveva visto Ryder. Aveva notato subito la somiglianza con Ace Anderson, non poteva essere una coincidenza.

E siccome le era sempre piaciuto sapere qualcosa che gli altri non sapevano, aveva speso una somma considerevole di denaro per farlo controllare da un investigatore privato. Questi aveva raccolto un campione di DNA da Ace su una bottiglietta d'acqua appena gettata, confermando la sua identità. Le era piaciuto tenersi quel segreto, sapere qualcosa che gli altri non sapevano. Quel Logan pensava di essere migliore di lei, credeva di essere più intelligente. Beh, non lo era. Quando il detective le aveva detto che il figlio di Logan era scomparso, Margaret non aveva potuto fare a meno di ridere. Le era stato tolto tutto, il karma aveva completato il suo giro e aveva tolto ciò che significava di più per lui.

Ma purtroppo Margaret Mason non aveva pensato al karma che la riguardava. Non molto tempo dopo aver saputo che Nate Anderson era stato trovato e restituito alla sua famiglia, la sua fortuna si era esaurita.

Era stata colpita da un coltello artigianale, una ferita all'altezza di un rene, senza fare rumore. Quando Margaret si era girata per vedere chi l'aveva accoltellata, non c'era nessuno.

Chiunque l'avesse fatto sapeva esattamente cosa stava facendo. Era bastato un colpo singolo per farla morire dissanguata.

Margaret era caduta prima in ginocchio, poi a faccia in giù. Aveva visto a malapena le altre donne che le giravano intorno, continuavano a preparare il pasto del mattino. A nessuno importava che stesse morendo.

Gli ultimi pensieri di Margaret Mason erano stati maligni come lei. *È tutta colpa di Grace. Se avessi avuto quell'aborto quando ho scoperto di essere incinta, ora non sarei qui. Mio marito non sarebbe da qualche parte in un ospedale della prigione, in coma dopo aver avuto un infarto dietro le sbarre, vivrei ancora nella mia bella casa a dare ordini ai miei domestici. La colpa è di Grace. Tutta colpa di Grace.*

L'assenza di Margaret Mason venne registrata solo dopo la conta mattutina, a colazione. Il cadavere fu trovato un'ora dopo, in cucina. Giaceva tra il grasso e gli scarti alimentari della preparazione della colazione di quella mattina.

———

L'uomo che comandava i Mercenari di Montagna tamburellava con le dita contro il legno duro della sua scrivania. Rex aveva fatto il possibile per salvare le donne che Joseph Waters aveva tenuto prigioniere, ma non gli sembrava ancora sufficiente. Garrick Watson aveva ricevuto una tirata d'orecchi da Rex, aveva giurato che non aveva idea di quello che suo figlio aveva fatto.

Joseph aveva noleggiato un aereo corrompendo il pilota per farsi portare con Nate Anderson a San Antonio. Aveva lasciato il neonato ed era tornato in Colorado. Aveva costretto il pilota ad andare contro le regole aeronautiche non presentando un piano di volo. Ma per assicurarsi che l'uomo non avesse ripensamenti sul fatto di far volare un bambino rapito oltre i confini dello stato, una volta tornato in Colorado, Joseph lo aveva seguito a casa dall'aeroporto e aveva ucciso sia il pilota che la sua famiglia. Non si sapeva quante persone avesse ucciso a sangue freddo nel corso degli anni, solo per vendicarsi di Megan Parkins.

Garrick aveva fatto il collegamento tra gli omicidi e suo figlio, aveva passato volentieri l'informazione a Rex, dicendo ancora una volta che non sapeva nulla delle schiave sessuali che il figlio aveva tenuto recluse.

Rex gli aveva creduto. Garrick si era fatto in quattro per tirarsi fuori dal suo radar e tenere i Mercenari di Montagna fuori dai piedi. Il fatto che avesse ucciso suo figlio non significava un cazzo per Rex. Garrick avrebbe ucciso la sua stessa madre (se fosse stata ancora viva) se ciò avesse significato tenere Rex e i suoi uomini lontano dai suoi affari.

Ma Rex non era soddisfatto. Joseph era morto, ok, ma c'erano ancora migliaia di uomini come lui che andavano in giro a molestare, a perseguitare e a schiavizzare le donne, come se ne avessero il diritto.

Prese una piccola foto che teneva sulla sua scrivania come promemoria del perché aveva intrapreso quella strada. Felicity era stata fortunata. Ryder era stato nel posto giusto al momento giusto per intervenire e aiutarla. Ma non tutte le donne erano così fortunate da avere un campione come Ryder, il suo ex mercenario: qualcuno disposto a morire e ad uccidere per loro, al momento e nel posto giusto.

Passando il pollice sulla guancia della donna nella fotografia, Rex le inviò scuse silenziose e la promessa che le ripeteva ogni sera.

Mi dispiace di non esserci stato per te e giuro che non smetterò mai di cercarti.

Facendo un respiro profondo, Rex appoggiò la cornice

e si concentrò sullo schermo del computer. Era il momento di studiare un altro caso. Ryder si era ritirato dai Mercenari di Montagna, ma c'erano ancora sei uomini pronti e disposti a fare tutto il necessario per salvare le donne che si erano trovate in situazioni difficili.

Si teneva lontano dai suoi uomini per proteggerli. Quello che faceva non era esattamente legale, e se scoppiava qualche casino, non voleva che i suoi uomini venissero fatti fuori con lui. Era solo una voce al telefono, per loro, per la loro sicurezza. I suoi uomini venivano prima di tutto. Li avrebbe protetti con la vita, se necessario. Non si era guadagnato la sua reputazione facendosi trattare da fantoccio, Garrick Watson poteva confermarlo.

Soddisfatto di aver avuto un ruolo nel liberare Megan Parkins, contento che uno dei suoi mercenari preferiti vivesse felice, lavorando con i suoi fratelli della Ace Security, Rex cliccò sul prossimo caso che avrebbero affrontato i Mercenari di Montagna.

Era giunta l'ora di rimettersi al lavoro.

———

Libro 5, *Il riscatto di Sarah*, ora disponibile!

NOTE

CAPITOLO 13

1. *"Meat"* in inglese significa carne. [NdT]

Also by Susan Stoker

Ace Security
Il riscatto di Grace
Il riscatto di Alexis
Il riscatto di Bailey
Il riscatto di Felicity
Il riscatto di Sarah

Mercenari di Montagna
Difendere Allye
Difendere Chloe
Difendere Morgan
Difendere Harlow
Difendere Everly
Difendere Zara
Difendere Raven

Forze Speciali alle Hawaii
Trovare Elodie
Trovare Lexie (10 Aug 2021)
Trovare Kenna (19 Oct 2021)
Trovare Monica
Trovare Carly
Trovare Ashlyn
Trovare Jodelle

Delta Force Heroes
Salvare Rayne
Salvare Emily
Salvare Harley
Il Matrimonio di Emily

Salvare Kassie
Salvare Bryn
Salvare Casey
Salvare Sadie
Salvare Wendy
Salvare Mary
Salvare Macie
Salvare Annie (Feb 2022)

Armi e Amori
Proteggere Caroline
Proteggere Alabama
Proteggere Fiona
Il Matrimonio di Caroline
Proteggere Summer
Proteggere Cheyenne
Proteggere Jessyka
Proteggere Julie
Proteggere Melody
Proteggere il Futuro
Proteggere Kiera
Proteggere i figli di Alabama
Proteggere Dakota

In inglese:
Delta Force Heroes Series
Rescuing Rayne
Rescuing Aimee (novella)
Rescuing Emily
Rescuing Harley
Marrying Emily (novella)
Rescuing Kassie
Rescuing Bryn

Rescuing Casey
Rescuing Sadie (novella)
Rescuing Wendy
Rescuing Mary
Rescuing Macie (novella)
Rescuing Annie (Feb 2022)

Delta Team Two Series

Shielding Gillian
Shielding Kinley
Shielding Aspen
Shielding Jayme (novella)
Shielding Riley
Shielding Devyn
Shielding Ember (Sep 2021)
Shielding Sierra (Jan 2022)

Eagle Point Search & Rescue

Searching for Lilly (Mar 2022)
Searching for Bristol (Jun 2022)
Searching for Elsie (Nov 2022)
Searching for Caryn (TBA)
Searching for Finley (TBA)
Searching for Heather (TBA)
Searching for Khloe (TBA)

Badge of Honor: Texas Heroes Series

Justice for Mackenzie
Justice for Mickie
Justice for Corrie
Justice for Laine (novella)
Shelter for Elizabeth
Justice for Boone

Shelter for Adeline
Shelter for Sophie
Justice for Erin
Justice for Milena
Shelter for Blythe
Justice for Hope
Shelter for Quinn
Shelter for Koren
Shelter for Penelope

<u>SEAL of Protection: Legacy Series</u>

Securing Caite
Securing Brenae (novella)
Securing Sidney
Securing Piper
Securing Zoey
Securing Avery
Securing Kalee
Securing Jane

<u>SEAL Team Hawaii Series</u>

Finding Elodie
Finding Lexie (Aug 2021)
Finding Kenna (Oct 2021)
Finding Monica (May 2022)
Finding Carly (TBA)
Finding Ashlyn (TBA)
Finding Jodelle (TBA)

<u>Ace Security Series</u>

Claiming Grace
Claiming Alexis
Claiming Bailey

Claiming Felicity
Claiming Sarah

Mountain Mercenaries Series

Defending Allye
Defending Chloe
Defending Morgan
Defending Harlow
Defending Everly
Defending Zara
Defending Raven

Silverstone Series

Trusting Skylar
Trusting Taylor
Trusting Molly
Trusting Cassidy (Nov 2021)

SEAL of Protection Series

Protecting Caroline
Protecting Alabama
Protecting Fiona
Marrying Caroline (novella)
Protecting Summer
Protecting Cheyenne
Protecting Jessyka
Protecting Julie (novella)
Protecting Melody
Protecting the Future
Protecting Kiera (novella)
Protecting Alabama's Kids (novella)
Protecting Dakota

BIOGRAFIA

L'autrice

Susan Stoker è annoverata da *New York Times*, *USA Today* e *Wall Street Journal* quale scrittrice di successo, le cui collane di libri includono Badge of Honor: Texas Heroes, SEAL of Protection e Delta Force Heroes. Sposata con un sottufficiale dell'esercito in pensione, Stoker ha vissuto in ogni dove negli Stati Uniti - dal Missouri alla California e al Colorado - e attualmente vive sotto i grandi cieli del Texas. Quale vera sostenitrice del "vissero felici e contenti", Stoker ama scrivere romanzi in cui una relazione romantica si trasforma in amore.

Per ulteriori informazioni sull'autrice e il suo lavoro, visita il sito web www.stokeraces.com